CAN

TÜRK YAZARLARI

Yayın Yönetmeni : İlknur Özdemir
Dizgi : Serap Kılıç
Düzelti : Fulya Tükel
Montaj : Mine Sarıkaya
Kapak Düzeni : Semih Özcan

İç Baskı : Özal Basımevi
Kapak Baskı : Çetin Ofset
Cilt : Ze Ciltevi

1. basım : Eylül, 2002
50.000 adet

ISBN 975-07-0217-4

Ahmet Altan

ALDATMAK

ROMAN

CAN YAYINLARI LTD. ŞTİ.
Hayriye Caddesi No. 2, 80060 Galatasaray, İstanbul
Telefon: (0212) 252 56 75 - 252 59 88 - 252 59 89 Fax: 252 72 33
web sayfamız: http://www.canyayinlari.com
e-posta: yayinevi@canyayinlari.com

AHMET ALTAN'IN
CAN YAYINLARI'NDAKİ
KİTAPLARI

DÖRT MEVSİM SONBAHAR / *roman*
SUDAKİ İZ / *roman*
YALNIZLIĞIN ÖZEL TARİHİ / *roman*
GECEYARISI ŞARKILARI / *deneme*
TEHLİKELİ MASALLAR / *roman*
KARANLIKTA SABAH KUŞLARI / *deneme*
KILIÇ YARASI GİBİ / *roman*
İSYAN GÜNLERİNDE AŞK / *roman*
KRİSTAL DENİZALTI / *deneme*
ALDATMAK / *roman*

Ahmet Altan, 1950 yılında doğdu. Orta ve lise öğrenimini çeşitli okullarda dolaşarak tamamladıktan sonra Orta Doğu Teknik Üniversitesi'ne devam etti, İstanbul Üniversitesi İktisat Fakültesi'ni bitirdi. Yirmi dört yaşında gazeteciliğe başladı. Gece muhabirliğinden genel yayın müdürlüğüne kadar gazeteciliğin hemen hemen bütün kademelerinde çalıştı. 1987 yılında köşe yazarı oldu, 1990'da genel yayın müdürüyken gazeteciliğe ara verdi. Çeşitli televizyon programları hazırladı. Birçok yazısından dolayı yargılandı ve 1995 yılında bir buçuk yıl hapse mahkûm edildi. İlk romanı *Dört Mevsim Sonbahar* 1982'de yayınlandı. 1985'te yayınlanan ikinci kitabı *Sudaki İz*, toplatıldı ve müstehcenlikten yargılanarak mahkeme kararıyla yakıldı. Üçüncü romanı *Yalnızlığın Özel Tarihi* 1991'de basıldı. Dördüncü romanı olan *Tehlikeli Masallar* 1996 Ekimi'nde yayınlandı ve rekor sayılacak baskı sayısına ulaştı. Deneme kitapları *Geceyarısı Şarkıları* 1995'te, *Karanlıkta Sabah Kuşları* 1997'de, *Kristal Denizaltı* 2001'de yayınlandı. *Ahmet Altan*'ın 1998'de yayınlanan romanı *Kılıç Yarası Gibi,* 1999 yılı *Yunus Nadi Roman Ödülü*'nü kazandı. *İsyan Günlerinde Aşk* 2001'de yayınlandı ve 150.000 baskı sayısına ulaştı. *Aldatmak*, yazarın son romanıdır.

I

Sabırsızca söylenmiş tek bir kelime insanın hayatını nasıl değiştirebilir diye çok düşünmüştü daha sonraları.

Gizli isteklerin, alışkanlıkların güvenilir kabuğunun altında beslenip büyüyen günahkâr arzuların, unutulmuş anlamsız öfkelerin, farkına bile varılmayan bıkkınlıkların, küçük çekiç darbeleri gibi hayatı yontarak, o bildik hayatın içinden yeni hayat biçimleri çıkardığına karar vermişti sonunda.

Her şeyin ne kadar masum bir nedenle başladığını hatırlıyordu; bu rastlantıda kırıcı bir alaycılık bulmuş, hatta masumiyetin kendisinden bile kuşku duymuştu.

Sarmaşıklı duvarlarıyla şehirden saklanmış, sokakları çiçek ve parfüm kokan bakımlı ve geniş sitenin çocuk bahçesini biraz daha büyütmek istemişlerdi.

Bahar sonlarında güneşli bir pazar günü genç anneler toplanıp sorunu nasıl çözeceklerini tartışarak, çocuk bahçesini sitede oturan mimarlardan birisine yaptırmaya karar vermişler, aralarından biri de yüzme havuzuna bakan blokta oturan asık suratlı genç mimarı hatırlamıştı.

Birisi, "Orada oturan kim var aramızda?" diye sormuştu.

Aydan da her zamanki sabırsızlığıyla atılıp, "Ben!" demişti.

Belki bir-iki saniye oyalansa onun yerine bir başkası 'ben' diyecek ve hayatı böylesine karmakarışık olmayacaktı ama bir sorunla karşılaştığında içinde beliriveren hemen çözme isteği öylesine güçlüydü ki bir başkasının ortaya çıkmasını bekleyememişti.

— Eve dönerken uğrar, kendisiyle konuşurum, demişti.

Toplantı dağıldığında sokaklarda pazar sabahlarının öğleye yaklaşan saatlerinde hissedilen huzur vardı.

Geç kaldığını düşünüp hızlanmıştı. Selin'i annesine bırakıp, kocasıyla birlikte ilk tanıştıklarından beri gittikleri balık lokantasında yemek yiyeceklerdi.

Eve dönünce de, her pazar yaptıkları gibi sevişeceklerdi.

Bunun böylesine bilinen, hiç aksamadan tekrarlanan bir sevişme olması Aydan'ın heyecanını azaltmıyor, aksine olacakları daha önceden bilmek onun isteğini artırıyordu. Hatta onun bu sevişmelerden sırf düzenli ve daha önceden bilinir oldukları için hafta içindeki diğer sevişmelerinden daha çok zevk aldığını söylemek bile mümkündü; gerek sabırsızlığını akıtacak bir mecra, tezcanlılığını yatıştıracak bir bilinirlik, yürünecek berrak bir yol ve açık bir hedef arayan doğasından, gerekse başarılı olabilmek için çok düzenli ve programlı olma zorunluluğunu ikinci bir benlik gibi kendi varlığına katmasından, o, her zaman, bilinen, daha önceden programlanmış şeylerden haz alır, onlarda başarıyı andıran tuhaf bir zevk bulurdu. Başkalarında heyecan uyandıran yeni ve ani gelişmeler, bilinmezlikler, sürprizler, belirsiz maceralar, onu, ürkütmese bile sıkar, bütün heyecanını ve şehvetini söndürürdü.

Doğuştan sahip olduğu benliğinin tadı, çevresi çikolatayla kaplanmış bir üzüm tanesi gibi, ta ilkokuldan beri hayatını saran başarının ve başarıyı getiren düzen ve disiplinin tadıyla kaynaşmıştı. O düzen kaybolduğunda alıştığı tat da kayboluyor, hayat ona yavan ve renksiz geliyordu, heyecanı macerada değil başarıda buluyor, başarıyı yarattığına inandığı programlı davranışlar, tıpkı başarının kendisi gibi, onu hep heyecanlandırıyordu.

Çimenliklerin arasındaki asfalt yolda bu çocuk bahçesi sorununu çözümleyeceğini düşünerek ve bir şeyi çözümlemenin ona hep verdiği memnuniyeti hissederek yürürken bir yandan da bedeninin çakırkeyif bir sevişmeye daha şimdiden hazır olduğunu fark edip kendi kendine gülümsüyordu.

Binanın önüne geldiğinde, mimarın hangi katta oturduğunu anlamak için zillere baktı. Buraya taşınalı epey olmasına karşın bir kere bile komşularının kim olduğunu merak etmemişti. Dizi dizi isimler arasında Cem Kırkoğlu adını aradı. Aradığı adı bulunca, tek başına yaşadığını söyledikleri mimarın, sitenin, havuza bakan, en büyük ve en pahalı dairesinde oturduğunu gördü. Adam çok zengindi. Bütün zenginlerin, kendilerinden daha zengin birini gördüklerinde hissettikleri o tuhaf ürküntüyü ve çekingenlikle karışık saygıyı o da hissetti.

Asansöre binip en üst katın düğmesine bastıktan sonra aynada zaten düzgün olan saçlarını bir daha düzeltti, gömleğinin yakalarını çekiştirdi, düğmelerinden birini açtı. Memelerinin arasındaki çizginin başlangıcı gözüktü açılan düğmeden.

Adamı ayartmak ya da onunla kırıştırmak gibi bir düşüncesi yoktu, yalnızca, karşısındaki erkeğin zenginliğinden, zekâsından ya da gücünden etkilenen her kadın gibi kendisini etkileyeni etkilemek istiyordu. Bu, düşünülerek yapılmış hesaplı bir hareket değildi, kendilerini etkileyen biriyle karşılaştıklarında kadınların hissettiği o belli belirsiz panik duygusuyla açmıştı düğmesini. Adamın, daha karşılaşmadan kendisini etkilemiş olmasının tuhaflığını ise fark etmemişti.

Asansörden inince kapı numaralarına baktı, aradığı numarayı bulunca kapının önünde durdu, saçlarını bir kez daha düzeltip derin bir soluk aldıktan sonra vücudunu dikleştirip kapıyı çaldı.

Bekledi.

Kapı açılmadı.

Zili bir daha çalmakla dönüp gitmek arasında kararsız kaldı.

Ne yapacağına karar veremeden dururken kapı birden açılıverdi, açılan kapıda beline bir havlu bağlamış, ıslak saçlarını elindeki havluyla kurulayan, yarı çıplak bir adam duruyordu. Sanki durumda hiçbir tuhaflık yokmuş gibi, saçlarını kurulamaya devam ederek, sakin bir sesle, "Buyrun?" dedi. "Kimi aramıştınız?"

Sesinde, duruşunda, çıplaklığına aldırmayışında, dudaklarının kenarında beliriveren alaycı gülümseyişte kibirli ve küstah bir güven, hareketlerinde neredeyse kadınsı denilebilecek bir zarafet, konuşmasında kışkırtıcı bir küçümseyiş, bakışlarında ise hayvansı bir saldırganlık vardı ama bütün bu karmaşaya hiç uymayan ölçülü bir kibarlık, mesafeli bir nezaket de hemen seziliyordu.

Bir bencilliğin işaretiymiş gibi gözüken sükûnetiyle karşısındakini telaşlandıran, hemen hissedilen kendini beğenmişliğiyle sinirlendiren, neredeyse itici, hiç tanımadığı bir insandan kendine bir anda bir düşman yaratabilecek bir adamdı, ama bütün bunlar, aralarında hemen hemen bir tek bile övülecek yan bulunmayan bu kötü özellikler kaçınılmaz bir biçimde karşılaştığı insanların ilgisini çekiyordu. Sanki insanların kötülükleri çekici bulduğunu biliyormuş da onun için böyle davranıyormuş gibiydi, hatta daha fenası sanki kendisine bunu fısıldayan bir sesle doğmuştu, tavırlarındaki doğallık onun böyle doğduğuna inandırabilirdi insanı.

Adamın aldırmaz duruşundaki hiç alışık olmadığı saygısızlıktan öylesine utanmıştı ki, aslında çok da önemli olmayan bu tuhaf karşılaşma, onda büyük felaketlerde hissedilene benzer bir baş dönmesi yaratmış, gözleri kararmıştı. Karşısındaki adamı tam olarak göremiyordu bile. Bir hayvanın, rüzgârın uzaklardan taşıdığı belli belirsiz bir kokuyu hissetmesi gibi adamın küçümseyici aldırmazlığındaki iticiliğin kokusunu alıyor, bulanıklaşan görüntünün arasından onun ince beli ve geniş omuzlarıyla bir yüzücünün vücuduna sahip olduğunu hayal meyal fark ediyor, bir başka sevişmeye hazırlanan bedeninin elinde olmadan bu çıplaklıkla ilgilenmesine sinirleniyordu.

Sabırsızlığı yüzünden bir insanı habersizce rahatsız etmek ve onu banyodan çıktığı sırada yakalamak, iğrentiye benzer bir utanç yaratıyordu içinde. Bu, çocukluğundan beri aldığı terbiyeye de, onun düzen ve program düşkünlüğüne de aykırı bir davranıştı ve bazı bazı yaptığı gibi sabırsızlığı yüzünden kuralları çiğnemek onu utanılacak bir duruma düşürmüştü. Bütün bunlar tümüyle kendi hatası olmasına rağmen yalnızca kendisine değil adama da kızıyordu.

Adam belindeki havlusuyla neredeyse çırılçıplak karşısında durduğu için nereye bakacağını da kestiremiyor, bir yere kararlı bir şekilde bakamamak şaşkınlığını ve kızgınlığını artırıyordu. Bu adamı bu halde görmesinin kendi hatasından kaynaklandığını düşünmese, adamın çıplaklığına da, tavırlarına da aldırmazdı belki, ama utanılacak bir şey yaptığını düşünmek utandırıyordu asıl onu.

Utancın, şaşkınlığın, kızgınlığın, alay edilecek bir duruma düştüğüne inanmanın yarattığı duygu dalgalanmaları yüzüne vuruyor, sabit bir yere bakamayan gözleri kırpışıp duruyor, yüzünde birbiri ardına birçok ifade, rüzgârlı bir günde açık bir pencerenin önündeki ince bir perde gibi kıpırdanıyordu.

Onun yüzündeki bu ifade dalgalanmaları birden adamın aklında beklenmedik bir düşüncenin doğmasına neden oldu. Sadece bedeniyle bu kadını baştan çıkarıp çıkaramayacağını merak etti. Çıplaklığıyla, vücuduyla, erkekliğiyle, bu kadının aklını çelip, onu bütün değerlerini reddetmeye götürüp götüremeyeceğini düşündü aniden. Bir kötülükten ziyade erkekliğini sınamaktı bu onun için, bir erkek vücudunun kadın ruhu üstündeki etkisini görmek arzusu, açığa vurulmayan bir kibirlenmeydi.

Birisi ona, yapmayı tasarladığı şeyin kötü ya da ahlaksızca olduğunu söylese herhalde buna şaşardı. Bir kötülük yapmak aklından bile geçmemişti. Şimdiye kadar kimseye bilerek kötülük ettiği de görülmemişti. Öyle biri değildi. Ahlaksızlığı ise hiç anlayamazdı, çoktandır kendisini toplumdan öylesine kesin çizgilerle ayırıp koparmıştı ki, düşüncelerinin hiçbir yerinde kalabalıklarla ortak bir değer yargısı kalmamıştı neredeyse, onların ne ahlakına uymaya ne de ahlaksızca davranmaya çalışıyordu.

Aslında onu böyle bir oyuna sürükleyen merak da değildi. Merak gibi gözüken duygunun altında kıpırdanan istek çok daha basit, çok daha korkunç bir istekti: yeni bir şey bulma isteği. Çocukluğundan beri onu çeken tek kavram buydu işte. Kendi hayatını da, başkalarının hayatını da, ne olduğunu bilmediği ama kendisini hep bunaltan sıkıntıdan kurtarabilecek yeni bir şey bulmak için mahvedebilirdi.

Aydan zorlukla kendini toparlayıp, "Özür dilerim," diyebildi.

— Sizi münasebetsiz bir zamanda rahatsız ettim.

Cem, omzuyla kapının kenarına yaslanıp bir dizini öne kırınca, alelacele bağlanmış havlunun önü hafifçe açıldı, bacaklarının üst kısmıyla kasıklarının kuytulukları gözüktü, kadının kasıklarının açılan kısmını gördüğünü, onun şiddetle başını kaldırıp yüzüne bakmasından anladı.

— Yoo, dedi, rahatsız etmediniz...

Biraz durup ekledi:

— Rahatsız olmuş bir halim mi var?

Aydan, bilinci adamın küstahlığıyla bulanmış, bu bulanıklığın arasında bu söze verilecek bir cevap aramıştı:

— Sizi rahatsız ettiğimi düşünmek beni rahatsız etti diyelim...

— Rahatsız olacak bir şey yok.. Buyrun içeri girin, ben de bir şeyler giyeyim.

— Hiç rahatsız etmeyeyim, ben daha sonra size telefon ederim.

— Rahatsız olmadığımı söyledim.

— Ben de rahatsız olduğumu söyledim... Neyse, sonra konuşuruz.

Aydan telaşla dönüp asansöre yürürken adamın arkasından seslendiğini duydu:

— Peki ne söyleyecektiniz?

Arkasını dönmeden asansörün düğmesine bastı.

— Çocuk bahçesiyle ilgili konuşacaktım.

Adamın gerçekten şaşırmış bir sesle, "Çocuk bahçesi mi!" dediğini duyunca karşılaştıklarından beri ilk kez içi rahatladı.

II

Sevdiklerimizin ruhlarında oluşan anlık değişimleri, duygu sıçramalarını, her zaman çok da belirli nedenlere bağlı olmayan yakınlaşmalarını ve uzaklaşmalarını, bilinçlerinin alt kısımlarındaki ulaşılmaz bölgelere saklanmış arzularının değişik biçimlerde ve beklenilmeyen zamanlarda ortaya çıkışını izleyebilseydik, herhalde sakin bir denizde suların arasından aniden yükselen bir canavarı gördüğünde zavallı bir balıkçının hissedeceği korkuyu ve şaşkınlığı hissederdik. Ürkütürlerdi bizi. Hiçbir zaman başka bir insanı, o insan en yakınımız olsa bile, tümüyle tanıyamayacağımızı, iki insanın arasında daima görülemez karanlık alanların bulunacağını, iki insanın asla tam anlamıyla bütünleşemeyeceğini, kimseye kendimizi bütün açıklığımızla gösteremeyeceğimiz gibi kimsenin de kendisini bize bütün açıklığıyla gösteremeyeceğini fark edip, kendimizi bu dünyada yapayalnız hisseder, yüzünü gördüğümüz, sesini duyduğumuz, günlerce, aylarca, hatta yıllarca konuştuğumuz, birlikte en gizli zevkleri paylaştığımız birinin nasıl olup da bize yabancı olabildiğini anlayamamanın çaresizliğini yaşardık. Bütün bunları bilebilseydik, en sevdiklerimize bile, en kısa ayrılıktan sonra dahi 'kimsin sen' diye sorma ihtiyacını hissederdik.

Halûk, duyguların bu gizemli karmaşasının sürekli hareket halinde olduğunun farkına varsaydı, insan beynini, o beynin bütün dokularını, kaslarını, sinirlerini, hangi bölümün hangi işe yaradığını böylesine bilip her gün en azından iki beyin ameliyatında, insanı insan yapan gri hücrelerin arasında öylesine güvenle neşterini dolaştırırken, insan ruhuna nasıl böyle yabancı kalabildiğine şaşardı ama bunların farkına varmıyordu.

Patlamış damarlarını tamir ettiği, küçük girintilerinde birikmiş kan pıhtılarını temizlediği, anevrizmalarını aldığı, tümörlerini ayıkladığı o beyinlerin içinde dolaşıp duran düşüncelerle duygular, ne gariptir ki o beyinlerin kas yapısı kadar ilgisini çekmiyordu. Beyin denilen o tuhaf kütlenin insanı şaşırtan mucizevi çalışma biçimiyle öylesine büyülenmişti ki o mekanizmanın kendisi, yarattığı sonuçlardan daha fazla ilgilendiriyordu onu. Belki de, somut bozuklukları görüp somut önlemler almayı gerektiren bir mesleği olduğundan, somutlaşmayan, ele gelmeyen, bir biçime giremeyen belirsiz duygularla ilgilenmez, hatta öyle şeyleri küçümserdi.

Duygulara yabancıydı ama duygusuz biri değildi. Karısını, çocuğunu neredeyse delilik derecesinde sever, onlara duyduğu sevgiyle mesleğine olan bağlılığının ana eksenini oluşturduğu, sınırları sıkı sıkıya belirlenmiş güvenli dünyasının içinde mutlu yaşardı. Hayatla ilgili bütün bilgisi ve deneyimi de bu kadar gibiydi.

Bir milimetrenin onda birinden daha dar bir yerde çevredeki hiçbir dokuya zarar vermeden bisturisini kullanabilen o biçimli elleri kadar kulakları da duyarlı olsaydı, laf olsun diye sorduğu, "Ne yaptınız?" sorusuna, "Çocuk bahçesini bizim bloktaki mimara yaptıracağız, buraya gelmeden ona uğradım ama garip bir adam," diye cevap veren karısının sesinde beliren incecik tuhaf çatlamayı duyardı. Ama o duyarlılığı yoktu.

Karısının sesine, bakışına, konuşma biçimine hiç dikkat etmezdi, söylediklerini dinler ama yalnızca söylenen kelimeleri duyardı. Aydan'ın, kadınların çoğu, hatta belki hepsi gibi, o kelimelerin arkasına sakladığı ve kocasının bulmasını beklediği hiçbir gizli anlamı bulup çıkartamamıştı bugüne kadar. Birisi gelip de karısının söylediği bütün o sözlerin ardında başka anlamlar bulunabileceğini ona anlatsa, söyleneni anlardı ama büyük bir olasılıkla, "Böyle çocukça oyunlara vaktim yok benim," derdi, "işimle ilgilenmem gerekiyor, Aydan bir şey söylemek isterse açıkça söyler bana." Bu sağırlığında karısına duyduğu büyük ve sarsılmaz güvenin de önemli bir rolü vardı. Karısına çok güveniyordu, kendisine her şeyi anlatacağına da emindi.

Aydan evine girip de, aldırmazca gazete okuyan kocasına, koşarak gelip, "Anne, ödevimi bitirdim, bir baksana!" diyen kızına, "Ben akşam için bütün yemekleri hazırladım, siz sadece ısıtırsınız artık," diyen yardımcıları Hesna Hanım'a, her birini tek tek seçerek aldığı biraz gösterişli mobilyalarına, bir başkasına belki de pek sıkıcı gözükebilecek bu küçük dünyaya kavuşunca içinde öyle bir ferahlama ve güven hissetti ki biraz önceki karşılaşmada kendisini nasıl sıkıp kastığını ancak bu rahatlamayı fark edince anladı.

Evin bildik havası, kızını giydirip hazırlaması,

Halûk'a, "Hazırlan artık istersen, annem bekler," demesi, yemekleri buzdolabına yerleştirmesi, üstüne ne giyeceğini düşünmesi, oyalanan kocasına alışılmış bir biçimde içinden hafifçe kızması, evinin gizli hâkimi olduğunu hissetmesi, pencerelerden görünen ilkyaz güneşinin ışıklarının halıya düşmesi, bütün bunlar, bu minicik, önemsiz ayrıntılar bir araya geldiklerinde güçlü bir sığınak oluşturuyorlardı onun için. Biraz önce hissettiği utancı, aşağılanmayı, hatta adamın küstahlığına duyduğu kızgınlığı unuttu. Duygularını inciten bir görüntü günlük hayatın ıvır zıvırı altına bir daha çıkarılmamak üzere gömüldü. Eğer, kendi haline bırakılsaydı bir daha o adamı belki hatırlamayacaktı bile.

Hep birlikte evden çıktılar.

Geniş caddenin köşesindeki trafik ışıklarında durduklarında, kirli yüzlü, yırtık fanilalı, tozlu saçlı bir çocuk kalabalığı yoksullûktan arsızlaşmış gözleriyle bulanık bir su gibi dalgalanarak arabanın çevresine üşüştü, ellerindeki paçavralarla pencereleri silmeye çalışıyorlar, bir yandan da verileceğini sandıkları parayı kapabilmek için kemikli, sıska dirsekleriyle birbirlerini itiyorlardı. Hayata yenik başlamışlar, asla üstesinden gelemeyecekleri o yenilginin içinde çocukluklarını bile yitirmişlerdi. Yoksullukları da, arsızlıkları da iç acıtıcıydı.

Halûk, çevresinde kaynaşan o zavallı çocuk kalabalığını görmüyormuş gibi gözlerini yola dikmiş dümdüz bakarak yeşil ışığın yanmasını bekliyordu.

Aydan, birisini arar gibi çocuklara bakarken, biraz ilerde duran mavi gözlü küçük kızı gördü, kirden kararmış yanaklarında biraz önce ağladığını gösteren ince, beyaz izler görülüyordu. Öbür çocukların arasına katılmamıştı, bir direğe dayanmış duruyordu, ya utanıyordu dilenmeye ya da onlarla boğuşacak gücü yoktu. Minicik sıska yüzünde olduğundan da büyük görünen iri gözleri dargın bakıyordu.

Aydan kıza eliyle gelmesini işaret etti. Acıklı bir telaşla koşarak geldi küçük kız. Çantasından çıkardığı parayı verdi. Halûk, başını çevirmeden yan gözle bakmıştı verdiği paraya.

Kız, parayı alıp şaşkın ve sevinçli bir bakışla uzaklaşırken, Halûk gözlerini ışıklardan ayırmadan, "Senin içini rahatlatmaktan başka ne işe yarıyor verdiğin para?" demişti.

Bazen böyle önemsiz cümleler Aydan'ın içinde, çabucak geçeceğini deneyimleriyle bildiği, küçük öfke çalkantıları yaratıyordu. Onu kızdıran söylenen sözler değildi; asla açıklayamayacağı, kimseye söyleyemeyeceği gizli bir duygusunun bir başkası tarafından kurcalanmasıydı.

Kenarda bekleyen küçük kıza para verirken, çok saçma olduğunu, hiçbir anlam taşımadığını bildiği halde, yaptığı bu küçük iyiliğin karşılığında, zengin bir ailede doğma şansına erişmiş olan kızının Tanrı tarafından korunacağını hissetmekten hoşlanıyordu. Kendi kızını koruyabilmek için küçük bir ayin yapıyordu yalnızca. Bunu açıkça böyle düşünmüyordu, bu berrak bir düşünce biçiminde değildi aklında, buna duygu da denemezdi, ne düşünce ne de duygu haline gelebilmiş, daha doğrusu bir duygu biçimine erişmesine izin verilmemiş, handiyse bilinçli bir çabayla zihnin bulanık bir bölgesine yerleştirilmiş sezgisel bir memnuniyetti.

Zaten Tanrı'yla ilişkisi de tıpkı bu duygu gibi belirsiz ve isimsiz bir alanda dolaşıyordu. Bu konulardan konuşmaktan hoşlanmazdı. Tanrı'nın varlığından emin değildi ama yok olduğunu söylemek de istemezdi. Dua etmezdi hiçbir zaman, ama bazen işe gitmeden önce kızını giydirirken, kocasıyla kızının şakalaşarak kahvaltı edişlerini izlerken, o mutluluk kokusunu, bu küçücük, başkasının ilgisini bile çekmeyecek sahnelerde hissettiğinde, bunları kendisine bağışlayan bir güce, hatta bazen gözleri dolarak şükrederdi.

Bütün bunlar, onun konuşulmasını, tartışılmasını istemediği, hatta kendisinin bile fark etmeden geçiştirmeye çalıştığı, çok özel, çok gizli sığınakları, başarılı olmanın yarattığı korkuları azaltacak bir tür isimsiz uğurlarıydı. Bir başkasının bunlardan konuşmasından, bunları eleştirmesinden, bazen Halûk'un yaptığı gibi bunlarla alay etmesinden hoşlanmıyordu. Bunları aklıyla savunamazdı. Ama hayatında aklın dışında bir şeyler olması onu memnun ediyordu.

Halûk ise aklın dışında hiçbir şeyi kabul etmez, mantığının içine yerleştiremediği hiçbir fikri, hiçbir duyguyu benimsemez, duyguları bile akılcı çözümlemelerle açıklardı. Hayat, onun için, sınırları akılla çizilmiş berrak ve net bir coğrafyaydı. Dümdüz bir çizgide yürür gibi yaşar, bütün zikzakları, belirsizlikleri, sezgileri, duyguları, kuşkuları küçümserdi.

Aklı ve başarıyı buldukları alanlarda birlikte yaşarlar, gerçekten iyi iki dost olarak bunları paylaşırlar, birbirlerinin fikirlerine ilgi gösterirler, birbirlerinin akıllarına saygı duyarlardı ama aklın ötesine geçtiğinde Aydan yapayalnız kaldığını hissederdi. Orada bir şekil kazanamamış korkular, duygu haline bile dönüşememiş sezgiler, kimliği açıkça tarif edilememiş bir güce duyulan anlatılamaz bağlılıklar, sevilen ama açıkça sahiplenilemeyen hayaletler gibi dolaşırlar, Aydan bu tuhaf alanda, bunları kimseyle paylaşamadan, bazen dehşetle irkilip bazen bir çocuk gibi mahzunlaşarak yalnız dolaşırdı. Bu yalnızlıktan yakınmazdı ama hiç olmazsa kocasının paylaşmaya yanaşmadığı bu konulara karışmamasını isterdi.

Halûk'un, küçük kıza para vermesini küçümseyen bakışına ve akılla açıklanamayacak o davranışını eleştiren sözlerine duyduğu kızgınlığı dile getirmedi, hiç cevap vermeden, konunun kapanmasını bekleyerek pencereden dışarı bakıp, o küçük, önemsiz kızgınlığı, ruhunun bir yerlerinde taşıdığı ve içinde açığa çıkmamış minik öfkelerini biriktirdiği kesenin içine atıp unutulacak duygular arasına terk etti.

Selin'i annesine bırakıp çıktıklarında Aydan kızgınlığını unutmuştu bile.

Küçük balıkçı köyündeki tahta masaları örtüsüz eski meyhaneye gittiler. Sakin kıpırtılarla sahile usul usul çarpan denizden huzurlu bir serinlik yayılıyordu. Karşı kıyıdaki tepeler sessizdi. En telaşlı ruhları bile yatıştıracak bir sükûnet vardı çevrede.

Bu lokanta, onları, her geçen gün, her yeni başarı ve banka hesaplarına yatan her yeni parayla biraz daha uzaklaştıklarını hissettikleri gençliklerine ve geçmişlerine bağlayan küçük bağlardan biriydi. Hayatlarından, başarılarından ve zenginliklerinden memnundular, bunu değiştirmek ya da eski günlerine dönmek gibi bir arzuları da, özlemleri de yoktu ama gene de başarıyı tutkuyla hayal ettikleri o eski günlerinden tümüyle kopup ayrılıyorlarmış duygusunun içlerinde yarattığı, o anlaşılmaz, hatta genellikle fark edilmez hüznü, böyle eski anılarından kendilerine kalmış yerlere baş başa giderek yatıştırıyorlardı.

Gençliklerinden kopmamak, onu hatırlamaktan ve yaşamaktan korkmamak onların başarılarını daha da önemli kılıyordu. Başarıyı bulmak için yola çıktıkları o gençlik günlerini hatırlatan yerler onlara ne kadar yol aldıklarını, bunu mutlulukla, hiçbir şeyden utanmak zorunda kalmadan yaptıklarını gösteriyordu. Birçoklarının aksine başarı, onlara utançla değil övünçle gelmiş, uzaklaşan gençliğin yerine gururla koyacakları büyük bireysel zaferler kazandırmıştı. Yıllar boşuna geçmemişti, bunu görmekten, bunu hatırlamaktan, bunu birlikte el ele yaptıklarını fark etmekten hoşlanıyorlardı.

Aydan, terasın eskimiş tahta parmaklığına yaslanıp, berrak suyun içinde sürüler halinde telaşla bir yerlerden bir yerlere giden, aniden keskin dönüşler yapan küçük balıklara, suyun içinde kırılarak parlak çizgiler çizen güneş ışıklarının vurduğu dipteki yassı taşlara bakarken, Halûk yemekleri ısmarladı.

Aydan başını kaldırdığında Halûk'un yüzündeki ifadeden önemli bir şey söyleyeceğini anladı.

Halûk önce masadaki sepetten bir dilim ekmek aldı, bir parçasını koparıp ağzına attı, Aydan sabırla onun konuşmasını bekliyordu. Böyle zamanlarda beklemek gerektiğini öğrenmişti.

Sonunda Halûk sanki kendisi için hiç de önemi olmayan bir şeyden söz eder gibi sakin bir sesle konuştu:

— Başhekim ayrılıyor.

Aydan sesini çıkarmadan bekledi.

— Yerine beni düşünüyorlar.

Aydan bu sefer dayanamayıp heyecanla sordu:

— Başka kim var?

Halûk gülümsedi.

— Kardiyolojiden Tarık Pınargil.

Bir sessizlik oldu, ancak bir karı kocanın birbirine bakabileceği gibi, birbirlerinin duygularını anlayarak, paylaşarak, aynı tedirginliği ve aynı isteği duyarak baktılar.

Halûk'un adını söylediği doktor, hastanenin yıldızlarındandı, Halûk nöroloji bölümü için neyse o da kardiyoloji için oydu, üstelik Halûk'tan farklı olarak Amerika'nın en ünlü okullarından birinden mezundu ve babası da çok ünlü bir doktordu. Bir süre sustular. İkisi de başarılı bütün insanlar gibi gerçek bir başarıyla karşılaştıklarında saygı göstermeyi, başarının kolay elde edilir bir şey olmadığını öğrenmişlerdi. Gerçekten başarılı bir insana saygı göstermek, onun hakkını vermek, kendi başarılarına da saygı göstermek, kendi haklarını da korumak anlamına geliyordu.

Aydan usulca, "Ama sen daha eskisin hastanede," dedi.

Halûk yeniden gülümsedi.

— Aslında benim şansım daha fazla.

Sonra karısının yüzüne baktı.

— Ama karar veremiyorum... Başhekim olursam artık ameliyatlara girmeye vaktim olmayacak.

Aydan derin bir soluk aldı.

Birbirinin tam zıddı iki duygu, aynı derecede güçlü ve aynı derecede açık bir biçimde belirmişti içinde. Kadın yanı, kocasının başarılarına bir yenisini daha eklemesini, ülkenin en büyük hastanesinin başhekimi olmasını tutkuyla istiyordu. Ama bir duygu daha vardı içinde. Dişi yanı, kocasını ilk gördüğü günü, onun ameliyathanenin kapısında uçuk yeşil ameliyat giysileriyle, ameliyat maskesi çenesinin altına indirilmiş olarak belirdiği, yorgun ama gururlu gözlerle kendilerine bakıp, güvenli bir sesle, "Kurtulacak!" dediği o ânı hatırlıyordu. Halinde öyle bir güç, öyle bir güven, öylesine Tanrısal bir yücelik vardı ki, Aydan neredeyse fiziki bir biçimde bu güce doğru savrulduğunu hissetmiş ve o duyguyu bir daha hiç unutmamıştı. Sanki Tanrı, yalnızca onu, o olağanüstü becerikli ve hassas elleriyle insanların beyinlerini açıp onları hastalıklardan kurtarıp sağaltan o yeşil elbiseli büyücüyü aydınlatmak, onu öbür fanilerden ayırmak için özel bir ışık gönderiyordu. O özel ışığın içinde gözleri sanki biraz delice parlıyor, gövdesi genişleyip büyüyerek bütün hayatı kucaklıyordu. Ölümü bile korkutan vahşi bir güven yayılıyordu her hareketinden. Sadece kendine ait o muhteşem ışığın altında hayatın kendisi gibi alt edilmez, görkemli ve biraz ürkütücü gözüküyordu. Ona dokunmak, hayata dokunmak, ölüm de dahil bütün kötülüklere karşı sihirli bir zırh kuşanmak gibiydi. Ona dokunmayı, o güçten bir şeyler almayı istemişti.

Halûk, ne zaman Aydan'ın arkadaşlarının yanında soğuk bir sessizlikle oturup ortak neşeyi paylaşamayan bir adam gibi gözükse, ne zaman yanlış bir fikri sıkıcı bir biçimde uzatarak savunsa, ne zaman daha zarif bir erkeğin yanında biraz tutuk ve beceriksiz kalsa, Aydan, o ilk karşılaştıkları ânı, onun ameliyathanenin kapısındaki Tanrısal duruşunu hatırlar, başka insanların bakışlarından, seslerinden, sözcüklerinden içine süzülen o yaralayıcı küçümseme, o görüntüyle bir anda iyileşir, kocasının oradaki herkesten daha değerli olduğuna olan inancı pekişirdi. Hatta cinsel hayatlarında bile garip bir şekilde bu görüntünün etkisi bulunuyordu. Her zaman o hayal Aydan'ı heyecanlandırır, seviştiği erkeğin gücünü, dokunulmazlığını, ulaşılmazlığını, tartışılmaz iktidarını hatırlatır, vücudu, kendilerini bir tanrıya sunmaya hazırlanan antikçağın kadınları gibi neredeyse kutsal bir arzuyla sevişmeye açılırdı.

Aydan sanki karar vermek zorunda olan kendisiymiş gibi yardım istercesine Halûk'a baktı. Onun karar vermesini, kendisini de bu çelişkili ruh halinden kurtarmasını istiyordu. Aslında o güçlü doktorun ameliyathane kapısında bir tanrı gibi görünmesini isteyen dişi tarafının arzusu daha kuvvetliydi ama daha derine saklanmıştı, daha üstte, kendini daha belli eden ve dişice arzuların apaçık ortaya çıkmasına engel olan kadın da başhekimi istiyordu. Aydan, bunu hiç kimseye, hatta kendine bile söyleyemezdi ama Halûk'un, "Ben ameliyatlarımdan ve hastalarımdan vazgeçmem," demesini, başhekim olmayı önemsememesini, yeteneğinin ve gücünün farkına varıp, bunu herkese hissettirmesini, başkalarının, dahası karısının bile isteklerine çok fazla aldırmamasını, duygularının Halûk'un verdiği ani haberle apansız ve çırılçıplak yakalandığı o anda yeğlerdi. Dişi yanı, bir sevişmeyi arzular gibi bunu arzuluyor, bunu arzulayış biçiminden ve bu arzudan tahrik olmaktan da utanıyordu.

Halûk'un yüzüne baktığında orada epeyce bulanık ve belirsiz bir ifade görünce, bunun başhekimlik için duyduğu isteğin üstünü örtmeye çalışan bir şaşkınlık olduğunu sezdi. Ameliyathanenin kapısında onu aydınlatan ışık şimdi yoktu. Kaybolmuştu. Şimdi sıradan, dünyevi, küçük istekleri olan bir insandı. Gücünü Tanrı'dan alan bir büyücü değil, başhekim olmak isteyen, yeteneğini ve gücünü inkâr eden bir erkekti.

Aydan kırgınlığını, o ışığın kaybolmasının yarattığı hayal kırıklığını saklamaya çalışan bir sesle emin olmak için sordu:

— Başhekim olmak istiyorsun değil mi?

Halûk'un yüzüne daha kararlı bir ifade geldi.

— Böyle bir hastanenin başhekimliğine de kolayca arkanı dönemezsin....

Aydan, kocasının, sadece ameliyathanede gözüken ama olağanüstü olan yeteneğini önemsemeyip, daha sıradan ama daha görünür bir başarıyı önemsemesini bir an Halûk'a sanki bir başkası haksızlık ediyormuş gibi, kızgınlıkla dinledi ama kızgınlığını çabuk bastırdı.

— Haklısın... Kolay bir karar değil... En iyisini sen bilirsin canım.. Hangisi seni daha çok memnun edecekse...

— Neyse, daha vakit var... Düşünürüz.

Sessizce yemeklerini yerken, bütün kararsızlıklarına ve çelişkilerine rağmen, kapılarında yeni bir başarının daha durduğunu fark etmenin sevincini ve heyecanını da hissetmeye başladılar. Başarı ve bu başarının başkaları tarafından açıkça görülüp beğenilmesi isteği onları yavaş yavaş kuşatıyordu.

Aydan'ın içindeki dişi yan, erkeğinin beklediği kararı vermemesinden kırılmış ve yaralanmış bir halde usulca geri çekilip yerini görünür başarılara tapınan kadına bırakıyordu.

Minik dalgalar vurdukça çatırdayan kaba tahta terasın tekdüze yorgun sesine ve dümdüz uzanıp giden maviliğe bakarak hayaller kurmaya başladılar. Hayallerinin öncülüğünde içlerindeki kaygılardan, derinlere saklanmış garip arzulardan, hayal kırıklıklarından uzaklaşıyorlar, yeni bir başarının sihirli bir tütsü gibi onları sarhoşlaştıran çekiciliğine kapılıyorlardı.

Birbirlerine bir şey söylemeden bir karara varmış gibiydiler.

Şişede kalan son şarabı da bardaklarına boşalttığı sırada Aydan gözlerini kısarak Halûk'a baktı.

— Hadi gidelim artık...

Aydan'ın ta doğuştan ruhunda var olan dişice isteklerivle, çevresiyle zaman zaman gizlice çatışan arzularıyla, başkalarının ölçülerine neredeyse başkaldıran özlemleriyle, kısacası gerçek doğasıyla, alışkanlıkları ve zihnine ailesi tarafından doldurulmuş başarı hayranlığı çarpışmış, kısa bir mücadeleden sonra hemen hemen her zaman olduğu gibi alışkanlıkları galip gelmişti.

Belki de onun en şaşırtıcı yanı, içinde birbiriyle çatışan duygular olduğunu hissetmesine, bu çatışmayı yaşamasına rağmen hiçbir zaman doğasıyla alışkanlıkları arasında bir çelişki olduğunu bilinçli bir şekilde fark etmemesiydi. Bu tür kısa süren çatışmalardan sonra alışkanlıklarına uygun bir karara varmasının, kendisinin doğal isteği olduğunu sanır, bu istekle çatışmış olan öbür duygusunu, sanki o sahte, hatta hastalıklı bir şeymiş gibi aklından silip unuturdu. Zekâsıyla, güzelliğiyle, başarısıyla, kocasıyla, ailesiyle, çocuğuyla, sahip olduğu her şeyle beğenilmek isterdi, bu beğenilme isteği, onda, kendisine başkasının gözleriyle bakma alışkanlığına dönüşmüştü, başkalarının ne diyeceği, kendi isteklerinin önüne geçiyordu ve o bunu hiç yadırgamıyordu.

Birbiriyle keskin bir biçimde çatışan duygulara sahip olup da bunların bilinçli bir şekilde farkına varmaması ve her seferinde kazanan duygusunun kayıtsız şartsız hükümranlığını kabul edebilmesi, onun huzurunu ve mutluluğunu sağlayan bir mucizeydi. Onu, kendi duygularına böylesine kör ve sağır bir hale getirebilen mucize, gerçekleşme gücünü başarının çıldırtıcı tadından alıyordu. Başarılı bir kadındı. Bunun için ödediği hiçbir bedel, bu bedel kendi isteklerinden vazgeçmek de olsa, ona fazla gözükmüyordu. Başarı, onun için hem hayatla başabaş çarpışmasını sağlayan bir özgürlük, hem de gerçek duygularını içine hapsettiği bir tutsaklıktı, ama ikisi arasındaki farkı göremiyordu artık. Belki de hiçbir zaman görmemişti.

Eve vardıklarında site sessizdi, arabalara ayrılan bölümler, güneş yavaşça çekilmeye başladığı halde boştu, çevre terk edilmiş gibiydi. Apartmanların iri gölgeleri, hâlâ sıcak olan asfalttan kendilerine doğru gelenleri serinliğiyle karşılıyor, insan daha gölgeye adımını attığı anda ürperiyordu. Sıcak mı soğuk mu olduğu anlaşılamayan havadaki belirsizlik, bomboş duran park yerleri, kapalı panjurlar ve sessizlik, onlara biraz sonra iyice yalnız kalacaklarını hatırlatıyordu sanki, bütün bu gördüklerinden daha da heyecanlanmışlardı.

İçeri girdiklerinde Aydan yatak odasına giden koridora saptı, Halûk salona yürüyüp perdeleri teker teker kapattı. Bu iyi ezberlenmiş bir işaret gibiydi, bütün dünyaya, hatta kendilerine kapılarını kapıyorlardı. Her hafta tekrarladıkları bir ayini yeniden ve aynı hazzı alarak yaşayacaklardı.

Halûk loş salondaki koltuğa oturduğunda topuklu terliklerin sesini duydu.

O tıkırtılı sesten sanki minicik demir talaşları fışkırtan bir elektrik dağılıyordu eve. Her yanlarına yakıcı küçük iğnecikler batıyor, bir uyuşmayla birlikte zihinlerine, içinde yalnızca tek bir istek barındıran bir perde örtülüyordu. Halûk biraz sonra o kapıda ne göreceğini biliyordu.

Aydan kapının eşiğinde durdu.

Üstünde, kasıklarında biten şeffaf bir gecelik, çıplak ayaklarında aynı renk satenden yüksek topuklu terlikler vardı. İçine bir şey giymemişti. Memelerinin uçları ve dolgunca karnının altındaki üçgen tüyler somon rengi geceliğinden Halûk'un gözlerini karartan üç siyah nokta gibi gözüküyordu.

Halûk kalkıp ona doğru ilerlediğinde o hiçbir şey söylemeden arkasını dönüp yatak odasına doğru yürümeye başladı. Ağır ağır yürüyordu. Halûk da adımlarını ona uydurmuştu. Gecelik, kalçalarının hemen üstünde bitiyor, çıplak kalçaları her adımda kışkırtıcı hareketlerle salınıyordu. Gözlerini o kalçaların salıntısına dikmiş olan Halûk, altın bir rakkasın gidip gelişine bakarken hipnotize olan bir kobra gibi o salıntıdan başka bir şey göremez hale gelmişti.

Karısının vücuduna, bir toteme tapınan bir yerli gibi neredeyse tutkuyla tapınırdı. Bir tür cinsel bağımlılıktı bu. Muhteşem bir aşkın sarsılmaz temeli olabilecek bu olağanüstü bağımlılığını ne yazık ki sadakat anlayışının sıradanlığı içine yerleştirir, onu yatak dışındaki küçük oynaşmalarla, eğlenceli flörtlerle, arada sırada kalabalık davetlerde çapkınca göz kırpışlarla sürekli bir sevişmeye, sonsuz bir eğlenceye çevirmezdi. Karısı her istediğinde sevişmeye hazırdı ama bu istekliliğini tükenmez bir şehvetin çılgın gelgitleri halinde hayatlarının her ânına yayamıyordu. Islık sesini duyduğunda ahırına giden bir at gibi, Aydan çağırdığında istekle yatağa gidiyor ama bunun dışında kendi manejinde pinekliyor, büyük dörtnallara, şahlanmalara, oyunlara girişmek hiç aklına gelmiyordu.

Aydan'ın bir seferinde söylediği gibi 'özel bir sıradanlığı' vardı onun. Ameliyathanedeki dehası, sevişme isteğindeki tutkusu gibi olağanüstü özellikleri bulunuyordu ama her nasılsa bütün bu olağanüstülükleri belli anlar dışında sıradanlaştırabiliyor, karısını bu haliyle şaşırtıp gizlice üzüyordu.

Şimdi de Aydan'ın peşi sıra yatak odasına aynı büyük istekle yürüyordu. İnanılması çok zor ama bunca yıllık evliliklerine rağmen hâlâ istekle titreyebiliyor, alnını hafifçe ter basıyordu. Büyük bir şehvete sahipti ama bu olağanüstü arzuyu eksiksiz bir depreme çevirecek, hayatlarının her ânını tutkuyla sarsacak saldırganlık ve vahşet eksikti onda.

Yatak odasına girince öpüşmeye başladılar. Güzel öpüşmesini, dilini kullanmasını, karısının dudaklarını emerken kendi dudaklarını da teslim edebilmesini Aydan öğretmişti ona. Zevkle, tadını çıkartarak öpüşüyorlardı. Öpüşürlerken bir yandan Aydan onu soyuyordu.

Çırılçıplak kalınca karısını yatağa yatırdı, geceliğini eliyle hafifçe yukarı itip karnını öptü, başını aşağılara doğru kaydırıp, yüzünü kasıklarına yaklaştırdı. Dilinin dokunuşunu hissettiğinde gerçekten titredi Aydan. Buna bayılıyordu. Halûk'un dili minicik hareketlerle kıvrımlarının arasında dolaşırken o da zapt edilmesi zor bir istekle kıvranıyordu ama bütün bu isteğine rağmen kendini tam bırakamıyordu. Halûk'un bundan kendisi kadar zevk aldığından emin değildi. Bu kuşku ve her an Halûk'un bunu yapmaktan vazgeçmek isteyebileceğini düşünmek bütün arzusunun özgürce ortaya çıkmasına engel oluyor, o muhteşem zevkin arasında bile Halûk'un bundan sıkılıp sıkılmadığı sorusu aklının bir yerinde kıpırdanıp onu uyanık tutuyor, kendinden geçmesini engelliyordu.

Halûk'u başından tutup 'gel' diye kendine doğru çekti, Halûk hiç itiraz etmeden, karısının vücuduna kendi vücudunu bütünüyle sürterek yukarı doğru kaydı. Aydan bacaklarını kırarak geriye çekti. Dudakları buluştuğunda iki vücut da birbirine kapanmış, birbirini tamamlamıştı. İkisi de kendilerini, onları bir kara delik gibi yutmaya hazırlanan büyük zevke bıraktılar. Halûk karısına duyduğu büyük şehvete rağmen neredeyse şefkatle sevişiyor, hiçbir zaman hoyratlaşmıyor, karısının canını yakmamaya özen gösteriyor, hiçbir yerini tutup sıkmıyor, sadece okşuyordu.

Sevişirlerken konuşmuyorlardı. Soluklarının sesi, arada hafifçe inlemeleri ve çarşafların hışırtısı duyuluyordu. Zaman zaman 'ah Aydan' ya da 'ah Halûk' gibi fısıltıyla çığlık arası bir ses çıkartıyorlardı.

O büyük âna birlikte yaklaşıyorlar, yıllarca birlikte olmanın getirdiği alışkanlıkla ikisi de diğerinin yükselişini ve o âna yaklaşışını hissedebiliyor, bundan da ayrıca zevk alıyordu.

Aydan tırnaklarını Halûk'un sırtına geçirip titreyerek, "Hadi, hadi!" diye bağırırken hayatla ölümü ayıran çizgiye benzeyen o sonsuz karanlık bir anlığına onları kucakladı, solukları durdu, kendilerinden geçtiler, sonra acıya benzer bir zevkle vücutlarını fark edip, hazzı bütün zerrelerinde hissettiler.

Halûk, Aydan'ın yanına yattığında hâlâ soluk soluğaydı. Bir süre öyle kıpırtısız yatıp soluğunu topladıktan sonra kalkıp sabahlığını giydi. Yatakta bir kedi gibi zevkle gerinen karısını sevgiyle öptü.

Halûk odadan çıkarken Aydan arkasından seslendi:

— Gel buraya...

Halûk yanına gelince onu bir daha öptü. Hayatından memnundu. Kendini güzelleşmiş, gençleşmiş, dirileşmiş hissediyor, bedeninin yumuşaklığını ve memnuniyetini fark ediyordu.

Mutluydu.

III

Sonraları, olanları bir daha acıyla gözden geçirdiğinde, o gün havuza gitmeye aniden karar verdiğini düşünmüştü. Ama belleğinin diplerinde bir yerde bir başka görüntü ve konuşma da, sanki bütün olaylardan kopuk, yalnız başına kıpırdanıp duruyordu. Bir gün önce, işten çıktıktan sonra gittiği kuaförde ağdacıya, "Dikkat et, yarın havuza gideceğim," dediğini de belli belirsiz hatırlıyordu. Hem havuza daha önceden planlamadan gittiğine inanıp hem de bir gün önceden hazırlık yaptığını bilmesinin ortaya çıkardığı çelişkinin içinde çok fazla bocalamamış, doğru olması gerekenin doğruluğuna inanmış, bütün olayları bir tesadüfler zinciri halinde açıklamıştı.

Elinde bir gerçek olduğu halde gerçekliği kanıtlanmayana nasıl inandığını hiç düşünmemişti. Öyle inanmayı sürdürmüştü. Çelişkilere alışkın yapısı bu çelişkiyi de istediği biçime sokup özümsemişti ama, bir ara, aslında kendisinden bile bazı şeyleri saklamış olabileceği kuşkusu aklına takılmıştı. Bilincinin daha karanlık noktalarında saklanarak, bilincin aydınlığının ulaşamayacağı bazı gizli planlar kuran bir ikinci insanı içinde taşıdığına, yaşadıklarının tesadüflerin çok ötesinde, kendi ikinci kimliğinin planlarıyla şekillenmiş olaylar olduğuna dair kaygılar yaratan bir kuşku belirmişti.

Yaşadıklarını bu kez içindeki bu ikinci kimliğin izlerini bulabilmek, karanlıkta saklı olanı bilincin aydınlığına getirmek için gözden geçirmişti ama ya o gizli kimliğin gizlenmek konusundaki ustalığı ya da gerçeği taşıyamayacağını sezen bilincin bu gerçekten kaçmakta gösterdiği kararlılık, o izleri bulmasını engellemişti.

O zaman, çektiği acılara ve yaşadığı utanca bir de kuşku eklenmişti. 'İçimdeki o gizli kadın bir daha ne zaman ortaya çıkacak' kuşkusu, 'beni bir daha ne zaman bir yerlere sürükleyecek' kaygısı. Gene de bütün bu karmaşaya rağmen hâlâ o havuza daha önceden planlamadan gittiğine inanıyordu. İnsan ruhunun anlaşılmaz tuhaflıkları, çelişkileri, belirsizlikleri bir arada ortaya çıkmış ve bilinç, bu karışıklığı, uysal yalanlar, görmezden gelmeler, inkârlarla, sahibini en az rahatsız edecek bir biçime sokmuştu.

Geriye dönüp de geçmişi, bir enkazı gezer gibi gözden geçirdiğinde, büyük pişmanlıklara rastlıyordu ama o pişmanlığın altında anlatılması zor, sanki kendisinden ve başkalarından aldığı bir intikamın tatminine benzer bir hoşnutluk da bulmuyor değildi. O felaketin ortasında bir hoşnutluk bulunabileceğine aslında kimse inanmazdı. Zaten bunu kimseye anlatmaya çalışmadı. Birçok sessiz sırrının arasına katmıştı onu da.

Yaşadığı bütün o şaşırtıcı, garip, acıklı olaylar zinciri içinde o gün havuza gitmiş olması belki de çok önemli bir yer tutmuyordu ama kendisi de dahil birçok insan o havuza giderken, pencereleri havuza bakan evde oturan küstah mimarın, kendisini havuz kenarında bikinisiyle yatarken görebileceğini düşünüp düşünmediğini, kendini ona bir de çıplak göstermek isteyip istemediğini merak ediyordu.

Aydan o gün aklından öyle bir şey geçmediğine emindi. Ama kimbilir, belki o da aldatıcı bir duyguydu, belki öyle bir istek duymuş olmayı da kendinden saklıyordu, bunu hiç kimse hiçbir zaman bilemeyecekti.

O perşembe günü, ertesi sabah Amerikalı yöneticilerle yapılacak olan toplantıya hazırlanmak için birçok genel müdür yardımcısı gibi o da dosyalarını alıp evde çalışmaya karar vermişti. İnsanın içini çocuksu bir havailikle coşturan gül ve enginar kokulu ilkyaz günlerinden biriydi. Halûk işe, Selin okula gittikten sonra çalışma odasına girip çalışmaya koyulmuştu. Öğlene kadar her zamanki disipliniyle, her şeyi unutarak çalışmış, dosyaları neredeyse ezberlemişti.

Çalışkanlığı ve zekâsıyla çok ünlüydü zaten. Bu yetenekleri sayesinde kısa sürede büyük bir Amerikan bankasının hazine bölümünden sorumlu genel müdür yardımcılığına ulaşmıştı. Erkek yöneticilerin biraz katı ve soğuk yönetim biçimine kadınca esneklik ve sıcaklık katmayı becermiş, yönettiği bölümlerin başarılarını yanında çalışanlarla paylaşmış, onların haklarını korumaya daima dikkat etmişti. İhtirasını ve açığa çıkarmamaya çalıştığı bencilliğini zekâsıyla denetim altına alıyor, kendi üstlerinin beğenisini kazanmaya uğraşırken, astlarının sevgisinden de vazgeçmiyordu. Seçtiği bu yöntemin sonuçları da onun basamakları çok hızlı tırmanmasıyla alınıyordu.

Hesna Hanım öğlen yemeğini odasına getirmişti. Yemek yedikten sonra dosyalarına biraz daha göz atmış, hiçbir boşluk kalmadığına emin olmuştu. Not alacağı bir-iki ayrıntı vardı sadece.

Odanın ısınmasından mı, pencerelere vuran aydınlığın keskinliğinin artmasından mı, Hesna Hanım'ın çalıştırdığı elektrikli süpürgenin sesinden rahatsız olmasından mı, yoksa başka bir nedenden mi bilinmez, o ayrıntıları havuzun kenarında güneşlenerek gözden geçirmeye karar vermişti. O günlerde daha havuzbaşının henüz kalabalıklaşmadığını biliyordu. Toplantıya hafif bir yanık tenle girmek, Amerikalıları bir de güzelliğiyle etkilemek de istemiş olabilirdi. Belki de iyi çalıştığı için küçük bir ödülü hak ettiğini düşünmüştü.

Havuzun çevresine beyaz minderli şezlongları dizmişlerdi. Sarı şemsiyeler ise kapalıydı. Kimsecikler yoktu. Dosyalarını, şezlongların yanında duran küçük sehpalardan birinin üstüne koymuş, soyunup, bikinisiyle şezlonglardan birine uzanmıştı. Biçimli bir vücudu vardı. O vücudu, tayyörlerin, kalın kazakların, pantolon takımların altına saklamaktan küçük bir kız çocuğu gibi hep biraz üzülürdü. Evinde çok değerli çalıntı bir resim saklayan biri gibi arada sırada o gizli hazineyi birilerine göstermek, sahip olduğunun hak ettiğine inandığı hayranlığı seyredenlerin gözünde görmek isterdi. Bu duygusunun farkındaydı ve bununla dalga geçerdi, her güzel kadında biraz teşhircilik olduğuna inanır, özgürce konuşabildiği eski sınıf arkadaşlarıyla buluştuğunda, "Hepimizin ruhunda var teşhircilik, bıraksalar soyunup çıkıvereceğiz ortaya," diyerek gülerdi.

Güneş rahatsız etmeden yakıyordu. Gözlerini kapattı. Yanına bıraktığı eli sıcak betona değiyor, vücuduna hoş bir ılıklık yayılıyordu. Bütün düşünceleri sanki elinden betona akıyor, aklı tümüyle boşalıyordu, hafiflediğini hissediyordu. Uykuya dalmak üzere gibiydi.

Kapalı gözkapaklarına çarpan ışığın birden karardığını fark ettiğinde galiba hafif bir uykuya dalmıştı. Gözlerini neredeyse telaşla açtı. Kabartılarından bir erkeğe ait olduğu anlaşılan, artık pek moda olmayan daracık siyah bir mayo ve uzun bir yüzücü vücudu gördü önce. Güneşten kamaşan uyku sersemi gözleri ayakta duran adamın yüzünü seçemiyordu. Yüz keskin ışıkta, o ışığa karışmış gibi kaybolmuştu.

Şezlongda doğrulunca, ilk bakışta hatırladığı vücudun üstünde duran yüzü de gördü. O mimardı. Aklında kalandan daha keskin hatlara sahip, yakışıklı denilebilecek bir yüzü vardı.

— Merhaba... Aydan Hanım değil mi? Geçen gün bana uğramıştınız...

Bir yanlışlık yapmamak için sorar gibi konuşan o adamı başucunda dikilirken gördüğünde ne hissettiğini bugün bile açıkça hatırlayabiliyordu, nedense onca karmaşık duygunun arasında o duygu belleğinde kendine berrak bir yer bulabilmişti. Rahatsız edildiği için çok sinirlenmiş, yüzünün hizasında duran kabartıları fazlaca belirli dar siyah mayoyla sahibi neredeyse iğrentiye benzer bir duygu uyandırmıştı. Onu böylesine sinirlendiren belki de o daracık mayosuyla erkekliğini kabaca sergilemesindeki umursamaz küstahlıktı. Kendini saldırıya uğramış gibi hissetmişti.

Yüzünün adamın mayosunun tam karşısında durmasından huzursuz olduğu için hızla ayağa kalktı. Soğukça, "Nasılsınız!" dedi.

Adam, tavırlarındaki, duruşundaki kışkırtıcılığa

hiç uymayan çok kibar ve mesafeli bir sesle, "Sonra aramadınız," dedi, "bir çocuk bahçesinden bahsetmiştiniz ama tam anlayamadım ne söylediğinizi."

O ses ve üslup o duruşa hiç uymuyordu. Aydan kendi duygularından kuşkulanıp adamı yanlış değerlendirdiğini, durumu abarttığını düşündü.

Cem'in, karşısındaki insanları her zaman şaşırtacak, onları gördüklerinden kuşkuya düşürecek çelişkilerle dolu olduğunu, bu çelişkileri olduğundan daha keskin bir biçimde insanların önünde sergileyip, onların şaşkınlığıyla eğlenmekten hoşlandığını daha sonraları öğrenecekti.

Oyuncaklarıyla oynayan bir çocuk gibi insanlarla oynuyordu o. Onları kırıp bozmaktan çocuklara özgü bir vahşetle zevk alıyordu. Fark etmeleri halinde insanları dehşete düşürecek hastalıklı bir sezgiyle insanların düşüncelerini, duygularını ve tepkilerini sanki daha önceden hissediyor, birbirine uymaz davranışları, kabalığı, kibarlığı, saldırganlığı, uysallığı, vahşiliği ve süzülmüşlüğü art arda, bazen de iç içe ortaya koyup, karşısındaki insanları, özellikle de kadınları ne düşüneceklerini, ne hissedeceklerini bilemedikleri bir şaşkınlığa sürüklüyordu. Kadınların kendilerini şaşırtan erkeklere doğru ellerinde olmadan sürüklendiklerini, kendilerini şaşırtan şeyi bulabilmek için çocukça bir merak gösterdiklerini, o şaşırtıcı şeyi bulabilmek için uğraştıkça da kendilerine kurulmuş tuzağın iplerine dolandıklarını öğrenmişti. Okyanusların bir ucundan bir ucuna sadece içgüdüleriyle giden bazı balıklar gibi her zaman hedefine, düşünmeden, kendini içgüdülerine bırakarak ulaşıyordu. Bütün bunları da eğlenebilmek, küçümsediği hayatla ve hayatı ciddiye alan insanlarla alay etmek için yapıyordu.

İnsanlara böylesine fütursuzca, aldırmazca hainlik edebilmesinin, onların hayatlarına girdikten sonra geride bir harabe bırakarak çıkıp gidebilmesinin belki de tek nedeni ihanet duygusunu bilmemesiydi. Kimseyle ihanet duygusuna sahip olabilecek kadar yakın olmamış, kimseye kendini öyle yakın hissetmemişti. İnsanların ortaklaşa kabul ettikleri bütün o duygular, ihanet duygusu, günah duygusu, ayıp duygusu, başka birçok duygu gibi ona yabancıydı. İnsanlarla duygusal olarak paylaştığı neredeyse hiçbir şey yoktu. Tanrı'dan ziyade Şeytan'ın dostu olan deli bir keşiş gibi insanların duygu dünyasından çekilip kendine ait bir duygular ve değerler manastırına kendini hapsetmişti. İstediklerini yapmanın kendi doğal hakkı olduğuna inanır gibiydi, yaptığı hiçbir şeyden suçluluk duymuyordu. Ama en korkuncu, hainliği kadar büyük bir masumiyete sahip olmasıydı. Bütün yaptıklarını, neredeyse delilere özgü bir masumiyetle, kötülüğünü hiç fark etmeden yapmasıydı. Onu öylesine çekici kılan da, hainliğinin içinde hiç kötülük barındırmamasıydı.

Bu oyunların başkalarının hayatlarını nasıl altüst edebileceğini öğrendiğinde gerçekten çok şaşırmış ve inanılması zor ama çok da üzülmüştü. Hayatta anlayamadığı bazı şeyler olduğunu ilk o zaman düşünmüştü.

Eğer Aydan biraz daha deneyimli ya da biraz daha güvensiz bir kadın olsaydı karşısındaki adamı ve davranışlarını görünce kaçardı. Ama o, ne erkekleri o kadar tanıyacak kadar deneyimli ve oynak, ne de gördüğü erkekten korkmayı akıl edecek ve bunu doğal bulacak kadar ürkek ve korunaklıydı. Her sorunu çözebileceğine olan inancı onu Cem'in karşısında tümüyle silahsız ve korunmasız bırakıyordu. Ne tuhaftır ki onu mahvoluşa götüren yolu kendi zekâsı ve güveni hazırlıyordu. Ama bunların hiçbirini o zamanlar bilmiyordu. Aslında sezgileri onu defalarca uyarmıştı, o sezgilerine kulak vermemiş, aklına ve zekâsına güvenmişti. Hata yaptığını daha sonra anlamıştı ama o hatayı yapmaktan aldığı büyük keyfin yarattığı sis bulutunun hatayı nasıl sakladığını ancak daha sonraları öğrenmişti.

Sezgileri sanki onu hatadan korumak için çocuk bahçesi konusunu belleğinin bir yerlerine saklamıştı. Cem, çocuk bahçesinden söz edince bu konuyu aklının bir yerlerine itip unuttuğunu fark ederek, hızla ne yapacağını düşünmüş ve, "Benim şu sıralarda işlerim çok yoğun, işlerim hafifleyince ben sizi rahatsız ederim ya da bir arkadaşımdan rica ederim sizi o arar," demişti.

Cem sözü hiç uzatmamış, "Peki nasıl isterseniz, ben çoğunlukla evdeyim," deyip havuzun öbür ucuna doğru yürümüştü. Aydan'ın içindeki son öfke ve kuşku kırıntıları da Cem'in konuşmayı uzatmaya hiç uğraşmadan ayrılıp gitmesiyle dağılmıştı. Durduğu yerden adamın yürüyüşünü izlemeye başlamıştı. Vücudu güzeldi. Matadorlarınkini andıran dar ve sıkı kalçaları vardı. Sanki Aydan'ın rahatça izlemesini ister gibi ağır ağır, belli belirsiz yaylanarak yürüyordu. Şezlongların açığında, Aydan'ın kendisini görebileceği bir yere havlusunu serip yüzüstü uzandı. Ancak o zaman Aydan, adamın kendisine bir kere bile dikkatle bakmamış olduğunu fark etti, sanki bikinisinin içindeki çıplaklığı adamın hiç ilgisini çekmemişti.

Ne yapacağını bilemeden ayakta duruyordu. Terlemişti. Birden çocukluğunda yaptığı gibi koşarak havuza atladı. Hızlı hızlı, ancak deniz kıyısında büyümüş olanların becerebileceği bir kıvraklıkla yüzmeye başladı, başını suyun içinden çıkarmıyor, her iki kulaçta bir başını yan döndürüp kolunun altından nefes alıyordu. Hiç durmadan iki-üç kez havuzun bir ucundan bir ucuna gidip geldi. Kendini yüzmeye kaptırmış, adamı unutmuştu. Bir ara durup havuzun kenarına tutunduğunda adamın doğrulup kendisini izlediğini gördü. Adam, kibarca gülümseyip yeniden dönüp yattı.

Hayatımızı, ne kadar tuhaf, akla gelmez, daha önceden tahmin bile edilemez, bir başkasına anlatıldığında çok anlamsız görülebilecek şeylerin etkileyebileceğini galiba hiç bilemeyeceğiz. Aydan, o günü düşündüğünde, onu çılgın bir geleceğe sürükleyenin, o havuzu saran dingin sessizlik olduğuna inanacaktı. Müthiş bir sessizlik vardı. Sürekli suyu tazelenen havuzun fıkırtısı, su içmek için havuzun kenarına konduktan sonra aniden havalanan küçük kuşun kanat sesi, güneşin altında minik bir altın parçası gibi parlayan arının çiçeklerin arasında uçarken çıkardığı kesik kesik vızıltı, sessizliği bozmuyor, aksine daha da belirginleştiriyordu. Havuzun iki ucunda birbirlerine bakmadan yatarken, o havuzu ve oradaki birbirini hemen hemen hiç tanımayan iki insanı diğer bütün insanlardan ve hatta hayattan ayıran geniş ve derin bir sükûnetle sarılmış gibiydiler. 'Muhteşem' diye hatırladığı o sükûnet, herkesi ve her şeyi, bütün kaygıları ötelere itiyor, oradaki iki insana istedikleri her şeyi yapabilecekleri geniş bir alan açıyordu; bütün masalları, fantezileri, heyecanları, delilikleri, maceraları yumuşacık bir şekilde sarmalayıp içine almaya hazırdı. Derin ve vaatkâr sükûnet, içini dolduracak büyük ve unutulmaz hareketler bekliyordu sanki oradaki iki insandan. Aydan, biraz ötede daracık siyah mayosuyla yatan adamın yanına gitse, hayal bile etmekten korkacağı bir çılgınlık yaşayabileceklerini hissediyordu. Aynı düşüncelerle duyguların adamın aklından da geçtiğini biliyordu. Her şey, birinin öbürüne doğru yürümesine bağlıydı.

Adama doğru hızla yüzdü. Havuzun sonuna gelince aynı hızla yüzerek geri döndü. Havlusunu ve dosyalarını aldı, adama bir kere bakmadan, yeşilliklerin arasından uzanan taş döşeli patikadan eve doğru yürüdü. Yola çıkan merdivenlerin başına geldiğinde dönüp havuza baktı. Adam orada biraz önceki gibi kımıldamadan yatıyordu.

O akşam yemekte Aydan durgundu. Selin okulda olanları, Halûk hastanedeki gelişmeleri anlattı ama onları da tam dinlemedi, sadece arada sırada, onlar iki cümle arasında duraladıklarında onlara gülümsedi.

Gece erken yattı. Sabah kalktığında yalnızca katılacağı toplantıyı düşünüyordu. Adamın havuz başındaki o çıplak görüntüsü tümüyle aklından silinmişti. Uzun uzun hazırlandı, özel bir itina gösterdiğinin anlaşılmamasını sağlamak için her zamankinden de daha dikkatle makyajını yaptı, kendisine çok yakıştığına inandığı ince çizgili siyah tayyörünü giydi. Selin'in kahvaltısını verdi, onu servis arabasına bindirdi. Halûk'u yolcu etti. Sonra da işe gitti.

Toplantıya girmeden önce sınava hazırlanan bir öğrenci gibi son kez dosyalarını bir daha karıştırdı, bu anlarda, bir dağcının tırmanmaya hazırlandığı zirvenin eteklerinde, tırmanacağı yere bakarken hissettiklerinin neredeyse aynısını hissederdi. Büyük bir dikkat, disiplinli bir denetim, kafasında tekrarlayıp durduğu planın nerelerde aksayabileceğine dair bir kaygı, kendisini bekleyen zorlukları yenmek için bir arzu, başarıya ulaştığı anda kavuşacağını deneyimleriyle bildiği olağanüstü tatminin heyecanı ve belli belirsiz bir tedirginlik. Gergin olurdu. Bu gerginliği, işine yoğunlaşan dikkatinin kararlılığı içine hapseder, çelik bir fırının içine hapsedilmiş basınçlı buhar gibi onu orada saklar, ancak yardımcılarından biri bir hata yaptığında o gerginlik keskin bir sesle sorduğu 'emin misiniz' sorusuyla ortaya çıkardı.

Dokuza beş kala Aydan genel müdürün odasında yapılacak toplantıya hazırdı. Masasının üstündeki dosyaları toplayıp çıkmaya hazırlanırken, kredilerden sorumlu genel müdür yardımcısı olan Hasan, her biri ünlü bir markanın ürünü olduğu belli olan lacivert takım elbisesi, mavi gömleği, ipek kravatı, kalın tabanlı İngiliz ayakkabıları ve altın bileklikli pahalı saatiyle gelip, kapıdan içeri baktı.

— Hazır mısın?

Aydan, işe ilk başladığında Hasan onun şefiydi. Daha sonraları Aydan'ın da yükselip eşit payeye ulaşmış olmasına rağmen Hasan hâlâ ona üstüymüş gibi davranırdı. Hatta davranışlarında, iş ilişkilerinin de ötesinde bir koruyuculuk, tam belirlenemeyen mahrem bir yakınlık seziliyordu. 'Hazır mısın' diye soruşunda bir meraktan çok hazır olmama olasılığından duyulan bir kaygı vardı sanki.

Hasan bütün gösterişçiliğine, sıkıcı böbürlenmelerine, neşesiz alaycılığına, kendini herkesten akıllı sanan ukalaca konuşmalarına rağmen insan tabiatının o tuhaf çelişkilerinden birini de ruhunda barındırıyordu: Güvenilir biriydi. Görünüşünden bunu anlamak çok zordu belki ama Aydan onun güvenilir olduğunu çeşitli deneyimleriyle biliyordu. Onun zaman zaman rüküşlüğe varan marka merakının, övüngeçliğinin altında böylesine güvenilir ve sağlam bir yan bulunması Aydan'ı her zaman şaşırtmıştı. Neredeyse bütün kötü özelliklerini böylesine açıkça sergileyerek, hatta bunlardan gurur duyarak taşımasına rağmen güvenilir yanıyla hiç övünmez, bunu göstermezdi. İnanılmaz yükselme isteğine, genel müdür olma konusundaki hastalık derecesindeki tutkusuna rağmen herkesi karşısına alma pahasına Aydan'ı korurdu.

Hasan'la birlikte, 'mabet' dedikleri büyük toplantı odasına biraz gergin ama gerginliğinden hoşnut bir şekilde girdi. Bu gerginlikte, sabah rüzgârı gibi onu hayata karşı uyanık tutan, dirilten, yaşadığını hissettiren ürpertici bir serinlik vardı. Bunu hissettiğinde uyanıyor, diriliyor, yaşadığını, onu bekleyen bir hayat olduğunu anlıyordu.

Amerikalı yöneticilerin sevecen, hatta dostça kibarlıklarının altına sakladıkları küçümseyici küstahlıklarını görmezden gelerek her biri kendisine ayrılan zamanda 'sunuş'unu yaptı. Toplantı genelde başarılı geçmiş, herkes bir sınavı hatasız atlatmıştı, ama toplantının yıldızları Hasan'la Aydan'dı. Hasan, gösterişçiliğinin ve üstleriyle iyi geçinmek için benimsediği belli belirsiz yaltaklanan tavrının aksine o gün çok güvenli, rahat bir konuşma yapmış, sadece ülkedeki durumla yetinmeyip bütün bölgeyi, hatta Avrupa'yı kapsayan bir projeksiyonla krediler konusundaki beklentilerini çok net ve açık bir biçimde ortaya koymuştu. Aydan ise esprilerle, erkeklerle zaman zaman dalga geçen dokundurmalarla süslediği konuşmasında konularına ne kadar hâkim olduğunu dinleyen herkese göstermiş, Amerikalılardan coşkulu kutlamaların yanı sıra, üstü örtülü bir biçimde dile getirilen iki de akşam yemeği önerisi almış, zarif şakalarla reddetmişti.

O gün neşeyle geçmişti. Yöneticilerin sevinci ve hoşnutluğu, bütün binaya, bütün çalışanlara dalga dalga yayılmıştı; işyeri çok az rastlanır bir biçimde, mutlu bir aile gibi tasasız, neşeli, şakalı, eğlenceli bir gün yaşamıştı. Aydan toplantıyı yardımcılarına anlatıp hepsine teşekkür etmiş, yardımcıları da içten bir sevinçle onu kutlamışlardı. Ortaklaşa paylaşılan bir coşku herkesi sarmıştı. Herkeste günlerden beri süren tehditkâr bir baskıdan kurtulmanın yarattığı garip bir enerji vardı. Belki hepsi de o gün başka günlerde olduğundan daha çok çalışmışlar ama günün sonunda tükenmemiş bir enerjiyle ayrılmışlardı işten.

Hasan, Aydan'a, "Çıkışta bir içki içelim," demişti. O gün Selin baleye gidecekti, Halûk da hastanede bir toplantıya katılıp dönüşte Selin'i alacaktı. Evde kimsenin olmadığını bildiğinden Aydan da öneriyi kabul etmişti.

Hasan'ın bir ev fiyatına aldığı yeni arabasına bindiklerinde Aydan gülümsemişti. Hasan bu arabayı almaya karar verdiğinde Aydan, ona bu parayla araba değil ev almasını söylemişti. Hasan nasıl işte Aydan'a biraz kocası gibi, biraz babası gibi davranırsa Aydan da iş dışındaki konularda Hasan'a biraz karısı, biraz annesi gibi davranırdı, ilişkilerinin kendine özgü bir dengesi vardı. Aydan'ın öğüdüne rağmen Hasan arabayı eve yeğlemişti. Görünür olanı seviyordu. Bir evi kaç kişi görebilirdi ki ama bir arabayı herkes görürdü.

O sıralarda çok gözde olan bara girip oturduklarında Hasan çevresine bakarak kimlerin orada olduğunu anlamaya çalıştı. Gittikleri yerde rastladıkları ünlü insanlar sanki Hasan'ı daha başarılı bir adam yapıyordu. Onun için gittiği yerlerde tanınmış, zengin insanların olmasını ister ve hep o insanların gittiği yerlere giderdi. Toplumun hangi basamağında durduğunu, kim olduğunu ancak çevresindeki insanlara bakarak anlayabilenlerdendi, kendi başına durduğunda sanki kim olduğuna karar veremiyordu. Belki de o yüzden kendi başına kalmamak için, hep başkaları tarafından beğenilmiş markaların elbiselerini alır, başkalarının iyi olduğuna karar verdiği gösterişli arabalara biner, başkalarının 'moda' olduğunu söylediği barlara, lokantalara giderdi. Hayatı öylesine başkaları ile doluydu ki bir gün hayatından başkalarını ve başkalarının beğendiklerini çıkarsalar, geriye kalanı, Hasan'ın kendisi bile belki tanımayacaktı. Ya da geriye kalacak şeyi Hasan herkesten iyi bildiğinden onu saklayabilmek için çevresini başkaları ile örüyordu.

Hasan'da doğal bir sevinç vardı o akşam. Bu, onu her zamankinden daha sevimli ve çekici kılıyordu. Birlikte yaşadıkları toplantıyı, genellikle yaptıkları gibi, baştan sona bir daha birbirlerine anlatmışlar, Amerikalılarla dalga geçmişler, birbirlerini cömertçe övmüşlerdi.

İçkilerini içerken birden Hasan'ın sesi öylesine önemsiz bir şeyden söz eden bir sese dönüştü ki Aydan onun önemli bir şey söylemeye hazırlandığını anladı. Onu yıllardan beri dinlediği için bütün ses dalgalanmalarını tanırdı.

— Haftaya, Ankara'ya gideceğim... Merkez Bankası'ndakilerle görüşmeye... Sen de benimle gel... Senin bölümünü de ilgilendiriyor çünkü.

Aydan kafasını kaldırıp baktığında ne göreceğini biliyordu ve tam da beklediğini gördü. Hasan ayağı kırılmış bir at gibi çaresizce ve yalvararak bakıyordu.

Onun ne istediğini, neyi arzuladığını anlıyordu Aydan. Ama hem 'hayır' deyip Hasan'ı kırmak istemediğinden hem de aslında bu konuda tam karar veremediğinden, "Bakalım," dedi, "haftaya, bir daha konuşuruz."

İki içki içtikten sonra Aydan, "Benim gitmem gerek artık," demişti. Hasan yüzünü buruşturmuştu ama itiraz etmemişti.

Bardan çıktığında Aydan'ın hafifçe başı dönüyordu, bu belli belirsiz sarhoşluk hoşuna gitmişti. İlkyaz akşamlarının o huzurlu alacasında arabada tek başına eve giderken radyoda çalan şarkılara eşlik etmişti.

Aydan eve geldiğinde Halûk'un arabası yoktu. Daha gelmemişlerdi. Başını kaldırıp baktığında evlerinin pencerelerinin karanlık olduğunu görmüştü. Başını daha yukarı kaldırıp en üst kata bakmıştı. Mimarın evinde ışık yanıyordu.

Asansöre binip en üst katın düğmesine bastı.

Daha sonra buna kimse inanmadı ama o sırada boş ve sessiz bir eve girmek ona gerçekten zor gelmişti. Bir insan sesi, sevincini paylaşacak bir insan varlığı istemişti sadece. Evde kimsenin bulunmaması, Aydan'ın çok neşeli olması, başarının yarattığı o masum şımarıklıkla kendini genç bir kız gibi hissetmesi, hafif bir sarhoşluğun her şeyi mümkün kılan özgür büyüsü, bunların hepsinin o gün bir araya gelmesi tesadüftü. Daha sonraları kendi kendine, acaba tesadüf değil miydi, diye de sormuştu, Halûk'un biraz geç geleceğini biliyordu, Hasan'la bir içki daha içebilirdi ama o telaşlı bir halde eve dönmüştü.

Asansörün aynasında kendisine baktı. Güzeldi. Tayyörünün içindeki gömleğinin toplantıya girerken açtığı üst düğmesine gözü takılınca bu kez o düğmeyi ilikledi. Saçlarını son bir kez daha düzeltip indi asansörden. Kararlı bir şekilde mimarın kapısını çaldı.

Kapı hemen açıldı.

Mimar hardal rengi keten bir pantolon ve ham ipekten yakasız beyaz bir gömlek giymişti. Bir gün önce havuzda yanmıştı. Yakışıklı görünüyordu.

Aydan adamın yüzüne alaycı bir halde baktı.

— Ooo, giyiniksiniz...

Cem onun ne söylediğini ilk anda anlamamış, hafifçe kaşlarını çatıp baktıktan sonra espriyi kavramıştı. Konuşmanın bundan sonrasının bu tür esprilere açık olduğunu da fark etmişti.

— Özür dilerim, demişti, bazen giyiniyorum ama her zaman soyunmaya hazırım.

— Yok, böyle iyisiniz, bence böyle kalın.

— Gelin içeri.

Birlikte içeri girmişlerdi.

— Ne içersiniz?

— Ne var?

— Ne isterseniz...

— Servis kuvvetli anlaşılan.

— Eh, elimizden geleni yapıyoruz.

Aydan şımarıklık olsun diye, "Ben votka martini içerim," demişti, ardından da eklemişti: "Ama yeşil zeytinsiz bir martiniye ben martini demem, zeytin yoksa hiç zahmet etmeyin."

Cem gülmüştü.

— Müşteri kaprisli ha... Biz her türlü müşteriye alışkınız, merak etmeyin yeşil zeytin var, eğer zeytini martiniden fazla seviyorsanız sadece zeytin de verebilirim.

— Yok, martiniyle tercih ederim.

Cem'in Aydan'ın biraz saldırganca takılmalarına

aynı tonda cevap vermesi aralarında bir anda daha önceden tahmin edilmeyen bir yakınlık yaratmıştı. Artık bu konuşma tarzından geri dönemezlerdi ve Aydan'ın içkinin ve neşenin etkisiyle pek de düşünmeden başlattığı bu konuşma biçimi onların yerine belirliyordu aralarındaki ilişkiyi. Alaycı, hafifçe saldırgan ve flörte çok açık bir ilişkiydi bu. Yeni tanışan bir erkekle bir kadın arasında olabilecek en ilginç ve en tehlikeli üslubu seçmişlerdi farkında olmadan. Daha doğrusu Aydan seçmiş ve Cem daha sonra onu çok şaşırtacak olan o inanılmaz uyumuyla ona ayak uydurmuştu.

Cem içerden iki martini ve koca bir salata kâsesine doldurduğu yeşil zeytinlerle dönmüştü. Aydan zeytinlere baktıktan sonra kendisini de şaşırtan bir alaycılıkla, "Abartmışsınız," demişti.

— Severim abartmayı... Ayrıca siz de abartmak isterseniz buna imkânınız olsun diye düşündüm... Sonradan, ben abartacaktım ama adam fırsat vermedi ki, demeyin istedim.

Aydan kendini yokuş aşağı giden denetimsiz bir araba gibi hissediyor ve kendini bu denetimsizliğe istekle bırakıyordu.

— Abartma konusunda çok yardımseversiniz.

— Yardımsever olduğum bazı konular vardır...

— Hangi konular onlar?

Cem, Aydan'ın yüzüne dikkatle bakmış, sonra da kendi kendine gülümsemişti.

— Sırası geldikçe onları size göstermekten zevk alacağıma emin olabilirsiniz.

Aydan birden ciddileşmişti.

— Biz neden söz ediyoruz tam olarak?

Cem gülmüştü.

— Zeytinlerden.

Adamın kıvraklığı ve oyuna ayak uydurmadaki yeteneği Aydan'ın hoşuna gitmişti, kendini Büyükada'daki gençlik günlerindeki gibi hissediyordu.

— Zeytinler zeytin olalı haklarında bu kadar uzun konuşulmamıştır.

— Gene mi abarttım?

— Seviyorsunuz ya abartmayı...

Aydan, onun cevap vermesini beklemeden salonu incelemeye başlamış, duvardaki tablolara, halılara, zevkle seçilmiş mobilyalara tek tek baktıktan sonra kibar ve mesafeli bir konuk gibi konuşmuştu:

— Güzelmiş eviniz.

Cem de aynı mesafeli ve kibar sesle cevap vermişti:

— Teşekkür ederim... Beğendiğinize sevindim.

Asla konuşmayı yönlendirmeye uğraşmıyor, konuşmanın bütün yönetimini kendi isteğiyle Aydan'a bırakıyordu. Kendisine yaklaşmaları için kadınlara geniş ve özgür bir alan vermesi gerektiğini biliyordu, hiçbir zaman konuları belirlemekte Aydan'ın önüne geçmiyor, onun kendisini güvenli ve rahat hissetmesini sağlıyordu. O şaka yaptığında şaka yapıyor, o ciddileştiğinde ciddileşiyordu. Aydan, önünde açılan o geniş alanda güvenle, nereye doğru yürüdüğünü tam fark etmeden, her şeyin kendi denetimi altında olduğunu düşünerek yürüyordu. Cem, kadınları kendi istediği noktaya, onlara büyük bir özgürlük ve güven vererek götürmekte ustalaşmış biriydi. Kadını bir yere doğru sürüklemeye çalışırsa onun korkup çekineceğini, huzursuz olacağını, hatta kaçacağını biliyordu. Kadınlar, Cem'in kendilerini beklediği yere kendi iradeleriyle gittiklerini sanmalıydılar. Onları o yere getirmenin en kolay ve en güvenilir yolu buydu.

Bir ipekböceğinin kozasını örmesi, bir misket kuşunun yuvasını yüzlerce saz parçasından çatması gibi sadece sezgileriyle yapıyordu bunları. Kadınların atacağı her adımı daha onlar o adımı atmadan biliyor, onlara hissettirmeden o adımları atmalarına yardımcı oluyor, bundan da neredeyse hastalıklı bir zevk alıyordu. Kadınlar oyunu kendilerinin kurduklarını sanıyorlar ama sadece Cem'in kurduğu oyunu oynuyorlardı. Öylesine yumuşak, öylesine uysal, gerektiğinde öylesine alaycı ve kışkırtıcıydı ki, ona belli bir mesafeden daha fazla yaklaşan hiçbir kadının bu oyundan kurtulmasına imkân yoktu. O, kadınları yürümelerini istediği yola sokuyor ve sonra da yürümelerini sabırla bekliyordu. Sabırlı olmanın değerini biliyordu, kadınların sabırlı olmadığını da. O sabırlı davrandıkça kadınlar sabırsızlanıyordu.

— Hiç işe gitmez misiniz, dedi Aydan, sizi hep buralarda görüyorum.

— Ha bakın, çalışmak, abartmaktan hiç hoşlanmadığım bir konu işte... İspanyolların bir atasözü var, çalışmak insanın değerli vaktini harcamasıdır, derler.

Aydan bir an kendi kendine düşündükten sonra mırıldanır gibi, "Ben çalışmayı severim," dedi.

— İspanyol olmadığınız belli.

— Siz de çok İspanyolsunuz galiba.

— Epeyce...

Aydan gözlerini salondaki pahalı eşyalarda, seçkin resimlerde, değerli halılarda, oraya buraya serpiştirilmiş antika parçalarda dolaştırdıktan sonra Cem'e bakıp, eliyle eşyaları gösterip, "Eee?" dedi, paranın nereden geldiğini soruyordu.

Cem gülümsedi.

— Babam çalışkan.

— Babamızın paşa oğluyuz demek... Baba parası yemek için biraz fazla yaşlı değil miyiz?

Cem, gözlerini kısıp Aydan'a bakarak, bir zaman sessizce durdu, onun saldırganlığının tadını çıkarması için bekledi.

— Sert vuruyoruz ha...

Aydan biraz ileri gittiğini fark etti. Cem'in kendini savunmaya çalışmaması, böyle bir saldırıya bir saldırıyla karşılık vermemesi Aydan'ın hem kendisini daha güçlü hissetmesine, kendisinden hoşnut kalmasına, hem de biraz utanıp savunmasız duran adama karşı şefkati andıran garip bir yakınlık duymasına yol açmıştı.

Aslında bu şefkati andıran duygunun nedeni, küçük zekâ dalaşında üstünlüğün kendisine böyle cömertçe bağışlanmasına duyulan gizli hoşnutluktan kaynaklanıyordu. Satranç bilseydi, karşısındaki adamın, vezirini almak için ona küçük bir piyon verdiğini düşünebilirdi ama satranç bilmiyordu, üstelik, daha önceleri küstah tavırlarına sinirlendiği bu adamı alt ettiğini hissetmek onun dikkatli davranmasını önlüyordu.

Kızdığı ve büyük bir olasılıkla zenginliğinden dolayı önemsediği bir adama duyduğu bu .şefkate benzer yakınlığın ve sıcaklığın tehlikesini de sezemiyordu. Kadınların çeşitli nedenlerden dolayı önemsedikleri bir erkeği güzellikleri ya da zekâlarıyla etkilediklerini, o erkeğin kendilerini beğendiğini düşündüklerinde hissettikleri baş döndürücü zafer duygusuyla gözleri kararmıştı aslında. Cem'e değil kendi küçük zaferine hayrandı o sırada, ama bu zafer sevinci, karşısındaki adam için hissettiğini sandığı bir yakınlıkla ortaya çıkıyordu.

Kendi zekâsının ışığını görmek, üstünlüğün tadını çıkarabilmek için o erkeğin yanında epeyce bir zaman kalmaya razı olabilirdi. O anda Cem'le konuşmaktan hoşlandığını düşünüyordu ama asıl hoşlandığı kendisiydi, kendi zekâsıydı, kendi parlaklığıydı. Aydan gibi çok başarılı olan kadınların bile en derinlerinde saklı duran o ezilmişlik duygusu, o hayranlık açlığı, beğenilmeyi arzulayışlarındaki şehvet onların belki de en zayıf yanlarıydı. Cem, bir kadını kendine bağlamanın en iyi yolunun, onun bu başarıyı hissetmesine izin vermek olduğunu biliyordu. Kadın, onu, kendi güzelliğini ve zekâsını seyrettiği bir ayna gibi algılayacak, kendisine hayran oldukça aynaya bağlanacaktı.

Cem, Aydan'daki bütün duygu kıpırtılarını görebiliyordu. Artık onun bedenini yeniden fark etmesi gerektiğini düşündü. Gömleğinin üst düğmesini açıp ayağa kalkarak pencereye yürüdü. Aydan, gerçekten de şimdi daha güvenli ve rahat seyrediyordu onun bedenini. Dar kalçalarını, geniş omuzlarını neredeyse arsızca, bir padişahın haremdeki dansözleri seyretmesi gibi kendini dokunulmaz hissederek seyrediyor, seyrederken yakalanmaktan da korkmuyor, belki yakalanmayı bile istiyordu.

Cem pencereyi açtı.

— Bu yıl yaz erken geldi değil mi? Nasıl birden ısındı hava... Bir martini daha vereyim mi?

Aydan önce önündeki boş bardağa, sonra da telaşla saatine baktı.

— Hayır, çok mersi... Çok geç olmuş... Kocamla kızım gelmişlerdir, beni merak ederler.

Bir kocasıyla bir kızı olduğunu sanki sadece Cem'e değil kendisine de hatırlatmak ister gibi söylemişti bunu. Sonra kendi kendine söylenir gibi ekledi:

— Hay Allah, bu çocuk bahçesi konusunu da konuşamadık.

Cem, ona kalması için hiç ısrar etmedi, kalkıp ceketini tutarken, "Ben genellikle evdeyim," dedi, "ne zaman isterseniz uğrayın."

— Böyle rahatsız etmekten de utanıyorum doğrusu.

— Yoo, hiç rahatsız etmiyorsunuz... Ama gene de daha rahat edecekseniz, ben size telefon numaramı da vereyim.

Bir kâğıda numarasını yazıp verirken, sehpanın üzerinde duran koca zeytin kabına bir göz attı.

— Zeytinlerini de yemedin.

'Siz'den 'sen'e dönmüştü, tedirginliğini hiç hissettirmeden merakla Aydan'ın cevabını bekledi. Aydan belki geç kalmanın telaşından, belki ona da 'sen' diye konuşmak doğal gözüktüğünden kapıyı açarken, "Onları da sen yersin artık," dedi.

O, asansöre binene kadar Cem kapıda bekledi. Bu kibarlığı ve özeni Aydan'ın hoşuna gitmişti.

Asansörde aşağıya inerken Cem'e yeniden uğrayacağını biliyordu. Aslında kafasında şekillenmiş bir düşünce, belki bir duygu bile yoktu; sadece yeniden ona uğrama ve onu görme isteği vardı, bu isteğin ne anlama geldiğini o sırada sorgulamak, bu duygu kıpırtısına bir isim vermek istemiyordu.

Bu duygunun isimsiz kalması onun cesaretini ve isteğini artıracaktı. Bu cesaretin ve isteğin kaybolmasını en azından o anda istemediğinden o da bu duyguyu kendi içinde isimsiz ve şekilsiz bırakmayı tercih ediyordu.

Cem'in Aydan için küçük oyunları olduğu gibi, Aydan'ın da Aydan için küçük oyunları vardı.

İkisi de Aydan'la oynuyordu.

IV

Bir ilişkinin üstüne üçüncü bir insanın gölgesi vurduğunda, o ilişki kararmıyor, tam aksine birden aydınlanıyor, o güne kadar görünmeyen, fark edilmeyen birçok sıyrık, çizgi, onarılmadan bırakılmış çatlak, sert ve üzücü bir ışığın altında ortaya çıkıyordu.

Aydan bunu o gece birden fark etmişti.

Eve dönüp de Halûk'la Selin'i gördüğünde hissettiği o güçlü sevinci bütün berraklığıyla bugün bile hatırlıyordu. İşteki başarılı toplantı da, Cem'le yaptığı eğlenceli konuşma da, verdikleri zevke karşın onu epeyce gerginleştirmişti; ne başarılı ne de eğlenceli olmak zorunda kalmayacağı sakin bir yere, evine, çocuğuna, kocasına kavuşunca, yorgun bir günden sonra kendisini kucaklayacak, kendisine huzur verecek tek yerin evi olduğunu düşünmüştü.

Kocasıyla kızını gördüğünde hissettiği bu her zamankinden farklı sevinçte belki Cem'le geçirdiği zamandan dolayı duyduğu vicdan azabının da rolü vardı ama bunu tam bilemiyordu. O sırada bildiği tek şey, yabancılar kadar heyecan vermeseler de ona yalnızca kocasıyla kızının huzur verebileceğini hissetmesi ve bunu hoşnutlukla kabullenmesiydi. Her şey bildik, her şey sakin, her şey huzurluydu orada.

Selin'i neşeyle doyurdu, onu küçük şakalarla güldürerek yatırdı, ışığını söndürdükten sonra kocasıyla yemek yemek için salona döndü.

Yemekte, Halûk, hastanedeki başhekimlik dedikodularını anlatmaya, kalp cerrahını seçtirmek isteyenlerin yaptıklarından yakınmaya başlamıştı, anlattıklarını çok önemsediği anlaşılıyordu.

Aydan'ın birden içi sıkışmıştı.

Midesinden ciğerlerine doğru bir kasılma yükseliyor, sanki boğazından aşağıya demir bir çubuk sokuluyordu. Uzanıp Halûk'un ağzını eliyle kapatmak istedi. Halûk konuşmaya başladığında önce fiziksel bir tepkiydi Aydan'ın hissettiği, daha sonra bu, duygusal bir sarsıntıya dönüştü. Hemen evden çıkmak, Cem'e gidip onunla yarım bıraktığı konuşmayı sürdürmek için neredeyse dayanılmaz bir istek duyuyordu.

Biraz önce konuştuğu adamın şımarık aldırmazlığından, hayatla alay eden kibirli boş vermişliğinden sonra kocasının bir mevki peşinde koşuşunda kendisini hem utandıran hem de öfkelendiren zavallı bir sıradanlık, daha kötüsü rahatsız edici bir başarısızlık görüyordu. Kocasının bir başka erkekle kıyaslandığında böylesine güçsüz ve önemsiz görünmesinden içi acıyordu; Halûk o sıradan ihtirası ve tekdüze yakınmalarıyla onu sıkıyor, hiç tanımadığı bir başka erkeği neredeyse hastalıklı bir şekilde özlemesine neden oluyordu.

Bir başka erkeği özlemesine neden olduğu için kocasını hiç affetmeyecekti ve affetmedi. Halûk'un belki bir daha hiç hatırlamadığı o kısa ve önemsiz konuşma, aralarındaki ilişkiyi onarılması çok zor bir biçimde sarsıyor, yıllar içinde inşa edilmiş birçok duygusal bağı koparmasa da önemli ölçüde zedeliyordu.

Bu duygularının arasında, bir yandan da kocasına nasıl haksızlık yaptığını fark ediyor, utancına bir de haksızlık yaptığını düşünmenin huzursuzluğu ekleniyordu. Kocası belki de Cem'in asla sahip olamayacağı olağanüstü bir yeteneğe sahipti, hayatın içinde, çalışarak, dövüşe dövüşe yükselmişti; hiç kimseye kötülük etmezdi, karısını kıracak bir hareketi bilerek hiçbir zaman yapmamış, her zaman onu hoş tutmaya uğraşmıştı. Şimdi kendi kazanmadığı zenginliğine güvenen, bu güvenle şımaran, hiçbir şeyi kazanmadığı için hiçbir şeyi kaybetmekten korkmayan küstah ve kibirli bir adamın hercai serseriliğinin hayali karşısında eziliyor, karısının gözünde değersizleşiyordu.

Aydan bunun, bu duygularının haksızlık olduğunu biliyordu ama aklının bu haksızlığı fark edip bundan utanması, duygularını hiç değiştirmiyordu. Duyguları kalın duvarlı bir kalenin içinde gizlenmişti sanki, hiçbir düşünce, hiçbir bilgi, aklın yol gösterdiği hiçbir fikir bu kalenin duvarlarını aşıp o duygulara ulaşamıyor, onları değiştiremiyordu. Duygularıyla düşünceleri içini sarsan sancılarla birbirlerinden kopuyorlardı, duyguları düşüncelerinin denetiminden çıkmış gibi gözüküyor, bu kopuş onu korkutuyordu.

Dayanamayıp, yalvarır gibi, "Halûk..." dedi.

Halûk, susup karısına baktı ama sesindeki o tuhaf yalvarışı fark etmemişti.

— Efendim canım...

— Bu kadar önemli mi bunlar?

— Başhekimliği önemsiz mi buluyorsun? Geleceğimizi güvence altına alacağız... Az şey mi bu?

Aydan başını önüne eğip çatalıyla oynarken mırıldanır gibi, "Bilmem ki," dedi.

— Sen muhteşem bir doktorsun, olağanüstü bir yeteneğin var, kurtardığın hayatları düşünsene; senden başka hiç kimsenin kurtaramayacağı hastaları, senin ellerinden başka hiçbir şeyin beceremeyeceği o ameliyatları düşünsene... Ben seni böyle seviyorum... Başhekim olma demiyorum, ama bırak, bu kadar üstüne düşme, olursa olur olmazsa olmaz...

Halûk birden ellerini masanın üstünden Aydan'a doğru uzattı.

— Bak, dedi, bu eller bir gün titredi mi, bizim için gelecek diye bir şey kalmaz... Sen benim her sabah bu ellere nasıl korkuyla baktığımı biliyor musun, bir sabah uyandığımda ellerimin titrediğini göreceğim... O zaman ben ne olacağım Aydan, siz ne olacaksınız... Bütün hayatını böyle bir korkunun üstüne kurabilir misin? Bunun ne olduğunu sen bilmiyorsun tabii, hiç kimse bilmez, o ameliyathaneye girmeyen bunu anlamaz...

Aydan, kocasının yüzüne baktığında o zamana kadar hiç görmediği bir şeyi, duygularını saklamayan bir erkeği gördü; kederli bir çocuk gibi bakıyordu. Bunca yıldır kocasını hiç tanımadığını, duyguları olmadığını sandığı bir erkeğin içinde hiç kimseye göstermediği bir şeyler taşıdığını fark etti.

— Yetenek diyorsun, yoruldum Aydan ben o yeteneği taşımaktan... Bir gün kaybedebileceğini düşündüğün bir yetenek, gün geliyor ağır bir yüke dönüşüyor...

Aydan, biraz önce açıkça hissettiği bütün duygularıyla düşüncelerin birdenbire çalkantılarla birbirlerine karıştığını, hepsinin garip bir sisin ardında belirsizleştiğini, bütün ruhunu kocasının o kederli bakışlarıyla hüzünlü sesinin kapladığını hissetti. Hiçbir duyguyu, hiçbir ses değişimini, bakışı fark etmeyen, duyguları küçümseyen o aldırmaz erkek, insanların hayatlarına hükmeden o dokunulmaz tanrı, yaklaşan bir kasırgayı, bir çığ düşüşünü, bir sel felaketini hisseden bir hayvan gibi, yalnızca derinlere saklanmış içgüdüleriyle sanki bir şeyler olduğunu anlayıp, birden korkularını, duygularını, insani zaaflarını ortaya koyup, bunları karısıyla paylaşmıştı. Çok uzun zamandan beri bu ilk kez oluyordu.

Bir mucizeyi izler gibi sevinçle ve şaşkınlıkla bakıyordu kocasına. Halûk, duygularını ardına özenle sakladığı o kalın perdeyi kaldırmış, içinde gizli olanları karısıyla paylaşmaya razı olmuş, korkularını, tedirginliklerini, zaaflarını ona göstermişti. Akılla yürüyen ilişkilerine birden duygular girmiş, duyguların sıcaklığı, aralarında hep hissedilen mesafeli soğukluğunu eritmiş, onları birbirine daha da yaklaştırmıştı. Bütün sıkıntılarını, küçük kızgınlıklarını, rahatsızlıklarını birden unuttu. Kendisini kocasına çok yakın hissediyordu o anda, ondan başka hiç kimseyi düşünmeyecek, hiç kimseyi istemeyecek kadar yakındı ona.

Halûk'un kimseye söylemeden tek başına taşıdığı gelecekle ilgili tedirginliğini, korkuyla ağırlaşmış zaaflarını, içlerinde sakladıkları korkuları açıklayan erkeklerin yüzünde beliren o çocuksu hüznünü görmek, içini şefkatle kabartmıştı. Hoş kokulu, yumuşak ve kalın bulutlarla sarınmış gibiydi içi.

Biraz önce duyduğu sıkıntıdan, başka bir adamla konuşmak için koşarak gitme arzusundan dolayı şimdi kendini kötü hissediyor, duygularından utanıyordu. O anda, bir başka adamın hayaline bile hayatında yer olmadığını sanıyor, biraz önce Cem'i özlemiş olmasına inanamıyor, böyle bir duyguyu kendisinin uydurduğunu, bunun gerçek olmadığını düşünüyordu. O sırada öyle yakıcı bir pişmanlık ve suçluluk duyuyordu ki, Cem'in evine gitmemiş, onunla o konuşmaları yapmamış, onu özlememiş olmak için vermeyeceği bir şey yoktu.

Halûk'a baktı, ellerini masanın üstüne koymuştu, yüzünde hâlâ biraz önceki kederli ifade vardı, bu keder Aydan'a olduğundan da büyük görünüyor, onu sanki içine çekiyordu.

Ağlamaya başladı.

Ağlamak, hepsi de şiddetli bir şekilde hissedilen birçok duyguya, bu duyguların gücüyle sarsılan bedeninin verdiği bir tepki gibiydi.

Halûk yanına gelip saçlarına dokundu, genizden gelen dolu bir sesle, "Ağlama!" dedi. Sesinde, üstünde biriken karların ağırlığına dayanamayıp kırılacakmış gibi duran dalları hatırlatan bir ton vardı; biraz daha konuşursa sanki o da ağlayacaktı.

Aydan kalkıp sarıldı kocasına, başını Halûk'un boynuna gömüp, o çok sevdiği, alışkın olduğu kokusunu içine çekerek ağladı, gözlerini kapamış, bedenini kıvırcık yünden yumuşak bir kumaş gibi kocasının bedenine yaslamıştı. Özlediğini bile bilmeden özlediği bir yakınlığı, sıcaklığı, duygu zenginliğini yaşamanın mutluluğuna bırakmıştı kendini. Neden ağladığını birisi sorsaydı herhalde açık bir cevap veremezdi, tam olarak bilmiyordu, 'birçok şeyden' derdi büyük bir olasılıkla, gerçekten de birçok şeyden ağlıyordu. Kocasıyla mutluluklar yaşamıştı ama o anda yaşadığına benzer, değişik duygulardan beslenen gür bir su gibi akan böyle derin bir mutluluğu hiç yaşamamıştı.

Kendine geldiğinde, kollarını kocasının beline dolayıp ona iyice yapıştığını ama Halûk'un, yatak odası dışında ona her dokunuşunda beliren tutuk acemilikle kendisini yalnızca omuzlarından tutup, bedenini belli belirsiz geri çektiğini fark etti. Onun bu haline, kıvraklık yoksunluğuna genellikle sinirlenirdi ama o anda kocasının bu hali bile onda şefkat uyandırdı.

— Ben bir kahve yapayım, sen otur, dedi.

O gece ikisi de her zamankinden daha değişik davranıyorlardı. Aydan genellikle mutfağa girmeyi, kendi deyimiyle 'domestik' işler yapmayı sevmez, yapmak zorunda kalırsa da bunu sıkılarak yapardı ama o gece kocasına kahve yapmayı istemiş, tam da annesinin babasına söylediğini hatırladığı kelimeler ve neredeyse aynı ses tonuyla 'ben bir kahve yapayım' demişti.

Mutfakta kahve için su kaynatırken bir yandan da düşünüyordu. Halûk'un kendisiyle duygularını paylaşmasını bu kadar istediğini, buna bu kadar çok sevineceğini, onun o mahzun halinden böylesine etkileneceğini daha önceden tahmin bile edemezdi. Duyduğu şefkati anlıyordu, bu çok anlaşılabilir bir duyguydu, hep güçlü, sert, yaralanmaz gibi görünmeye çabalayan erkeklerin birden hayatlarının önünde tuttukları kalkanı bıraktıklarında ortaya çıkan yorgun ve mahzun yüz, bütün kadınlarda aynı acımayı ve şefkati uyandırabilirdi. Anlayamadığı, kocasının duygularını kendisine göstermesinin onda yarattığı şaşırtıcı sevinçti.

Kahveleri içeri götürdüğünde Halûk'un, çok sevdiği tuhaf, ağır, siyah beyaz İsveç filmlerinden birini videoya koyduğunu, seyretmek için kendisini beklediğini gördü. O filmlerin her birini en azından yedi-sekiz kere seyretmişlerdi. Onları seyrederken sık sık 'aslında iyi bir kameraman olmak isterdim' diyen Halûk, büyülenmiş gibi ekrana bakar, bazen Aydan'a, "Bak bak!" derdi, "Adam hangi açıdan çekmiş, müthiş değil mi bulduğu açı." Aydan, en hafif deyimiyle, bu filmlerden nefret ederdi ama Halûk'la birlikte film seyretmeyip içeri gittiğinde aralarında ismi konmayan bir gerginlik ve soğukluk olur, sonunda bambaşka bir nedenden kavga çıkardı. Aydan bu gerginliği yaşamamak için televizyonun karşısına oturur ama kocasının bu sessiz zorbalığına içten içe öfkelenirdi. Kendisinin bu zorbalığa baş eğmesini de kadınca bir güçsüzlük olarak gördüğünden öfkesi daha da artardı.

Ama o gece sinirlenmedi. Gidip Halûk'un yanına oturdu, ayaklarını altına toplayıp, kocasının elini tutarak ona sokuldu.

Sessizce filmi seyrederlerken Halûk birdenbire konuştu:

— Aydan, sen istemiyorsan ben başhekimlikten vazgeçerim... Çok samimi söylüyorum... Ben yalnızca kendim için istemiyorum bunu, sizin için istiyorum asıl... Seni üzecekse ben de vazgeçerim.. O kadar da önemli değil.

Belki Halûk söylediği kadar kolay vazgeçemeyecekti başhekim olma fikrinden ama Aydan için bunu söylemesi bile yeterdi, haksızlık etmiş olduğunu düşündü bir kez daha.

— Yok, dedi, sen bana bakma, bazen saçmalıyorum... Bence çok iyi bir başhekim olursun.

Halûk birden yerinde hafifçe dikildi.

— Bak, dedi, bak nasıl tepeden çekmiş odayı, görüyor musun... Müthiş değil mi? Nasıl düşünüyorlar acaba bu sahneyi böyle çekmeyi...

Aydan, ekrana baktı ama kocasının gördüğü müthiş şeyi göremedi, o bir odada oturan üç sessiz insanı görüyordu yalnızca.

— Bir kahve daha içer misin, dedi.

İkinci kahveyi içmediler.

Aydan elini Halûk'un bacağına koydu. Karılarının sıradan dokunuşlarında bir heyecan bulmayı bırakmış kocalar gibi önce dizinin biraz üstünde duran ele aldırmadı Halûk, ancak elin, baskısını hafifçe hissettirerek kımıldamaya başladığını fark edince dönüp baktı. Aydan, onun 'bir dakika, filme bakıyorum' demesini bekledi ama Halûk gülümsedi, "Ne o?" dedi. Aydan ikisinin de iyi tanıdığı bir biçimde, kadınların kocalarıyla ya da sevgilileriyle sevişmek istediklerinde yüzlerinde beliren o utangaçlıkla ahlaksızlığın birbirine karıştığı gülümseyişle gülümsedi, sonra gözlerini yatak odasına giden koridora çevirdi.

Halûk birden elindeki aletin düğmesine basıp televizyonu kapatarak ayağa kalktı. Aydan, sanki kocasını kışkırtan kendisi değilmiş gibi yerinden kımıldamadan alaycı bir şekilde gülümsedi.

— Ne o, niye kalktın, sen film seyretmiyor muydun?

Halûk, Aydan'ın elinden tutup çekerek kaldırdı.

— Hadi bırak şimdi, içeri gidelim.

Birbirlerine sarılarak gittiler yatak odasına.

Dümdüz, oyunsuz, konuşmasız ama güçlü ve arzulu bir sevişme yaşadılar, hatta her zamankinden daha istekli olduklarını düşündü daha sonra Aydan.

Birçok alışkanlıklarını unuttukları o gece Aydan kocasına sevgiyle sarılıp kendini mutlu bir halde uykuya bırakarak, uykunun hayatın gerçeklerini silip kendi rüyalarını yarattığı o sihirli eşikten geçmek üzereyken, derin ve hafif bir sızı gibi bir kızgınlığın bütün duyguların altında kımıldadığını hissetti.

Uykuyla uyanıklık arasındaki o belirsiz ve kısa aralıkta, hiç tanımadıkları bir erkeğin ilişkilerini değiştirdiğini, Halûk'un duygularını açıklamasına, kendisinin ağlamasına o erkeğin neden olduğunu düşünerek hem Halûk'a, hem kendisine, hem de hayatlarına kendi gölgesini sokarak onları değiştiren Cem'e kızdığını fark etti. Bu çok belirgin bir duygu değildi ama hissediliyor, ilerde daha büyüyebileceğine dair işaretler veriyordu. Belki de uykunun yarattığı o dalgın uyuşmanın etkisiyle, kızdığı iki erkeğin de olup bitenlerin hiç farkında olmadıklarını, her şeyi bilenin yalnızca kendisi olduğunu düşünemedi.

V

Ertesi sabah kalktığında, bazı evlerde bazı sabahlar rastlanılan, kokulardan, seslerden, sessizliklerden, uygun kıvamda bir ısıdan oluşan, tarifi yapılamayan ama sezilen o huzur havasını hissetti. Yumuşak, eski, rahat bir elbise gibi insanı saran, bir sevgiliden çok bir annenin koynu gibi sıcak ve güven veren bir duyguydu bu. Mutluluk değilse de, mutluluğa giden yolda, insanın durup oyalanmaktan zevk alacağı, bir gün varılacak mutluluk diyarının hayalini kuracağı bir mola yeri gibiydi. Hatta insan yeniden yollara düşüp, mutluluğa doğru birçok çetin maceradan geçeceğine, ömrünü bu durakta, bu dingin ve güvenli iklimde geçirmeyi yeğleyebilirdi.

O cumartesi sabahı, kocasıyla kızının mutfaktan gelen seslerini dinleyerek giyinirken, kalması gereken yerin burası olduğunu, başka maceralara, yolculuklara heves etmenin anlamsız olacağını düşünmüştü. Mutluluğun o olağanüstü kıvamını, içinde şefkatten heyecana kadar her duygunun bulunduğu o inanılmaz tadını bilmeyen biri, bu hissedilenin mutluluk olduğuna bile inanabilirdi. Aydan da buna inanıyordu o sırada, huzur ona mutluluk gibi geliyordu.

Bütün o huzura, kendisini saran yumuşacık mutluluk duygusuna karşın düşüncelerinin arkasında kıpırdanıp duran Cem'in hayalinden ve onunla yaptığı konuşmanın hazzını arada bir hatırlamasından duyduğu tedirginlikten ya da gergin geçen son bir-iki günden sonra ailesine sığınma isteğinin güçlenmesinden, Selin'i o hafta sonu annesine bırakmamaya, hep birlikte ormana gitmeye karar vermişti. Belki de ailesini de içine alan bir değişiklik yaşamak istiyordu.

Orman onları bir masal gibi karşılamıştı.

Bahar aydınlığı ağaçların arasındaki kuytuluklara ulaşabilmek için kalın dallarla çeşitli oyunlara girişiyor, dallardan kurtulabilen ışık sütunları gölgeli toprağa vurarak, içinde çeşit çeşit böceğin uçuştuğu ışık gölcükleri oluşturuyordu. Eflatun, sarı, kırmızı, mor kırçiçekleri çeşitli biçimleri ve birbirine benzemeyen kokularıyla ışık gölge oyunlarının arasında masum bir sükûnetle duruyorlar, sanki arada bir gölgelerden kurtulmuş bir ışık damlacığının kendi üstlerine düşüp renklerini biraz daha parlatmasını bekliyorlardı. Selin, canlanıp coşmuş bu muhteşem ormanın sevinçli bir parçası gibi, zaman zaman karşısına çıkan ışık gölcüklerinin üstünden atlayarak ağaçların arasındaki patikada koşuyor, bazen durup annesiyle babası geliyorlar mı diye arkasına bakıyordu.

Aydan, kocasının koluna girip, bütün bedeniyle ona yaslanmış hem yürüyor hem de tuhaf bir gururla kızının koşmasını izliyordu. Orman sessizdi. Arada bir yanlarından, başka bir âlemden aniden oraya düşmüş gibi parlak renkli eşofmanlar giymiş çiftler büyük bir ciddiyetle hızlı hızlı yürüyerek geçiyordu.

Halûk, karısına Selin'i göstererek, "Ne kadar güzel, değil mi," dedi, sonra da bir sır verir gibi, "onu biz ikimiz yaptık," diye ekledi. Bunu sık sık söylemekten hoşlanır, sanki aralarında kopmayacak bir bağ olduğunu hem kendisine hem karısına hatırlatmaktan güvenli bir zevk duyardı.

Sonra gülümseyerek Aydan'ın kulağına doğru başını eğdi:

— Bu akşam yorulup erken uyur değil mi?

Aydan, Halûk'un kolunu sıktı.

— Merak etme, ben onu uyuturum erkenden, zaten hali kalmaz...

Bu minicik konuşma bile onları eski günlerine, gençliklerine taşımıştı; kendilerini güçlü, sağlıklı, her türlü sorunun üstesinden gelmeye hazır hissediyorlardı. Hayat, ağaçlardan, çiçeklerden, yapraklardan, usul rüzgârlardan, serin gölgeliklerden, ışıklı ılıklıklardan, mutlu sessizliklerden ve fısıltılı kırıştırmalardan oluşmuş güzel kokulu kocaman bir buket gibi gözüküyordu onlara o ormanın içinde.

Hiç acele etmeden, neredeyse attıkları her adımın tadını çıkararak yürüyorlardı. Bir akşam önce hissettikleri, şimdi bu ormanın içinde, Aydan'a yıllarca önceymiş gibi geliyor, o duyguları yaşamış olduğuna şaşırıyordu.

O yürüyüşte başhekimlikten hiç söz etmediler. Garip bir sezgiyle o konudan uzak duruyorlardı. Arkadaşlarıyla, aileleriyle ilgili küçük dedikodular yaparak, kendilerini en yakınlarından bile ayırıp, bu konuşmalarla birbirlerine bağlıyorlardı. Onların o üç kişilik ailesinin dışında kalan herkes, onlar için sevgiyle andıkları yabancılardı o sırada. Selin'in erken uyumasıyla ilgili şakalar yaptılar.

Bir ara Halûk durup karısına baktı.

— Yoruldun mu?

Bunu öylesine bir şefkatle sormuştu ki, Aydan, Selin'e şöyle bir bakıp onun başka şeylerle ilgilendiğini görünce, hızla uzanıp kocasını dudaklarından hafifçe öptü.

— Biraz canım... Çok değil, daha yürüyebilirim.

— Yok, hadi dönelim.

Selin'e seslenip döndüler.

Ormandan çıktıklarında, Aydan o ferahlatıcı serin sükûnetin ruhuna işlemiş olduğunu hissediyordu, içi kıpırtısız bir dinginlikle kaplanmıştı, biraz üflenirse büyüyecek küçük bir ateşe benzer bir neşe de hissediyordu, o neşeyi biraz daha canlandırabilmek için uğraşması gerektiği duygusuna kapılarak olduğundan da coşkulu bir sesle konuşuyordu:

— Hadi gidip yemek yiyelim, çok acıktım.

Yemekte, Aydan, daha önce sakatlanmış bir yerini ters bir hareketle irkilttiğinde hissedilene benzer kısa, ani, ama şiddetli bir sarsıntıyla Cem'in 'zeytinlerden' deyişini hatırladı. Bunu hatırlatacak hiçbir şey yoktu görünürde. Yüzüne bir sıcaklık bastığını, kızardığını hissetti, ama kocasıyla kızı bunu fark etmedi. Cem'in görüntüsü de, belirdiği gibi hızla kayboldu. Görüntünün yerinde sızlayan bir korku kaldı.

Eve döndüklerinde hava kararmış, Selin de iyice yorulmuştu. Aydan onu odasına götürüp yatırdı. Salona geri geldiğinde Halûk ışıkları yakmıştı. Salon biraz loş ve iç sıkıcı göründü Aydan'a. Kendisini şaşırtan sinirli bir sesle, "Açsana lambaları," dedi, "burası karanlık, insanın üstüne basıyor."

Halûk karısına biraz şaşırarak baktı.

— Bütün lambalar yanıyor canım, hepsini açtım zaten.

"Öyle mi!" dedi Aydan hafifçe utanarak, ev ona daralmış, kararmış, bunaltıcı bir yer gibi gözüküyordu, nedense sabahki huzuru ve neşesi yoktu, ev geceleyin sabah gözüktüğü gibi gözükmüyordu. Aynı evin kendisine sabahları başka, akşamları başka gözüktüğünü daha sonraları iyice öğrenecek, geceleri kaygıyla bekleyecek, sabaha hep yeni beklentilerle kalkacaktı.

Daha önce de hiç öyle hissetmiş miydi, bunu hatırlamıyordu ama, o gün sanki evliliklerinden beri ilk kez, geceleyin o eve bir kez girdikten sonra bir daha çıkamayacağını fark etti. Bir yere gideceği yoktu ama gidecek olsa da gidemeyeceğini görmek, bu gerçekle aniden yüz yüze gelmek, evi, onun için sıkıntılı bir kapana çevirmişti. Kendi evinde kendini bir tür tutsak gibi hissediyordu, her zaman sığındığı, kendisine ait gördüğü, özlediği o ev, şimdi yabancı ve düşman gözüküyordu gözüne.

Bütün duygularıyla düşüncelerinin içine düzenli bir şekilde istif edildiğini sandığı ruhunda bir şey yerinden oynamış, o oynayan şey her ne ise, bütün görüntüleri, bütün algılamaları değiştirmeye başlamıştı.

Son bir-iki gündür alışkın olmadığı bir biçimde hırpalanan ruhunda belirmeye başlayan kırılganlıktan doğan bu küçük duygusal sancılar, o hafta sonu ara ara nöbetler halinde gelmesine karşın kocasının ve kızının alışılmış sevgisiyle sağalmış, evdeki aile hayatının sükûneti sanki son günlerin bütün tuhaflıklarını, alışılmadık sıkıntılarını, beklenmedik gerginliklerini yıkamış, içini temizlemişti.

Aydan, haftaya, dirileşmiş, gençleşmiş, güçlenmiş, neşe ve enerji dolu başlayıp, işlerine arzuyla, neredeyse tutkuyla sarıldı. Yardımcılarıyla şakalaştı, onlara takıldı. Halinde, çok fazla değil ama çevresindekilerin dikkatini çekecek kadar bir değişiklik vardı, sanki her zamankinden daha neşeliydi.

Hasan'ın öğle yemeğini birlikte yeme önerisini hiç düşünmeden kabul etti; o günlerde çok gözde olan lokantaya gitmeyi kendisi istedi, en pahalı yemekleri ısmarladı ve Hasan'ın şakalarına yemek boyunca çok güldü. İçki içmemelerine rağmen neşesinde sarhoşluğu andıran ve karşısındakini hem eğlendirip hem kuşkulandıran belirsiz bir kayganlık vardı. Birden o neşe kayboluverecekmiş, yerini gözyaşlarına bırakacakmış kaygısı uyandırıyordu Hasan'da ama Aydan'ın neşesinde yemek boyunca hiç eksilme olmadı.

Yemekte, açıkça hiçbir şey söylemeden ama flört ettiğini de hiç saklamadan, cilveli bir sesle konuşmuştu.

Çok uzun zamandır Aydan'ın, bütün yakınlığına rağmen, kadınsı bir kıvraklıkla aralarına mesafe koyduğunu, bu tür flörtümsü konuşmalardan kaçındığını bilen Hasan şaşırmıştı.

Bir ara Aydan,

— Yaz geldi, dedi.

— Evet, havalar aniden ısındı.

— İnsanın içinde bir şeyler uçuşuyor böyle havalarda... Sen böyle hissetmiyor musun hiç?

Erkeklerin, gizli gizli sevdikleri kadınların neşesinden ve yeni bir eğlence aradıklarının işaretlerini taşıyan fettan seslerinden ellerinde olmadan yaralandıklarında hissettikleri keder, Hasan'ın yüzünde yorgun bir gölge gibi şöyle bir dolaşıp geçti.

— Benim içim uçmaktan yoruldu, artık konacak bir yer arıyor.

Aydan, Hasan'ın yüzünden sesine yansıyan kederi görmezliğe gelip, gene hafif ve eğlenceli sesiyle konuşmaya devam etti ama sorusunda bir kışkırtıcılık vardı:

— Nereye konacak peki?

Hasan, Aydan'ın yüzüne baktıktan sonra gülümsedi.

— Mümkünse düz bir yere...

Aydan öyle bir kahkaha attı ki neredeyse bütün lokanta dönüp baktı, utanıp başını önüne eğdi ama gülmeye devam ediyordu. Hem yanıt ona çok komik gelmişti, hem de Cem'le karşılaştıktan sonra başlayan zekice konuşmalarla süslü oyunlar oynama isteğini Cem kadar korkutmayan biriyle yatıştırabileceğini gördüğüne sevinmişti. Cem ona bir kadın olduğunu hatırlatmıştı ama daha önemli olan, ona zeki bir kadın olduğunu hatırlatmasıydı, zekâyla kadınlığın birbirlerini besleyerek büyük heyecanlar yaratabileceğini Aydan'a hissettirmişti.

Sanki yıllardır kendisini seyrettiği, parçalara bölünmüş kırık ve eski bir aynanın her parçasına birbirinden kopuk ve epeyce silik bir halde yansıyan görüntüsü yeniden bütünleşip parlaklaşmış, dümdüz ve yeni bir aynada zekâsını, dişiliğini, oyunculuğunu, çekiciliğini, etkileyiciliğini bir arada görmüştü. Kendisinden büyülenmişti. Cem'le konuşurken hissettiklerini yeniden yaşamak, o görüntüyü yeniden seyretmek istiyordu aslında. O günlerde aradığı, peşinden koştuğu, yakalamaya uğraştığı şey o kendi görüntüsünün büyüsüydü. Ama bütün bunları sadece 'ayna' olarak kalabilecek, onun görüntüsünü bütünleştirirken hayatını parçalamayacak, etkisi ve gücü denenmiş tehlikesiz biriyle yapmak istiyordu. Cem'in her an 'ayna'dan başka bir şeye dönüşebileceğini hissediyordu çünkü.

Hasan'ın cevabı onu öylesine umutlandırmıştı ki, durması gereken yerde duramadı, cinsel çağrışımlarla dolu, kışkırtıcılığı apaçık soruyu da sordu:

— Engebeli bir yere konamıyor mu?

Hasan birden mahzunlaştı:

— Ben öyle yerlerde tutunamayıp, kayıyorum biliyorsun...

— Daha sıkı tutunmalısın öyleyse.

Hasan itiraz eder gibi başını salladı:

— Biliyor musun, öyle yerlere ne kadar sıkı tutunursan o kadar çok kayıyorsun.

Aydan dayanamayıp cevabı kendisi için çok önemli bir hale gelen o soruyu da sordu:

— Biz tam olarak neden söz ediyoruz?

— Bilmiyorum... Bir şarap içelim mi?

— Yok, içmeyelim... İşe döneceğiz... Ooo, baksana çok geç olmuş, hadi kalkalım.

O hafta boyunca Aydan ısrarından, inadından hiç vazgeçmeden aynı oyunu oynadı Hasan'la. Kendisine yönelik bu yoğun ilginin, imalı konuşmaların aslında bir oyun isteğinden kaynaklandığını anlamayan Hasan, Aydan'ın yeniden kendisine ilgi duyduğuna inanmıştı. Zaman zaman zekice konuşmalarla Aydan'ı umutlandırıp sevindirse de, içindeki sabırsızlığı yenemiyor, oyunu bırakıp somut konulara dönüyor, duygularını açıklamaya kalkıyor, bu duygularına bir karşılık istiyor, yeniden birlikte olmak için ısrar ediyor, Aydan'ı tahmin edemeyeceği kadar sıkıp bazen de öfkelendiriyordu. O eğlenceli konuşmaların arasında ortaya çıkan öfke patlamalarına da bir anlam veremiyor, bunu bir aşkın gelgitlerine bağlıyordu.

O haftanın sonunda Aydan oyundan vazgeçmeye karar verdi, tehlikesiz biriyle tehlikeli oyunlar oynanamayacağını büyük bir iç sıkıntısıyla kabul etmek zorunda kaldı. Oyun için bir başkasını aramaya da kalkmadı, bulacağı ya gene tehlikeli ya da onu bunaltacak biri olacaktı.

Halûk'un hastane toplantısına, Selin'in de baleye gittiği cuma günü iş çıkışında, son bir umutla Hasan'ın içki davetini kabul etti ama daha ilk kadehin ortasında Hasan 'birlikte Ankara'ya gitme' konusunu yeniden açınca hızla içkisini bitirip, "Benim gitmem lazım, bizimkiler gelmiştir, geç kalacağım," diyerek kalktı.

Eve nasıl geldiğini hatırlamıyordu. Buna karşılık, apartmanın önünde arabadan indiğinde, kendi evinin penceresine, orada bir ışık görmek için nasıl umutla baktığını bütün olaylardan sonra bile hiç unutmadı. Işık görmeyi gerçekten çok istemişti. Yapmaya karar verdiği şeyi kendisinin önleyemeyeceğini anlamış, bunu önleyecek birilerinin çıkmasını dilemişti. Cep telefonunun çalmasını, Halûk'un ya da Selin'in köşeden çıkıvermesini, bir komşunun yolunu kesip onu lafa tutmasını ummuş, hatta apartman kapısının önünde oyalanmıştı. Ama hiçbir şey olmamıştı. Evin karanlık yalnızlığı, boş sessizliği bir anda ruhunu kaplamış gibiydi, sanki başka bir şey için değil de sadece ruhunu sıkıştıran o karanlık boşluktan kurtulmak istediğinden, hiç kullanmadığı halde ezberlediği telefon numarasını aceleyle çevirmişti. Biraz önceki duygularının tam aksine şimdi Halûk'un gelmesinden, bir tanıdığının yoluna çıkmasından, telefona karşılık verilmemesinden delice korkuyordu. Artık ona engel olabilecek hiç kimseye tahammülü yoktu.

Telefon açılır açılmaz derin bir şekilde içini çekip hızla konuştu:

— Evde misin?

Aldığı derin soluk ve sesindeki telaşlı sabırsızlık hem kendisine hem de o sesi dinleyene Aydan'ın ne istediğini anlatmaya yetmişti aslında.

— Evdeyim, demişti Cem, vaktin varsa gelsene.

Bazen kısacık bir cümle bile çok etkili olabiliyor, diye hatırlamıştı Aydan daha sonraları bu kısa cümleyi. Cem'in, karşısındaki sesin sahibini tanımak için bir an bile oyalanmaması, sanki uzun bir konuşmanın ortasındaymışlar gibi sesini duyar duymaz hiç duraksamadan hemen karşılık vermesi, Aydan'a, onun da kendisini önemsediğini, sesini unutmadığını düşündürtmüştü. Bir de, gelmek için telefon ettiği çok açık olmasına rağmen Cem'in 'vaktin varsa gelsene' diyerek onu davet etmesini, onu, gelmek isteyen bir kadın durumundan kurtarmasını ve isterse oraya gitmekten vazgeçmesi için bir şans daha vermesini çok zarif ve güvenilir bulmuştu.

Cem kapıyı gene o aldırmaz şıklığıyla açmıştı.

— Böyle giyinik karşıladığım için özür dilerim... Seni şaşırtmadım ya...

— Sen benim tahminimden daha sık giyiniyorsun galiba...

— Senin tahmininden daha sık soyunduğumdandır herhalde... Ne zaman soyunsam sonra giyinmek zorunda kalıyorum...

Aydan salona girip hemen ceketini çıkarmıştı.

— Bugün de hava gerçekten çok sıcak.

— İstersen pencereyi açayım.

— Yok yok, böyle iyi...

— Ne içersin?

— Çabuk hazırlanacak bir şey... Varsa viski içerim... Sadece buz koy, yeter.

Çok gergindi ve bir an bile yalnız kalmaya tahammül edemeyeceğini hissediyor, Cem'in sesini duymak, bu sesle oyalanmak, oraya niye geldiğini kendine unutturmak istiyordu. Pişman olmanın sınırındaydı, gece yarısı mayın tarlasını geçmeye hazırlanan bir kaçakçı gibi kendisini ürküten ilk harekette geri dönüp kaçmaya hazırdı. Nedenini anlayamadığı bir biçimde hem Cem'e hem kendine kızıyordu.

Cem sakin hareketlerle içkisini getirip verdi, halinde Aydan'a iyi gelen, onu yatıştıran bir dinginlik vardı.

Aydan, konuştuğunda kendi sesinin ne kadar kızgın olduğunu duyup şaşırdı:

— Sen kendi vücuduna bayılıyorsun değil mi?

Cem, 'bu da nereden çıktı' gibi bakmadı Aydan'ın yüzüne, sanki böyle konuşması normalmiş gibi cevap verdi:

— Başkalarının vücutlarına bayıldığım kadar değil...

— Nasıl vücutlara bayılıyorsun?

Aydan, çok fazla acele ettiğini, sabırsızlandığını hissediyor ama kendini durduramıyordu, buraya geldikten sonra artık ne olacaksa çabuk olsun istiyordu. Bir kere karar verdikten sonra o kararının hemen uygulanmasını isterdi.

Cem, Aydan'ı baştan aşağıya, hiç acele etmeden süzdü, sonra başını kaldırıp Aydan'ın yüzüne, alaycılıkla arzu karışımı bir gülümsemeyle baktı.

— Tarif mi etmemi istiyorsun?

— Tarif edebilecek misin?

— Tarifi o kadar karışık değil.

— Peki nasıl vücutlardan hoşlanıyorsun? Tarifi bu kadar kolaysa ben niye aynı soruyu ikinci kez sormak zorunda kalıyorum?

— Seninki gibi vücutlardan...

— Sen benim vücudumu nereden biliyorsun?

— Havuzda gördüm ya...

Sesleri karıncalanmaya başlamıştı, ikisinin sesinde de bir baş dönmesi hissediliyordu. Aydan söyleyeceği cümlenin geri dönülmez bir yolun kapısını açacağını bile bile, üstelik de kelimelerin üstüne basa basa söyledi:

— Ha, bir kısmını...

Aydan, Cem'in, 'hepsini görmek isterdim' demesini ya da buna benzer bir cümle söylemesini bekliyordu ama Cem sadece, "Gördüğüm kadarı çok güzeldi," dedikten sonra beklenmedik şekilde konuyu değiştirdi:

— Neydi bu çocuk bahçesi meselesi... Bir türlü tam olarak konuşamadık.

Aydan, utançtan ve nefretten kıpkırmızı kesildiğini hissetti, bütün bedeni yanıyor, oradan yok olmak, 'Hoşça kal!' bile demeden gitmek ve bir daha bu adamı hayatı boyunca görmemek istiyordu. O bütün kapıları açmış, bunu da hiç gizlemeden yapmış ama bu kendini beğenmiş adam başını çevirip geçmişti. Önündeki içkiyi bir dikişte bitirdi.

Cem'in yüzünden bir an, hoşnutluk dolu bir gülümseme geçti, bir balinayı zıpkınlayan bir avcı gibi bu aldırmaz haliyle zıpkını daha derine soktuğunu biliyordu. Bu andan sonra bir daha bu kadının aklından çıkmayacağını, şöyle ya da böyle, bu kadının mutlaka kendisiyle olacağını ve sadece bedenini değil, ruhunu da kendisine vereceğini biliyordu. O gün orada Aydan'la sevişseydi, bu Aydan için bir seferlik bir macera olarak kalabilir, duyduğu heyecandan doymuş ve korkmuş olarak kaçabilirdi ama bundan sonra bu kadar kolay kaçması mümkün değildi.

Kendi kendine kadınların sadece bedenini istediğini söylüyor ama bir kadınla karşılaştığında açgözlü bir oburlukla sadece kadının bedeniyle yetinemiyor, onun ruhunu da ele geçirmeyi arzuluyordu. Bu konuda biraz kadınlara benziyordu, sadece beden yetmiyordu ona, karşısındakinin her şeyini istiyordu, üstelik bunu niye istediğini de bilmiyordu, çünkü karşılığında kendisi sadece bedenini verecek ve kendisine verilen ruhla ilgilenmeyecekti. Başkalarının ruhunu, o ruhların değerini bildiği için değil, onları alabileceğini görmek için istiyordu sadece.

Aydan o gün oradan hayal kırıklığıyla, pişmanlıkla, öfkeyle, utançla ayrıldı.

İçi karmakarışık olmuştu ama bütün bunlara rağmen, kendisine açıkça itiraf etmese de bu adamın pençelerini ruhuna geçirdiğini, kolay kolay aklından çıkmayacağını hissediyordu.

Aslında o gün oraya biraz da kadınlara özgü o çocuksu merakla, 'nasıl olacak acaba' diye gelmişti; şimdi o merak biçim değiştirmiş, 'bu adam nasıl oluyor da böyle davranıyor' haline dönüşmüştü. Bu adamın neye güvenerek böylesine şımarık ve küstah davranabildiğini merak ediyordu.

O anda en çok istediği şey, bu adamın gururunun kırıldığını, karşısında yalvardığını görmekti, bunu görmedikçe içi rahat etmeyecekti. Bu kadar basit ve sıradan bir duygunun böylesine yakıcı olabileceğine de şaşıyordu bir yandan.

Cem, Aydan'ın böyle hissettiğini daha önceki deneyimleriyle biliyordu.

Açtığı yaranın derine işlediğinin de, bundan duyduğu memnuniyetin hastalıklı bir duygu olduğunun da farkındaydı.

Ama gene de kendinden hoşnut bir şekilde gülümsüyordu.

VI

Rastlantılar, eğer onların size getirdiklerini yaşamaya hazırsanız, hayatınızı sizin bilinçli planlarınızdan daha çabuk değiştirebilir bazen, diye düşünmüştü daha sonraları Aydan. Hatta, hayatın kimi zaman insanların geleceğine insanların yerine karar verdiğine de inanmıştı. Bunu Cem'e de söylemişti, ama Cem o kışkırtıcı gülümsemesiyle, "O rastlantıların çoğunu insanlar kendileri hazırlar," diyerek, her şeyi bir kuşkuya çevirmekteki olağanüstü becerisiyle Aydan'ın, bütün hayatını değiştiren o karşılaşmanın bir rastlantı olup olmadığından kuşkulanmasına yol açmıştı.

Kendi özel tarihine 'korkunç bir yıkım' olarak kaydolan o akşamüstünden sonra çok huzursuz ve sinirli günler geçirmiş, bazı geceler öfkeden ve utançtan yanarak uyanıp salonda sigara üstüne sigara içerek Cem'in niye öyle davrandığını anlamaya çalışmıştı. Ne kadar düşünürse düşünsün o adamın ne yaptığını, ne yapmak istediğini anlayamıyordu. Bütün olayları, ilk karşılaşmalarını, havuzu, daha sonraki konuşmalarını aklından geçiriyor, ama

Cem'in son karşılaşmalarındaki davranışlarını ve isteksizliğini anlamasına yardımcı olacak bir ipucu bulamıyordu.

Reddedilmek, zihnine kenarları tırtıllı demir bir kanca gibi saplanmış, onu çıkarmak için uğraştıkça da yara derinleşmişti. Hatta bir ara gidip Cem'le konuşmayı, niye böyle davrandığını sormayı bile aklından geçirmişti ama bunun kendisini daha da zor bir duruma düşüreceğini sezerek vazgeçmişti. Ne düşünürse düşünsün, düşünceleri, zihnindeki yaranın oluşturduğu o tuhaf utanç havuzuna akıyor, yüzü aniden kızarıveriyor, o sırada aklında olan düşünceleri yitiriyordu. Reddedilmenin utancı zihninde büyüdükçe öbür duygularıyla düşüncelerinde de bir dağınıklık ortaya çıkıyordu.

Bütün alışkanlıkları, beklentileri, iş disiplini bu dağınıklığa başkaldırıyor, içinde onu yoran bir karmaşa dolaşıp duruyordu, çok iyi bildiği, tanıdığı, varlığından hoşnut olduğu kimliği, bu yeni ve dağınık zihinli kadınla dövüşür gibiydi.

Birkaç gün böyle yaşadıktan sonra iradesinin bütün gücünü toplayıp son bir çabayla kendini işe verdi. Sabahın köründe işe gidiyor, neredeyse gece yarılarına kadar deliler gibi çalışıyordu; zihninin düzeni bozulduğundan onu düzeltmek için gösterdiği her çaba da kaçınılmaz olarak abartılı bir biçimde ortaya çıkıyordu.

Genellikle çok çalışkan biri olarak tanınmasına rağmen son zamanlardaki temposu, herkesin dikkatini çekmeye başlamış, özellikle de onun rakibi durumunda olan genel müdür yardımcılarının huzursuzlanmasına yol açmıştı. Birbirlerini büyük bir dikkatle izlerlerdi. Afrika savanlarındaki, suların çekildiği, nehirlerin kuruduğu, bir damla suyun ve yiyecek bir lokma etin bulunmasının zor olduğu kuraklık dönemlerinde, o bir lokma et ve bir damla su için birbirlerini parçalayan vahşi hayvanlar gibiydiler, diğerlerinden bir lokma daha fazla itibar, bir lokma daha fazla yükselme imkânı, bir lokma daha fazla prim için birbirlerini ısırıcı şakalarla, kurdukları gizli ittifaklarla, toplantılarda hiç fark etmiyormuş gibi sordukları sorularla, dedikodularla, entrikalarla parçalarlardı. Bir vahşi hayvan için dünyanın yaşadığı savandan ibaret olması gibi onlar için de dünya neredeyse çalıştıkları işyerinden ibaretti. O dünyayı etkilemeyecek hiçbir şeyle pek ilgilenmezler, statülerine ve 'imajlarına' bir yararı olmayacaksa pek kitap okumazlar, kendi geleceklerini etkilemediği sürece politikaya pek önem vermezlerdi, ama o dünyadaki en küçük kıpırtıları, farklılıkları, değişimleri sanki yeryüzü sallanıyormuş gibi hemen hissederlerdi. Aydan da bu garip ve kapalı dünyanın insanıydı ve öbürlerindeki vahşi hayvan içgüdülerinin tıpkısı onda da vardı. O da neredeyse bütün zekâsını, bilgisini, gücünü, sezgisini bu dünyayı algılamak ve orada başarılı olabilmek için kullanmaya alışmıştı. Şimdi o mağaranın dışında yaşadığı ve ne olduğunu kavrayamadığı bir sarsıntıdan kurtulmak için, bildiği yere, mağarasına sığınıyor ve oraya tutunabilmek için büyük bir güç sarf ettiği için de öbürlerini ürkütüyordu.

Bir akşamüstü, Aydan'ın dışındaki tek kadın genel müdür yardımcısı olan Sema, onun odasının kapısından başını uzatmış, "Bu saatte hâlâ çalışıyor musun?" demişti. İkisi de, hem ötekilerle hem de birbirleriyle yarışırlardı. Onların arasındaki rekabet erkeklerin kendi aralarındaki yarışmadan daha şiddetliydi. Erkekler bütün saldırganlıklarına ve vahşetlerine rağmen gene de alışılmış bir şeyi yaptıklarını hissederken, onlar bankanın ilk kadın genel müdürü olmak gibi alışılmamış bir hedefin peşinde olduklarından, birbirleriyle yarışmaları da alışılmışın dışına çıkıp, daha kıyıcı ve saldırgan oluyordu. Erkekler, bankaya bir kadının genel müdür olmasını engellemek için kendi aralarında bir ittifak oluşturabilirlerdi ama bu iki kadının böyle bir ittifak yapabilmesi mümkün değildi. Erkeklerin dünyasında başarılı olmak için erkeklerden daha vahşi olmak zorundaydılar.

Aydan soğuk ama kibar bir sesle, "İşler bitmedi," demişti.

— Ne o, genel müdür olmaya kesin karar verdin galiba.

— Yoo, genel müdür olup ne yapayım, ben bankayı satın almayı düşünüyorum.

Bunun, konuşmayı uzatmak istemeyen birinin laf olsun diye söylediği rasgele ve anlamsız bir cümle olduğunu bilmesine rağmen Sema ertesi gün neredeyse bütün genel müdür yardımcılarının odalarına uğramış, onlarla birer kahve içmiş, hepsine de aynı hikâyeyi anlatmış, her seferinde de sözüne "Doğrusu takdir etmiyor değilim," diye başlamıştı.

— O Aydan bizim gibi değil, herkesin ihtirası vardır canım, bunun inkâr edilecek yanı yok da, onun gibi ihtiraslısını da hiç görmedim, dün akşam bana söylediğine imkân yok inanmazsın, aklına gelmez öyle bir şey söyleyeceği... Ne dedi bana biliyor musun, genel müdürlük bana yetmez, ben banka sahibi olmalıyım, dedi. Düşünebiliyor musun?.. Yani genel müdürlüğü zaten çantada keklik görüyor da, daha ne var diye bakınıyor...

Daha yakın olduklarına ise, başarılı kadınların

biraz da züppelik olsun diye takındıkları ama aslında gerçek ve gizli yüzlerinin bir parçasını da içinde barındıran o feleğin çemberinden geçmiş mahalle kadını tavrıyla, "Şekerim, bu kadın orgazm olurken bile, ben genel müdür olacağım, diye bağırıyordur," demişti.

Bütün bu dedikoduları duyan Hasan da, Aydan'ın odasına gelip, gerçek bir ağabey şefkatiyle, "Sen ne dedin Sema'ya?" demişti. "Bütün bankayı ayağa kaldırdı."

Bir başka zaman olsa, bu olanlar Aydan'ı sinirlendirir, kızdırır, mücadele isteğini artırır, taraftarlarını ve ittifaklarını sağlamlaştırmak için kahve ziyaretleri yapmasına neden olur, kendi kibarlığıyla Sema'nın abartılmış dedikodularının düzeysizliğini gösterme planları yapmasına yol açar ama asla onu kederlendirmezdi. Ancak kendini yenik ve reddedilmiş hissederek, kadınlığından ve zekâsından kuşkulanmış bir halde işe sığınmaya çalıştığı sırada bankada karşılaştığı bu tavır, öbür genel müdür yardımcılarının onun çalışması karşısında duydukları gerginlik, kendisini sanki yeryüzünde sahipsiz kalmış, büyük bir yenilginin kenarına gelmiş gibi hissetmesine yol açmıştı. Aklına takılan o yenilginin gölgesi başka her şeyin üstüne düşüyor, her şeyi bir yenilgi ve yalnızlık gibi gösteriyordu. Birden hayattan korkuvermişti. Her şey ve herkes onu korkutuyordu. Hiç alışmadığı bir biçimde kaçma isteğine kapılmıştı.

Ertesi gün yapılacak toplantıya hazırlanma bahanesiyle dosyalarını toplayıp işten öğleden sonra çıkmıştı, eve gidip yatmak, bir zaman yorganın altına saklanmak, mümkünse uyumak istiyordu. O sırada tek arzusu akşam olması ve Halûk'un bir an önce eve gelmesiydi; onun yanında kaybettiği güveni kazanabileceğini, onun sevgisinin kendisini yeniden güçlendireceğini düşünüyordu. Halûk'tan başka güvenebileceği, sığınabileceği kimse yokmuş gibi geliyordu.

Hava çok sıcaktı. Apartmanın önünde sıkıntıyla arabadan inmişti. Tam içeri girerken, bir adım arkasından bir sesin, "Nasılsın?" dediğini duydu. Sesi tanımıştı. Ensesinin ürperdiğini hatırlıyordu.

Yürümeye devam ederken, başını yarım çevirip, "Teşekkür ederim, iyiyim," demiş, 'sen nasılsın' dememişti. Cem ise bu soğukluğun farkında değilmiş gibi davranmıştı. Sesinde, tavrında, apartmanın iç kapısından geçerken kapıyı açmasında, kapıdan geçerken hafifçe dirseğini tutuşunda şaşırtıcı bir dostluk ve yakınlık hissediliyordu. Bir gün karşılaştıklarında Cem'in de kendisi kadar soğuk davranacağına farkına varmadan inanmış olan Aydan bu yakınlıktan şaşırmış, Cem'le neredeyse her karşılaştığında olduğu gibi geçen akşamüstü yaşananlardan kuşkuya düşmüş, 'Ben mi yanlış anladım?' diye düşünmeye başlamıştı.

Yalnızlığı ve yılgınlığı dolu dolu hissettiği o anda, bu duyguların doğmasının nedeni olan insanın bu dostça yakınlığı birden içini tahmin edemeyeceği kadar hafifletmişti. O kısacık zaman dilimi içinde her şeyin görüntüsü inanılmaz bir sihir gibi yeniden değişmiş, ona önemli gözüken birçok şey birden önemini kaybetmiş, kendine olan güvenine kavuşmuş, yenilmişlik duygusundan kurtulmuş, aslında gerçek bir temeli olmayan keder yok olmuştu. Cem'in sesindeki bir değişiklikle bütün duygularının bir anda değişebilmesinin tuhaflığını fark edememişti, içinin ferahlamasının yarattığı yorgun bir sevince kaptırmıştı kendini.

Yıllardır aynı rayların üstünde gidip gelen bir tren gibi hep aynı kalıpların içinde dolaşan ve bu ezberlenmiş kalıplardan, farkına varmadan sıkılan duygularıyla düşüncelerinin, Cem'le karşılaştığı ilk günden beri geçirdiği alışılmadık sarsıntı, bütün ruhunu anlık değişimlere ve çalkantılara açık bir hale getirmişti. Çocukların bayramlarda aldıkları çiçek dürbünleri gibi, ruhu, çevresindeki her hareketle görüntüsünü değiştiriyor, birbirine en benzemez duygular birbiri ardına ortaya çıkabiliyordu. Yaşadıklarının çoğu sağlam bir kökten yoksun yapay duygulardı, henüz bu yeni çalkantıya uygun yeni ve gerçek duygular geliştirememişti, yalnızca sahipleneceği yeni duyguların ilk öncüleri dolaşıyordu içinde, ama o sırada gerçek olanla yapay olanı birbirinden ayırt edecek ölçüleri de yitirmişti.

Asansörü beklerlerken, Cem sakin bir sesle, "Bugün ne kadar hoşsun," demişti, "bu renk çok yakışmış yüzüne."

— Öyle mi? Kendimi hiç de hoş hissetmiyorum bugün.

— Ne kadar yazık... Senden başka herkesin tadını çıkardığı bir şeyin sen tadını çıkaramıyorsun demek... Bir aynanın önüne geçip kendine şöyle bir bak, o zaman belki erkeklerin sana baktıklarında ne gördüklerini, ne hissettiklerini anlayabilirsin.

Aydan dalgın bir sesle,

— Ne hissediyorlar, demişti.

— Bunu sana anlatmak isterdim ama annem hanımlarla konuşurken ahlaksız şeylerden söz etmemem gerektiğini söyledi.

— Annen doğru söylemiş...

Aydan birden bu adamı yetiştiren kadını merak

etmişti. Asansör geldiği sırada, "Nasıl bir kadın annen?" diye sordu. Tanıştıklarından beri ilk kez Cem'in yüzünde mahzun bir ifade belirdiğini, yüzünün sert hatlarını yumuşatıp güzelleştiren gerçek bir kederin dağınık bir kuş sürüsü gibi o yüzdeki kibri ve küstahlığı silerek geçtiğini gördü. Gördüğü şey, aklındaki adamın tarifine hiç uymuyordu, o, Cem'in böylesine kederlenebileceğini, bir insanı böylesine sevebileceğini, böylesine üzülebileceğini hiç tahmin edemezdi.

— Benim annem öldü.

Aydan bu cevabı da hiç unutmadı.

Herkes gibi 'annemi kaybettim' ya da 'annem öldü' dememiş, yalnızlığından yakınan, kendini terk edilmiş hisseden kederli bir küçük çocuk gibi 'benim annem öldü' demişti. Ancak aradan çok zaman geçtikten sonra Aydan, Cem'in terk edilmiş çocuklara özgü kederli yalnızlığının, gizli ve tuhaf bir hastalığın belirtisi olabileceğini düşünmüş, hemen ardından Cem'in yüzünde gördüğü bu duygunun gerçekliğinden de kuşkuya düşmüştü. O gün o erkeğin yüzünde gördüğü acı, gerçek miydi, değil miydi karar verememişti, Cem'in, etkisi denenmiş bir cümleyi, istediği zaman kullanabileceğini daha sonraları öğrenmişti çünkü. Ama o gün bunların hiçbirini bilmiyor, böyle şeyler düşünmüyordu.

Asansöre bindiklerinde, Cem'in yüzünde görünüp kaybolan o hüzünden çok etkilenen ve bu hüznün kendisine açıkça gösterilmesini özel bir yakınlık gibi değerlendiren Aydan, onu küçük bir çocuk gibi okşayıp avutmak isteği duydu içinde.

— Hadi gel, sana soğuk bir şeyler ikram edeyim, dedi Cem.

Aydan daha sonra, bu daveti, 'benim annem öldü' cümlesinin içinde yarattığı üzüntü ve şefkat yüzünden kabul ettiğini düşünmüştü hep ama gerçeğin bu olup olmadığına da hiç emin olamamıştı. O cümle söylenmese de gider miydi bilmiyordu; içindeki bir ses gideceğini söylüyordu ama bir başka yanı da asla gitmeyeceğini.

Cem, Aydan'ın bir anlık sessizliğini 'evet' olarak kabul etmiş ve en üst katın düğmesine basmıştı, belki de Aydan'ın böyle bir daveti reddedebileceğini düşünmemişti.

Aydan sırtını asansörün köşesine vermişti. Cem de karşısında durmuş, elini asansörün duvarına dayamıştı. Birbirlerine çok yakın duruyorlardı. Aydan, Cem'in kokusunu hissediyordu, temizlik duygusu yaratan, biraz keskince ve esrarlı ama tuhaf biçimde heyecan veren erkeksi bir kokuydu. Bu kokuyu daha iyi hissetmek ister gibi başını kaldırdığında Cem de başını ona doğru eğmişti. İkisinin yüzü bir an birbirine değecek kadar yakınlaşmıştı, ne yapacaklarını bilemiyorlarmış gibi hiç kımıldamadan birbirlerine baktılar, ikisi de karşısındakinin gözündeki daveti gördü, ikisi de başlarını çevirmeyerek bu daveti kabul etti. Aydan tam nasıl olduğunu hatırlamıyordu ama asansör son kata yaklaşırken dudakları birbirine değdi. Tam bir öpüşme bile değildi bu ama o anda, o küçücük temas sırasında Aydan, hayatının değişmekte olduğunu, evliliğini ve hayatını koruyan büyük bir duvarın ufak bir dokunuşla yıkıldığını anladı. O duvarın arkasında ne bulacağını merak ediyor, bu merak onu çok uzun zamandır hissetmediği kadar heyecanlandırıyordu.

Eve girince, Cem hiçbir şey söylemeden onu elinden tutup yatak odasına götürdü. Aydan çevresindeki eşyaları göremiyordu, daha doğrusu gördüğü hiçbir şey zihninde yer etmiyor, büyük bir heyecan ve korkuyla sarsılan zihninde yerleşecek bir yer bulamıyor, her görüntü bilincinde belirdiği anda unutulup kayboluyordu. Yalnızca yatağın çok büyük olduğunu fark etmiş ve bunu unutmamıştı.

Cem onu yavaş yavaş, hiç acele etmeden soymaya başladığında çok utanmıştı. Cem önce onun bluzunu, ardından sutyenini çıkardığında farkına varmadan eliyle göğüslerini saklamıştı. Heyecan, utanç, merak, günlerden beri çeşitli gelgitlerle içinde kendini fark ettirmeden büyüyüp kabaran istek arka arkaya dalgalar gibi vuruyordu içine. Cem, onun eteğini, daha sonra da diğerlerini çıkartıp çırılçıplak bıraktığında hemen yatağa girmek istemişti ama bu o anda, sevişme isteğinden çok saklanma isteğinden kaynaklanıyordu.

Örtüleri açıp yatağa girmiş, ince örtüyü boynuna kadar çekmişti. Duygularının yoğunluğundan, çokluğundan ve birbiriyle çatışmasından dolayı gene baş dönmesine benzer bir şey hissediyordu.

Cem ağır ağır, hiç acele etmeden soyunmuştu. Aydan'ın kendisini seyretmesinden hoşlanır gibiydi.

Aydan nasıl sevişmeye başladıklarını, ilk anlarda neler yaptıklarını, neler olduğunu, bir şey konuşup konuşmadıklarını hatırlamıyordu, sanki bilinci, olup biteni görmekten korkup kapanmıştı. Kalbinin çok hızlı attığını, bir ara bayılma kaygısına kapıldığını hatırlıyordu yalnızca.

Bilinci yeniden açılıp yeniden hissetmeye, duymaya, algılamaya başladığında Cem memelerini iki eliyle tutmuş uçlarını emiyordu. Kara böğürtlenler gibi pıtır pıtır kabararak dikilmiş koyu kahverengi meme uçlarını dişlerinin arasına alıyor, dişleriyle hafifçe bastırırken dilinin ucuyla da dokunuyordu.

Cem yüzünü memelerine son bir kez bastırdıktan sonra karnını öpmüş, minik bir çiçek gibi duran göbeğine dilini dokundurmuş, iki bacağına kollarıyla sarılıp onları iki yana açarken kendini iyice aşağıya doğru çekmişti.

Aydan, Cem'in soluğunu kasıklarında hissedince bir an kasılmıştı, bu kasılmaya Cem bacaklarını sıkarak ve yüzünü iyice bastırarak karşılık vermişti.

Aydan, kocasıyla sevişmelerinden edindiği eski bir alışkanlıkla Cem'in başını tutup yukarı doğru çekmişti, ama Cem onun daha önce hiç rastlamadığı davranışla, "Ne olur izin ver," diyerek, Aydan'ın ellerini bileklerinden kavrayıp iki yana açmıştı. Aydan, Cem'in yaptığı şeyden zevk aldığına önce inanamamıştı, ama sonra onun bunu gerçekten sevdiğini hissetmişti ve hayatında belki de ilk kez, erkeğin yaptığı şeyden sıkılacağını hiç aklına takmadan, kendini duyduğu zevke bırakmıştı. Cem'in dili, nereye gitmek istediğini bilen usta bir gezgin gibi o esrarlı kıvrımlarda dolaştıktan sonra bütün o minicik girintilerle çıkıntıların arasında saklı olan o küçük tepeciği bulmuştu.

Aydan, önce kısa bir an, insanın kendini böyle bir zevke, erkeğin sıkılacağından hiç kaygı duymadan, ortak bir zevki paylaştıklarına inanarak bırakmasının ne muhteşem bir şey olduğunu düşünmüştü, sonra bütün düşünceler, hatta duygular kaybolmuş, yerini kasıklarından beynine doğru yükselen alevden ayaklı karıncalara bırakmıştı. Bir ateş dalga dalga bütün bedenine yayılırken, artık dayanamayacağını anlayıp yeniden Cem'in başını yukarı çekerek, "Bırak!" diye bağırmıştı. Cem gene ellerini tutup iki yana açarak, dilini tam olarak çekmeden, zorlukla anlaşılır bir sesle, "Bırak kendini," demişti, "rahat bırak..."

Aydan kendini bırakmıştı.

İçinden kaynar nehirler akarak, çığlıklarla ve garip bir şekilde, "Sen nesin, nesin sen!" diye bağırarak daha önceleri hiç bilmediği şeytani bir zevkin içine akmıştı.

Aydan'ın son çığlıktan sonra iniltileri dindiği halde Cem hemen başını kaldırmamış, daha hafif, daha usul bir halde oralara diliyle dokunmaya devam etmişti. Aydan bunu da hiç unutmamıştı. Onun bu yaptığından zevk aldığına tam olarak inanmıştı ve buna inanmak ona büyük bir zevk bağışlıyordu. Bir-iki dakika sonra, ancak Aydan zevk acıya dönüşmeye başladığında, "Dur, dur, duuuur, dur!" diyerek bacaklarını kapatıp, Cem'in başını ittiğinde Cem yüzünü kaldırmış, ona biraz alaycı bir hoşnutlukla bakarak kendini yukarı çekmişti.

Aydan içinin boşalmasına rağmen bir zaman, bacaklarını karnına doğru çekip, ellerini karnına bastırarak, bir kedi gibi gerginleşmiş bir halde kımıldamadan yatmıştı. Kendini biraz toparladıktan sonra yastığı duvara dayayıp, sırtını yastığa vererek yatağın içinde oturup bir sigara yaktığında Cem çırılçıplak kalkıp, üstüne bir şey almaya gerek görmeden içeri gitmiş, ona büyük bir kâsede soğuk çilekler getirmişti.

Biraz dinlendikten sonra çilek kokularıyla öpüşmeye başlamışlardı. O çilek kokusunu, kendilerini sarıp, onları başkalarından saklayan yumuşak kırmızı bulutlar gibi hatırlamıştı hep. Öpüşürlerken Cem bedenini Aydan'ın bedenine değdirip çekiyor, onu çok heyecanlandıran bir sertliğin bacaklarında, kasıklarında, baldırlarında dolaştığını hissetmesini istiyordu.

Aydan dayanamamış, sırtüstü yatıp, dizlerini kırıp, bacaklarını açarak Cem'i kalçalarından kendine doğru çekmişti.

İçinin dolduğunu, bedeninin eksik bir parçasına kavuştuğunu, en diplere değen darbelerin beynine kadar vurduğunu hissedip çilek kokularıyla, ateşten sularla, unutulmaz seslerle dolu zevkten simsiyah kesilmiş bir cennete doğru yeniden yükselirken Cem kendini yavaşça geri çekmiş, küçük küçük darbelerle dokunmaya başlamıştı. Aydan devam etmesi için yalvarırken, o Aydan'ı bir uçurumun tam kenarında tutuyor, içinde küçük daireler çiziyor, sonra aniden, tertemiz ve keskin erkek kokusu terledikçe daha artan gövdesinin bütün ağırlığıyla üstüne kapanıyordu. Aydan, "Evet, işte böyle!" diye bağırırken gene kendini çekip küçük dokunuşlarla Aydan'ın isteğini ve zevkini tam bir çılgınlığa çeviriyordu. Sonra birdenbire yeniden derin darbelere dönerek, o âna kadar oyunlarla büyümüş olan zevkin, saklandığı yerden hücuma kalkmış bir ordu gibi zapt edilmez bir saldırıyla çıkmasına, Aydan'ı parmak uçlarına kadar uyuşturan bir çılgınlığa dönüşmesine izin veriyordu. Aydan sanki biraz önce ateşten nehirlere dalıp, oralarda eriyerek yok olan kendisi değilmiş gibi içi sarsılarak yeniden ateş nehirlerine düşüyordu.

Çilekler, öpüşmeler, darbeler, dokunuşlarla yaklaşık dört saat geçirmişlerdi. Aydan kaç kez çığlıklarla gökyüzündeki kızıl çiçekli bahçelere yükseldiğini bile hatırlayamaz olmuştu.

Hava kararmaya yüz tuttuğunda Aydan bütün bedeninde ve ruhunda bir çilek kokusuyla evden çıkarken her yanının heyecandan ve yorgunluktan küçük kasılmalarla titreyerek ürperdiğini hatırlı-

yordu.

Asansöre binerken yüzünde, masallarda dinlediği denizkızına rastlayıp, onunla konuşmuş saf bir denizcinin şaşkınlığı ve sevinci vardı.

VII

Işıkları bile yakmadan doğru içeri geçip, karanlıkta hızla soyunarak banyoya girmişti. Banyonun ışığını yakıp da aynada kendi yüzünü gördüğünde garip bir şaşkınlıkla irkilmişti. Gözlerinin altındaki hafif gölgeler çizgilerini daha anlamlı kılmış, yanaklarının uçuk pembeliği onu gençleştirmiş, defalarca düzeltmesine rağmen günahkâr bir rüzgârın saçlarından bir türlü kaybolmayan dalgalanması ona bir çekicilik vermişti ama onu şaşırtan bunlar değildi, bütün bu değişikliklere rağmen yüzünün hâlâ aynı yüz olmasına şaşırmıştı.

Biraz önce yaşadıklarından sonra zihnindeki garip kaymaların yarattığı bir yanılsamayla aynada başka bir yüz göreceğini sanmıştı. İçi böylesine değişmişken yüzünün aynı kalması ona o banyoda, bu duygunun tuhaflığını hissetmesine rağmen, çok garip ve çok yabancı gelmişti.

Başını omzuna doğru eğip omuz başıyla kolunu kokladı, üstünde hâlâ Cem'in onu ilk duyduğunda çok heyecanlandıran ve şimdi ise bir yaşanmışlığın unutulmaz parçası haline gelen kokusu vardı. Çok değerli bir malı çalmış bir hırsız gibi hem bu kokuyu saklamak, hem de bir an önce ondan kurtulmak istiyordu. Yaşadıklarının en büyük kanıtı olan bu kokuyu teninden kocasıyla kızı gelmeden atabilmek için telaşla suyun altına girdi.

Sudan çıkınca saçlarını bile doğru dürüst kurulamadan yatağa girip, yorganı başına çekti, ne kocasını ne de kızını o anda görecek hali yoktu, onlarla karşılaşmak istemiyordu. Karanlık evde banyonun ışığını açık bıraktı.

İyice karanlıkta kalmaktan da çekiniyordu. Karanlıkta hayallere dalacağını, yaşadıklarını bir daha yaşayacağını biliyor, biraz önce yaşadıklarını bu evde unutmak istiyordu. İşlediğine inandığı günahın bu eve hayallerinde bile sızmasına o anda tahammülü yoktu, hayallerinin bile yakalanacağından korkuyordu.

Yaşadıkları, duygularının her birini, yıllardan beri kıvrılıp yattıkları sessiz köşelerden nerdeyse içini parçalayarak kopartmış, birçoğu çoktandır uyuşmuş o duyguların hepsine bir hayatiyet vermiş, ruhunun dokunulmamış hiçbir yerini bırakmamış, ne varsa, çocukluğundan bu yana içinde ne biriktiyse hepsini unutulmuşluklarından çıkartmıştı.

Aynı anda o kadar çok duygu saldırıyordu ki üstüne, hangisini yatıştıracağını, hangisini besleyip büyüteceğini, hangisini susturacağını bilemiyordu. Hiçbir duygu uzun süre bilincinde kalamıyor, şöyle bir görünüp canını yaktıktan sonra silikleşip yerini bir başkasına bırakıyordu. Bir kalabalığın saldırısına uğramış gibi yatağın içinde bacaklarını karnına çekmiş, iki büklüm bir hale gelmişti.

Korkuyu ta derinlerinde hissediyordu. Olacaklardan, olabileceklerden, olayların içinde kaybolup dağılmaktan, ailesini kendi dağınıklığıyla bir perişanlığa sürüklemekten korkuyordu. Daha sonraları bunların yalnızca bir korku değil neredeyse bir kehanet olduğunu acıyla anlayacaktı.

Kocasını ve kızını aldattığı için keskin bir vicdan azabıyla yanıyordu ruhu; bu, bir başka adamla sevişmiş olduğu için değildi sadece, bir başkasıyla seviştiği için gene vicdan azabı duyardı ama o duygu bu kadar yakıcı olmazdı. Vicdan azabını böylesine baş edilmez hale getiren, kocasının ve kızının kendisine bakışlarındaki o sarsılmaz ve eksiksiz güvene, kendisinin o güveni açıkça görmesine rağmen biraz önce yaşadıklarını yeniden yaşamak için duyduğu ve önüne geçemeyeceğini bildiği istekti.

Bütün korkularına rağmen yaşadıklarından pişman değildi, pişmanlık duymaması da vicdan azabını artırıyordu. Yalnızca yaşadıkları için değil yaşayacakları için de vicdan azabı duyuyordu.

Cem'i, konuşmasını, esprilerini, sesini, dokunuşlarını özlüyordu, onun 'benim annem öldü' deyişi gözünün önüne geliyor, onun bütün kibrine, kendini beğenmişliğine, büyük zenginliğine rağmen aslında yalnız ve terk edilmiş olduğunu düşünerek acımayla karışık bir şefkat hissediyordu. Bir yandan da Cem'in biraz önce kendisiyle yaşadıklarını yarın, hatta belki de o anda bir başkasıyla yaşayabileceğini, belki de yaşadığını düşünüp kıskanıyordu.

Ama bütün bu duygularını, tasalarını, kaygılarını, bütün güçlerine ve yakıcı keskinliklerine rağmen kendi parlak ışığıyla gölgeye iten, nerdeyse önemsizleştiren bir başka duygu vardı ki Aydan'ın hemen hemen bütün bilincini kaplıyordu: şaşkınlık.

Aydan, çok iyi, hatta mükemmel bir cinsel hayatı olduğunu düşünür, kadın arkadaşlarıyla toplandıklarında, onlar kendi hayatlarından yakındıkları zaman, açıkça söylemese de onlara acır, kendisinin çok müthiş hazlar yaşadığını sezdirirdi. Kocasıyla ilişkisinden gerçekten hoşnuttu, düzenli bir şekilde ve hep zevk alarak sevişirlerdi. Başka türlü ve daha iyi bir sevişme olabileceğini hayal bile etmemişti.

Şimdi, birdenbire, varlığından haberdar bile olmadığı, bilmediği, tahmin etmediği yepyeni bir âlemin kapıları açılmış gibiydi önünde; sanki masallarda olduğu gibi bir şelalenin altından geçmiş ve renkleri, çiçekleri, ağaçları bambaşka olan bir dünyaya girmiş, hiç bilmediği bir sevişme biçimiyle karşılaşmıştı.

Cem tapınır gibi sevişiyor, sevişirken seviştiği kadının bütün bedenine, her parçasına, ayrı ayrı ve uzun uzun tapındığını hissettiriyordu. Cem, Aydan'ın bedenine öylesine bir istekle dokunmuş, her yerine öylesine bir hayranlıkla dudaklarını değdirmişti ki, Aydan belki de hayatında ilk kez kendisini böylesine güzel bulmuş, Cem sayesinde kendi bedenini sevmiş, kadınların gizli gizli beğenmeyip en mahrem anlarda bile ezberlenmiş hareketlerle saklamaya çalıştıkları kendilerince çirkin yanlarını, hiç sakınmadan, saklamadan Cem'e sunmuş, onun yanındayken çirkin bulduğu hiçbir yanı olmamıştı.

Onunla konuşurken kendi zekâsına hayran olduğu gibi sevişirken de kendi bedenine hayran oluyordu. Cem'in belki de sahip olduğu en büyük güç, hatta sihir buydu, dokunduğu kadınları bir anda güzelleştirip zekileştiriyor, en azından onların böyle hissetmesini sağlıyordu.

Sevişirken Aydan'a zevk veren her şeyden Aydan kadar zevk alıyor, hatta yüzü Aydan'ın kasıklarında kaybolduğunda Aydan'ın Cem'e büyük bir zevk verdiğini düşünmesini, böylece yaşananlardan daha da fazla zevk almasını sağlıyordu.

Aydan bedeninde daha önce hiç dokunulmamış ve dokunulduğunda şaşırtıcı derecede zevk veren ne çok yer olduğunu hayretler içinde fark etmişti.

Cem, Aydan'ın isteklerini daha o aklından geçirirken sezerek ânında onlara cevap veriyordu. O sevişme sırasında Aydan, insanın kendisini bir sevişmeye güvenle bırakmasının, 'şimdi zevke ulaşamazsam bir daha ulaşamam, ben ulaşamadan sevişmemiz biter' türünden kaygıları olmadan sevişmesinin ne muhteşem bir rahatlık ve nasıl inanılmaz bir zevk kaynağı olduğunu görmüştü. Ancak bunları gördüğünde, Halûk'la yıllardan beri sevişirken hep bir telaş içinde olduğunu, Halûk zevk yolculuğunda kendi son durağına ulaşmadan, varılacak yere varmak için çırpınmış bulunduğunu anlamıştı.

Şimdi bunların hepsine şaşırıyordu.

Dahası, sevişme gibi çok iyi bildiğini sandığı bir alanda, birdenbire hiç bilmediği dokunuşlar, değişler, öpüşler, sözler olduğunu keşfetmesi, onu nerdeyse bildiği her şeyden kuşkuya düşürüyor, bildiğini sandığı birçok şeyi aslında bilmiyor olabileceğini düşündürüyordu.

Halûk'la Selin'in eve girdiklerini duyduğunda aklı başka bir şeye takılmıştı. Odaya girip ışığı yakarak, "Ne o, neyin var?" diyen Halûk'a, yorganı başına çekerek, "Işığı söndür, başım çok ağrıyor, ışığa tahammül edemiyorum," diyerek cevap vermiş, yüzünü saklayarak, konuşacak hali olmadığını söylemişti.

Halûk, odadan çıkmadan yeniden kendi düşüncelerine dönmüştü bile; o gün yaşadıkları onu çok şaşırtmıştı ama sevişmeleri sırasında Cem'in fısıldadığı bazı sözcükler, sevişme aralarındaki bazı şakaları, aslında orada yaşadıklarıyla büyük bir coğrafyanın yalnızca küçük bir parçasına adım attığına, geride keşfedilecek çok büyük ve bilinmedik alanlar olduğuna inandırmıştı. Bunu acaba uyduruyor muyum, diye düşünmüştü, daha sonraları o günü aklına getirdiğinde hep gülümser, bunu nasıl daha ilk günden sezmiş olduğuna hayret ederdi ama o gün kendi inancını kuşkuyla karşılıyor, başka ne olabilir diye merak ediyordu: "Bundan başka daha ne olabilir?"

Bunu düşündüğünde hayallerinin sınırlarının ne kadar dar olduğunu da fark ediyordu, aklına hiçbir cevap, hiçbir ihtimal gelmiyordu. Bu, onun merakını daha da artırıyordu. Yeni bulduğu bir oyuncağı kurcalayan bir çocuk gibi her şeyi ama her şeyi ve bir an önce öğrenmek, bilmediği her şeyi görmek istiyordu.

Aklına kaçınılmaz olarak takılan başka bir şey daha vardı: Onu o kadar etkileyen erkek, yatakta kendisinden etkilenmiş miydi, yoksa ona çok sıradan mı gelmişti? Bir daha onu davet edecek miydi, bir daha kendisiyle sevişmek isteyecek miydi? Aklındaki en korkunç soru ise, onunla yatmaya razı olduğu için Cem onu küçümsemiş miydi; sevişmek, teslim olmak ve esrarını kaybetmek anlamına mı geliyordu Cem'in gözünde; dokunulmaz bir hanımefendi olarak sahip olduğu çekicilik dokunulur bir kadın olduğu anda yitip gitmiş miydi?

Elinde olmadan Cem'le Halûk'u da kıyaslıyordu. Bunu yapmak istemiyor, bu kıyaslamayı aklından uzaklaştırmaya çalışıyor ama başaramıyordu. Bunun bir haksızlık olduğunu bilmek onu en azından o sıralarda daha da rahatsız ediyordu. Bedenlerini kıyaslıyordu, davranışlarını, dokunuşlarını, etini tutuş biçimlerini, öpüşmelerini...

O gece Halûk yatmaya geldiğinde uyuyormuş gibi yaparak yatağın bir köşesine çekildi. Halûk'un kendisine dokunmasını istemiyor, ona dokunursa sanki bir anda o gün neler yaptığını anlayacakmış sanısına kapılıyordu. Bir de kocasına değmekten utanıyordu.

Bütün bu duygusal karmaşaya, içinin, duyguların karmakarışık bir halde birbirine dolandığı büyük bir pazaryeri gibi gürültülü ve karışık olmasına rağmen ertesi gün işe kendinden hoşnut ve güvenli gitti. Bir gün önceki yenik hali kalmamıştı.

Sabah toplantısında konuşurken kendisini parlak bir ışığın içinde duruyormuş gibi hissediyordu ve daha tuhafı öbürleri de sanki teninden bir ışık fışkırıyormuş gibi, onda bir değişiklik olduğunu hissederek bakıyorlardı ona.

Konuşurken düşünceleri sanki ikiye ayrılmıştı, bilincinin bir yanı büyük bir ustalıkla konularını anlatırken, öbür yanı da o odadakileri tek tek süzüyor, aralarında onun dün seviştiği gibi birinin olup olmadığını anlamaya çalışıyordu. Hiçbirinin öyle bir sevişmeyi bilmiyor olmasına inandığında garip bir küçümseme kaplamıştı içini.

Toplantının bitiminde, genel müdür aradaki kapıdan kendi odasına geçerken uzun masanın başında oturanlar da kalkmışlar, önlerindeki kâğıtları toplayarak birbirleriyle konuşuyorlardı. Kâğıtlarını toplayıp, dosyasını kucağına alan Aydan şakacı bir gülümsemeyle, "Ha, unutmadan bir açıklama yapmalıyım," dedi.

Herkes biraz şaşırarak Aydan'a döndü.

— Bankayı satın alacağıma dair dedikodular çıkmış; ne yazık ki pazarlıkta anlaşamadığımız için bu proje ertelendi.

Sema'nın dedikoduları alaycı bir cümleyle yanıtlanmış ve küçük bir çatışma bir kez daha eğlenceli bir zaferle sona ermişti.

Bir yanı çevresindeki her şeyin farkındaydı, yapılması gereken her şeyi sanki bunlar daha önceden programlanıp içine yerleştirilmiş gibi neredeyse içgüdüsel bir uyumla yapıyor, küçük çatışmalara giriyor, dedikodulara karşılık veriyor, toplantılara katılıyor, telefonlarla konuşuyor, şakalaşıyordu. Bir başka yanı ise yaptığı bütün bu işlere aldırmazca, hatta bunları önemsiz bularak bakıyor, korkularla ve hayallerle büyüyen bir heyecanın içinde çalkalanarak, çevresinde, aldatmanın kapısından geçtikten sonra bulduğu gizli dünyanın ipuçlarını ve o dünyanın başkaları tarafından kolayca tanınamayacak suç ortaklarını arıyordu.

Kendisi gibi başka kimler ciddi bir yüz ifadesinin ardında zevkle dolu bir sır saklıyor, kimler sınırları belirlenmemiş bir cinselliğin her ânı başka bir zevke açık evreninde yolculuk etmenin ayrıcalığını ruhunda taşıyordu? Kaç kişiydiler, o gizli tarikatın kaç üyesi vardı? Her yüze, her harekete, her sese, bir şifreyi çözmek ister gibi olağanüstü bir ilgi gösteriyordu. Görünen hayatın arkasında görünmeyen bir başka hayat olduğunu keşfetmiş, o başka hayatı bilmeyenlerle arasında sanki görünmez ama çok güçlü duvarlar yükselmişti.

Öğle yemeğine bankanın kafeteryasına indi tek başına, kimlerle konuşmak istediğini biliyordu ve yemek tepsisini aldıktan sonra aradıklarını salonun dip tarafından gelen kahkahalarından tanıyarak, o yana doğru yürüdü. Masada dört-beş kadın oturuyor, çevrelerine hiç aldırmadan hem yemeklerini yiyor, hem de şakalaşarak gülüyorlardı, bu fazlasıyla sessiz yemekhaneye yaramaz kahkahalarından bir neşe sızmasını sağlıyorlardı.

Ötekiler için onlar, varlıklarından memnuniyet duyulan lanetlilerdi. İşe Aydan'la birlikte başlayan gruptandı hepsi de. Aydan hızla genel müdür yardımcılığına yükselirken onlar yükselememişler, en fazla şef olmuşlar, hatta bazıları girdikleri düzeyde kalmışlardı. Zekâlarından kimse kuşku duymaz, hatta onların zekâlarından ve sivri dilli konuşmalarından çekinirlerdi ama zekâlarına eşlik edecek bir tutkudan ve enerjiden yoksundular. Bir şeyleri kaçırdıkları duygusunun yarattığı kırgınlığı alaycılıklarıyla örterler, başka hiçbir yöne ilerleyemeyen zekâlarını kelimelerden yarattıkları oklarla hem kendi hayatlarına hem başkalarının hayatlarına fütursuzca fırlatırlardı. Kendileriyle, kocalarıyla, müdürleriyle, erkeklerle, kadınlarla, hayatla alay ederlerdi. Başkalarının yanına bile yaklaşamadığı bütün bu konularla hiç çekinmeden alay etme rahatlığını, hayatın başarısızlara verdiği bir haraç gibi kabul edip tadını çıkarırlardı.

Aydan'ı, her şeyden vazgeçenlerin bütün kurallara boş veren gürültülü sevinciyle karşıladılar. Yolları nicedir ayrılmıştı ama haftada ya da on günde bir mutlaka Aydan kafeteryaya onlarla yemek yemeye inerdi. Kuralları ağır, entrikaları yaralayıcı bu binada onlarla yemek yemek Aydan'a hep eğlenceli bir piknik gibi gelirdi.

Onlar da Aydan'ı severler, ona, sanki işe ilk girdikleri günden sonra hiçbir şey değişmemiş gibi davranmaktan garip bir tat alırlardı. Aydan da onlarla olduğunda onlar gibi davranırdı. Hiçbiri gerçekte ne olduğunu unutmazdı ama kısa bir süreliğine ne olduklarını unutmaktan hoşlanırlardı. Aydan onlara üst düzeyde birisiyle arkadaşça konuşma imkânını, onlar da Aydan'a işte yükseldiği halde kişiliğinin değişmediğini, kibirlenmediğini kendine gösterme fırsatını verirlerdi.

Aydan masaya otururken, "Neye gülüyorsunuz?" dedi.

— Neler konuşuyorsunuz gene?

En tombulları ve en alaycıları olan Fehiman, "Aman," dedi, "ne olsun, hep aynı şeyler. Sen esas yukarılarda neler oluyor onu anlat bize, muhasebe müdürü değişecek diyorlar, öyle mi?"

Her zaman olduğu gibi biraz şirket dedikodusu yaptılar, Aydan bildiklerinin söylenebilecek olanlarını onlara anlattı, onlar şirkette neler konuşuluyor, neler söyleniyor, kim kimle kırıştırıyor, onlardan söz ettiler.

Sonra söz, Aydan'ın beklediği gibi erkeklere, ailelere, ilişkilere geldi. Aydan geldiğinde konuştukları konuya döndüler. Kocasından yeni ayrılmış olan Fehiman, geçenlerde tanıştığı ve hoşlandığı bir adamla hafta sonunda Abant'a gidecekti, ilk kez birlikte olacaklardı.

Aydan, "Nasıl biri?" diye sordu.

— İyi bir insan... Krediler bölümünde şef, belki tanırsın, Cüneyt, efendi, çalışkan biri... Öyle canavarlardan değil... Sakin biri. Beni de sakinleştiriyor.

Durdu, kendisini dikkatle dinleyen arkadaşlarına baktı.

— İnsanı öyle gökyüzüne uçurmaz belki...

Sonra, her zamanki alaycılığına ve neşesine hiç uymayan bir hüzünle ekledi:

— Ama hiç olmazsa insanın canını da acıtmaz.

Bu cümle, aralarında anlaştıkları bir parolaymış gibi erkeklerle, onların beceriksizlikleriyle, yataktaki ruhsuzluklarıyla, her sevişmeden sonra 'sanki matah bir şey yapmışlar' gibi alkış beklemeleriyle, bekledikleri alkışı bulamadıklarında çocuk gibi küsmeleriyle, sevişmenin orta yerinde 'sahayı terk etmek' zorunda kaldıklarında saklamaya çalıştıkları utangaç halleriyle insafsızca alay etmeye başladılar, sanki o güne dek iyi sevişen, onları eğlendiren, mutlu eden hiçbir erkeğe rastlamamış gibi konuşuyorlardı.

Aydan, aslında gerçeğin tam da onların söylediği gibi olmadığını, artık yaşlanmaya başlamalarından, hayattan, eksik buldukları ne varsa ondan intikam almak, olanı daha da kötü gösterip hiç olmazsa gerçeğin anlattıklarından daha iyi olduğunu bilip rahatlamak için böyle konuştuklarını anlıyordu; gene de pek imrenilecek bir hayatları olmadığı açıktı.

Daha sonra, 'sabahlara kadar durmayan' erkekler olduğuna dair bazı 'efsaneler' duyduklarını ama böylesine hiç rastlamadıklarını söyleyip, Fehiman'ın deyimiyle 'elektrikli matkap' gibi çalışan böyle bir erkeğin kalabalıkta nasıl tehlikelere yol açabileceğine dair birbirinden daha ahlaksız ve birbirinden daha eğlenceli yorumlar yaptılar. Kahkahaları, kafeteryadaki öbür masaların korkan ve imrenen bakışları arasında koyu bir gökyüzüne renkli danteller halinde yayılan havai fişekler gibi salonun içini tehlikeli bir neşeyle dolduruyordu. Kafeteryadaki herkes böyle gülen insanların o şirkette yükselme ihtimalinin bulunmadığını biliyordu. O yüzden kimse bu kahkahaların parçası olmaya çalışmıyor ama herkes böyle gülebilmenin güzel bir şey olduğunu hissediyordu.

Yaşlanmakta olan yaramaz kızların kahkahalarında da bir tür meydan okuyuş seziliyordu zaten. Oranın bütün kurallarını gülüşleriyle reddediyorlardı. Öbürleri gibi başarılı değillerdi ama başarılı olanlar da onlar gibi neşeli değildi, sanki iş dünyasının ortasında gizli bir anlaşma yapılmış, neşelerle başarılar takas edilmişti.

Aydan, hafifçe tedirgin olmasına rağmen kızları kahkahalarında yalnız bırakmıyordu, artık o güldüğü için dışlanmayacak kadar başarılıydı ve hiç olmazsa arada bir, başarıya böyle pervasız kahkahaları da ekleyecek kadar kendine ve gücüne güveniyordu. Ayrıca, başarılı birinin bu tür bir başkaldırıya katılmaya razı olacak bir alçakgönüllülük göstermesinin kendisini herkesin gözünde daha sevimli ve daha güçlü kılacağını da biliyordu.

Yemekten döndüğünde hâlâ o konuşmalardan bir gülümseme kalmıştı yüzünde ama konuşmaların eğlenceli kısmının altında saklı olan kırgınlık ve hüzün de içine o neşeyle birlikte sızmıştı. Kendi evliliğinin onların evliliğinden daha iyi olduğunu bir kere daha anlamıştı. Cem'le yaşadıkları ise arkadaşlarının hayalini bile kuramayacakları bir sevişmeydi. Dinledikleri, olağanüstü bir şeyle karşılaştığı, olağanüstü bir maceranın parçası olduğu duygusunun gerçekliğini gösteriyordu.

Cem'le bir kere daha buluşması, yaşadıklarını bir kaçamak olmaktan çıkaracak, kendisini bir labirent gibi içine alıp bu yaşananları bir daha kolay kolay dışına çıkılamayacak bir maceraya dönüştürecekti. Bunu hissediyordu. Kaçacaksa şimdi kaçmalıydı, daha sonra çok geç olacaktı. Böyle olacağını hissettiği, hatta bildiği halde kaçmak istemiyordu. Yaşadıklarının yarattığı heyecan ve zevk kadar, hatta belki de daha çok, bundan sonra neleri nasıl yaşayacağına dair içindeki merak kaçmasına izin vermiyordu. Bu tür ilişkilerin birçoğunun başlangıcında olduğu gibi Aydan da kendi merakının tutsağı olmuştu.

Bütün gün insanları izleyerek, onların görünmeyen hayatlarının nasıl olduğunu keşfetmeye çalışarak, zaman zaman arkadaşlarıyla yaptığı konuşmayı hatırlayıp gülümseyerek çalıştı ama içinde, derinlerde bir yerde, tuhaf, ismini koyamadığı, nedenini bulamadığı bir tedirginlik, bir huzursuzluk, bir hoşnutsuzluk vardı. Bunun, yaşayacaklarının içinde yarattığı korkudan kaynaklandığını sandı ama bir yanı ona bu tedirginliğin o korkuyla ilgisi olmadığını söylüyordu.

Gün boyu, bir yaraya, bir kesiğe dokunur gibi zihni gidip gidip bu tedirginliğe dokunuyor, onun ne olduğunu anlamaya çalışıyordu. Nedenini bulamadıkça, tedirginlik, dokundukça büyüyen şekilsiz ve ürkütücü bir yaratık gibi büyüyordu içinde. Akşama doğru tedirginlik iyice artmış, onu bunaltmaya, huysuzlandırmaya başlamıştı.

İşten çıkmadan biraz önce çalan telefona alışkın olmadığı bir telaşla uzandığında tedirginliğin kaynağını fark etti ve bu onu gerçekten çok şaşırttı. Bütün gün boyunca Cem'den telefon beklemiş olduğunu anlamıştı. Cem, onun telefonunu bilmiyordu ama o gene de kendisine telefon etmesini bekliyordu. Tedirginliğin altından çıkan bir ses ona, "Beni o kadar istese, benden etkilenmiş olsa telefonumu bulurdu," diyordu.

Tedirginliğin kaynağını keşfetmesiyle birlikte o tedirginlik de biçim değiştirip bir öfkeye dönüştü.

Eve çok sinirli ve gergin geldi. Selin'i azarladı,

anlamsız bir nedenden Halûk'la tartıştı. Yemek yemedi. Durduğu yerde duramıyordu, bir salona gelip oturuyor, televizyona bakıyor, bir mutfağa gidiyor, bir yatak odasına geçiyordu. Konuşmayı canı çekmiyor, yalnızca Cem'in kendisini niye aramadığını düşünmek, buna kendisini rahatlatacak bir cevap bulmak istiyordu. Aranılmamış olmayı, istenmemiş, beğenilmemiş olmaya bağlıyor, bu kadar beğendiği bir erkeğin kendisini beğenmemesi onun kendine olan güvenini acıklı bir şekilde yaralıyordu.

Kendini aldatılmış hissediyordu, o zaman o da aldatacaktı.

Bu duygularının anlamsızlığını biliyordu ama duygularında anlam arayacak hali yoktu, öfke ve üzüntü, büyük beyaz köpükler gibi kabarıp bütün öbür duygularla düşüncelerin üstünü örtüyordu.

Selin'i erkenden, biraz da sertçe davranarak yatırdı. Kızına böyle davrandığı için, özellikle de böyle davranmasının nedenini bildiği için çok utanıyordu, ama kendine hâkim olamıyordu.

Biraz oyalanıp, Selin'in uyuduğuna inandıktan sonra içeri gidip gardırobunu açtı, giysilerini teker teker gözden geçirdi, daha önce aldığı ama Halûk'un kıskançlığından çekindiği için hiç giymediği siyah, daracık bir mini etekle, narçiçeği rengi, içini gösteren şeffaf bir bluz çıkardı. Çırılçıplak yatağa oturup önce yüksek topuklu siyah ayakkabılarını giydi, aynanın karşısında durup kendi çıplak bedenini seyretti. Sonra tadını çıkarta çıkarta giyindi. Dudaklarına koyu kırmızı bir ruj sürdü.

Salona döndü.

Koltuğa oturup bacak bacak üstüne attı. Tuhaf bir heyecan duyuyordu; o garip kaymalardan biri daha olmuş, bir an kendini, kocasını Halûk'la aldatmaya hazırlanır gibi hissetmişti. Sanki kendi yazıp yönettiği bir tiyatronun içinde yaşar gibiydi, insanlara roller dağıtıyor, sonra onları değiştiriyordu ama rol alanlar bu değişimlerden haberdar olmuyorlardı.

Halûk televizyona dalmıştı ama Aydan'dan salona nasıl bir elektrik dağıldıysa birisi omzuna dokunmuş gibi dönüp ona baktı. Onu öyle kalçalarına kadar sıyrılmış kısacık eteği, göğüslerini bütün çıplaklığıyla ortaya koyan şeffaf bluzuyla görünce şaşırmış, hafif bir tedirginlik duymuştu.

Tedirginliğini hissettirmemeye çalışarak, göz kırptı.

— Hayrola?..

Aydan omuzlarını silkti.

— Hiç...

Halûk, karısına asla hayır demeyen erkeklerdendi, karısı ne zaman istese onunla sevişmeye hazırdı, ama böyle program dışı sevişmeler, Aydan'ın hiç beklenmedik bir anda salona şeffaf bir bluzla gelmesi pek sık yaşadıkları bir durum değildi.

Halûk televizyonu kapattı. Ayağa kalktı.

Aydan onu elinden tutup çekti.

— Gel yanıma otur.

O koltukta, uzun uzun aynı ilk evlendiklerinde yaptıkları gibi her an biraz daha artan bir arzuyla öpüştüler, artık dayanamayacaklarını hissettiklerinde, biraz da Selin'e yakalanma korkusundan içeri gittiler.

Yatağa çok istekli ve çok heyecanlı girmişti Aydan, her zamanki ezberlenmiş ve kendilerine her zaman zevk veren dokunuşlarla sevişmeye başladılar ama birden kocasının sevişme biçimini yadırgadı.

Onun Cem gibi sevişmesini beklediğini anladı.

Bedeninin hareketleriyle, küçük iniltilerle, tek

kelimelik sözcüklerle Halûk'u yatakta yönetmeye başladı, dokunulmasını istediği yerlere dokunması için uygun biçimde dönüyor, bazen eliyle Halûk'un başını kendi bedenine bastırıyordu. Halûk onun isteklerine uymaya çalışıyordu, onun istediği yerlerini tutuyordu ama ellerinde, dudaklarında, dilinde bu yeni sevişme biçimine bir türlü uyum gösteremeyen bir acemilik, bir eksiklik vardı.

Aydan iki erkek arasındaki farkı canı acıyarak görüyor, Halûk'un asla Cem gibi sevişemeyeceğini anlıyordu, öyle bir sevişme istiyorsa Cem'e gitmekten başka çaresi yoktu.

Bir yandan da, gerçek bir sevgiyle Halûk için üzülüyor, onun böyle bir zevki hiç tadamayacak oluşuna içten bir şefkatle hayıflanıyordu. Kendisi, Cem'e rastladığında onun sevişme biçimine hemen ve zevk alarak uyum göstermişti ama kocası, Cem'in kadın haline rastlasa ona ayak uyduramayacaktı. Kocasıyla arasında çok önemli ve temel bir fark olduğunu ilk kez bu kadar açıkça anlıyordu.

Kocasıyla Cem'le seviştiği gibi sevişebilmeyi gerçekten isterdi, bir başka erkeğe muhtaç olmamak, aradığı her şeyi evde bulabilmek için birçok şeyden vazgeçebilirdi ama bunun mümkün olmadığını kederle ve korkuyla fark ediyordu.

Sonunda Halûk'u yönetmekten vazgeçti, onu bildiği gibi sevişmesi için özgür bıraktı. Halûk yeniden bildiği, ustalaştığı, sevdiği hareketlere kavuşmanın rahatlığıyla sevişmeye koyuldu.

Sevişme bittiğinde her zaman olduğu gibi Aydan'ın bedeni doymuş, huzura kavuşmuştu ama ruhu sevişmeye başlamadan önceki halinden de beter bir biçimde aç ve huzursuz kalmıştı.

Geceliğini giyip banyoya gitti.

Işığı yakıp kapıyı kilitledi.

Küvetin kenarına oturdu.

Halûk uyuyana kadar odaya dönmedi, orada tek başına düşündü.

O geceki deneme, ona yeniden Cem'e gideceğini, ondan ve onu istemekten kurtulamayacağını bir kez daha göstermişti, olabileceklerden artık daha fazla korkuyordu.

VIII

Bazı şeylerin yokluğu, varlığından daha etkili olabiliyordu kimi zaman.

Cem'den beklediği telefonun gelmemesi, heyecanla uzandığı her telefondan başka bir sesin duyulmasının onu hayal kırıklığına sürüklemesi Aydan'ın sürekli olarak Cem'i düşünmesine, onun kendisini niye aramadığını anlamaya çalışmasına, aklının hep Cem'le meşgul olmasına yol açmıştı.

Cem aramış olsa bu kadar etkili olamazdı büyük bir olasılıkla ama o aramadıkça Aydan onu daha çok düşünüyor, Cem'e ve bu tuhaf ilişkiye duyduğu ilgi daha çok artıyordu. Anlamak, aramamasının nedenini öğrenmek istiyordu. Düşündükçe, Cem'le ilgili duyguları da biçimden biçime girerek içinde büyüyordu.

Bir yanı, neredeyse uykuda bile durmayan çılgınca bir sabırsızlık ve merakla Cem'i düşünüp hayatı hastalıklı ve keskin bir dikkatle izlerken, bir yanı da yanıtını bulamadığı sorularla sanki her saat biraz daha bitkinleşip ölgünleşiyor, kendini yenik ve yorgun hissediyor, dalgınlaşıyor, aklındaki erkeğin dışındaki konularda yoğunlaşmakta zorluk çekiyordu.

Beklediği sesin duyulmaması, Aydan'ı, o sesin sahibine, duyulması beklenen sesin bağlayabileceğinden daha çok bağlıyordu, Cem'in söyleyeceği hiçbir söz, bu sessizlik kadar Aydan'ı derinden sarsamaz, kendisiyle böylesine meşgul edemezdi.

İçinde büyüyüp çoğalan duyguların yarattığı karmaşa aşka çok benziyordu. Öfke, özlem, merak, istek, korku, kıskançlık, onu bir kere görüp dokunma arzusu, duyulması beklenen sesin yokluğunun yarattığı acı tıpkı âşık bir kadının yaşayacağı gibi şiddetle yaşanıyordu.

Bu duyguları gerçek bir aşktan ayıran tek şey, bunların Cem'in varlığından değil yokluğundan kaynaklanmasıydı.

O sıralarda öyle anlar oluyordu ki, o anda Cem arasa, Aydan işlerinin çok olduğunu, onunla görüşemeyeceğini söyleyip gönül rahatlığıyla telefonu kapatabilirdi. Çektiği o sancılardan sonra Cem'in sesi bu ilişkinin, hiç olmazsa bir süreliğine kopmasını sağlayabilecek, Aydan'a çok istediği huzuru verecekti.

Ama Cem aramıyor, onu çok sıradan ama sıradan olduğu kadar da korkunç bir gerçekle, yaralanmış gururuyla ve bu gururu tamir etmeye çalışmak zorunluluğuyla baş başa bırakıyordu. Beğenilmeyi, seçilmeyi, hayran olunmayı arzulayan insanların o ürkütücü zaafı Aydan'ı da teslim almıştı. Aranmamasını beğenilmemeye, tercih edilmemeye bağlıyor, zekâsı, çekiciliği, dişiliği, etkileyiciliği, kendine olan güveni, bir erkeğin kendisini beğenmediğini düşündüğü anda önemsizleşiyor, kendileriyle birlikte Aydan'ın bütün varlığını da önemsizleştiriyordu. O erkeği ne kadar çok istemiş olduğunu kendisi biliyor, beğendiği birine kendini beğendiremediğini, o kadar istediği bir şeyi ele geçirmeye gücünün yetmediğini düşünmek yarasını ağırlaştırıyordu.

Çok basit, çok bildik ama kurtulması çok zor olan bir tuzağa düşmüştü. Bu tuzağın en dehşet verici yanı, içine düştüğü tuzağı, sürekli olarak bunu düşünerek kendi kendine derinleştirmesi, içinden çıkılması nerdeyse imkânsız hale getirmesiydi. Tutsaklıkların en acı verici olanını yaşıyor, kendi kendinin tutsağı oluyordu; duygularıyla düşüncelerini bir erkeğe bağlayan o korkunç bağı yine kendi duygularıyla düşünceleri örüyordu.

Kısa sürede bu duygular bir tutkuya dönüşerek bütün hayatını kapladı, bu ağır yükün altında eziliyor, isteksiz, sinirli, huzursuz, dağınık bir kadın haline geliyor, kederli bir yorgunluk bedenini kemiriyor, sabahları yataktan zor kalkıyor, konuşmakta güçlük çekiyor, düşüncelerini yönlendiremiyordu. Yüzü solmuş, sesi cansızlaşmış, bakışları hayata yabancılaşmıştı; hasta gibiydi.

Sonunda artık dayanamadı, kendi kendine kurtulamayacağını anlayıp, onu kurtarabileceğine inandığı tek insanı, Cem'i aradı.

Daha 'merhaba' dediğinde, sesindeki küskünlüğe ve uzaklığa rağmen, Cem onu her zaman olduğu gibi hemen tanımış, dostça bir neşeyle, "Nasılsın!" demişti.

— İyiyim, teşekkür ederim... Sen nasılsın...

Cem'in sesindeki yakınlık ve dostluk Aydan'ı çok şaşırtmıştı ama günlerdir içinde biriken küskünlük sesinden hemen kaybolamamış, eski kızgınlıkla, yeni karşılaştığı yakınlığın yarattığı sevinç arasında sesi ahengini kaybedip bir süre dalgalanmıştı. Cem'in sesindeki güç, güven ve neşe, Aydan'a, acılar içinde kıvranarak geçirdiği o günlerin Cem'i hiç üzmediğini göstererek sinirlendiriyor ama aynı zamanda kendisini böylesine istekli karşılayışı, günler boyunca yaşadığı 'istenmemişlik ve beğenilmemişlik' duygusunu silip atarak onu sevindiriyordu.

Erkeğin, bu ilişkiyi kendisi kadar önemsemediğini, bunu hayatının merkezindeki bir soruna çevirmediğini anlıyordu ama ilişkinin süreceğini, kendisini sevdirme, Cem'i kendine bağlama ve her ne kadar kendisine itiraf etmese de, o çektiği acının intikamını alma fırsatını bağışladığını da görüyordu. Açık olan gerçek şuydu: Reddedilmemişti. Belki arzuladığı kadar özlenmemişti ama sesi unutulmamış, araması sevinç yaratmıştı, gururu o büyük yaradan kurtulmuştu. Biraz örselenmişti belki ama o büyük yaranın yanında bu fark edilmeyecek ve hızla unutulacak kadar küçük bir şeydi.

— Yarın ne yapıyorsun, dedi Cem.

Aydan bir an ertesi gün neler yapacağını aklından geçirdi, bankada yapılması gereken işler vardı ama sıkı bir çalışmayla bunları halledebileceğini düşünüp, geleceğini anladığı davete kapıyı açık tutan bir sesle,

— Her zamanki şeyler, dedi... Önemli bir şey yok...

— Vaktin varsa uğrasana bana yarın öğleden sonra... Özledim seni.

'Özledim seni' sözcüklerini çok kolay söylediğini seziyordu, sözcüklerde, gerçek bir özlemin yaratması beklenen çekingenlik, tedirginlik ve yakıcı istek yoktu ama onu sesini duyar duymaz çağıracak kadar da özlemişti. O anda, Aydan için önemli olan buydu, Cem'in onu özlediğini söylemesi; bunu nasıl söylediğiyle uğraşmaya hali yoktu, yorulmuştu.

Aldırmaz bir sesle sordu:

— Senin için en uygun saat kaç?

— İki, iyi mi?

— İyi...

Aydan konuşmayı daha fazla uzatamadı, gücü birden tükenmiş, içindeki gerginlik kaybolurken, kendisiyle birlikte Aydan'ın bütün enerjisini de alıp götürmüştü.

— Yarın görüşürüz, deyip kapattı telefonu.

Bir an yorgun bir halde koltuğunun arkasına dayanıp, hiçbir şey düşünmeden karşı duvara baktı. O bir an, gerçekten duyguları ve düşünceleri yok olmuş, bütün ruhu boşalmıştı. Uzun hastalıkların ardından gelen ve ne hastalığa ne sağlığa benzemeyen hoşnut bir yorgunluk gibi günlerce süren gerginlikten sonra bir anlık bir boşalma ve dinlenme yaşadı.

Sonra, hayatını kaplayan üzüntünün, gerginliğin, acının bahar sabahları kırlara çöken o kalın ve koyu sis gibi ardında hiçbir iz bırakmadan dağıldığını, biraz önceki yoğun sisin varlığından bile insanı kuşkuya düşürecek bir aydınlığın bütün haşmeti ve parlaklığıyla ortaya çıktığını hissetti. Değişim o kadar çabuk olmuştu ki inanmakta zorluk çekiyordu. Duygularına bir gerçeklik katmak için, telefon etmeden önce hissettiklerini hatırlamaya çalıştı ama şaşırarak hiçbir duyguyu hatırlamadığını gördü.

Günlerce yaşadığı o duygular sanki hiç yaşanmamış gibi yok olmuşlar, belli belirsiz bir kızgınlık dışında geride hiçbir iz bırakmamışlardı. Neler yaşadığını, çektiği acıyı, üzüntüyü, özlemi hatırlıyordu ama bunları sadece birer sözcük olarak hatırlıyordu, o sözcüklerin içini dolduracak olan duygulardan bir belirti yoktu. Kızgın bir çölde ışık kırılmalarının yarattığı hayaller gibi kaybolmuşlar, boşluğa karışıp gitmişler, Aydan'ı yaşadığı duyguların gerçekliğinden ve şiddetinden kuşkuya düşürerek belleğinden silinmişlerdi. Aslında yaşadıkları bir hayale benzediği, gerçeklikleri yalnızca Aydan'ın yaralı duygularındaki çarpılmalardan oluştuğu için kaybolmaları böylesine kolay olmuştu, Aydan gerçek acıların bu kadar kolay kaybolmadığını, kaybolduklarında bile geride hatırlanacak izler bıraktıklarını daha sonra öğrenecekti.

O bir anlık boşlukta ruhundaki ağır yükten kurtulmuş olmanın sevincini yaşadı.

Sonra kaybolan duyguların yerini, o duygulara hiç benzemeyen, tamamen fiziksel başka bir gerçeklik aldı. Kasıklarından bir şeyin yükseldiğini, karnından, ciğerlerinden geçtikten sonra göğsüyle boynu arasında bir yere kanatlarını çırpıp duran iri bir kuş gibi yerleşip, soluk almasını zorlaştırdığını fark etti.

Önce çok korktu. Soluk almakta çektiği zorluk canını acıtıyordu. Yaşadığı duygunun, güçlü ve çıplak bir heyecan olduğunu anlaması epey bir süre aldı. Daha sonra tutkunu olacağı, uğrunda bütün hayatını yok etmeyi göze alacağı bu dehşetli heyecan bir yandan canını yakıyor, bir yandan da ona inanılmaz bir zevk veriyordu.

Bütün öğleden sonrayı, ertesi günkü işlerini tamamlayabilmek için, göğsünün üstündeki, ona neredeyse cinsel bir istek ve acı veren o heyecanla, zorlukla soluk alıp, arada bir tıkanarak çalışmakla geçirdi. Kendini ne kadar işine vermeye uğraşırsa uğraşsın, soluk almakta çektiği zorluk ve içindeki kuş kanatlarını andıran neşeli çarpıntı ona ertesi gün yaşayacaklarını ve daha önce yaşadıklarını düşündürüyor, eti karıncalanıyordu.

Durmadan saatine bakıyor, akreple yelkovanın, belleri kırılmış iki sürüngen gibi, canını acıtacak bir yavaşlıkla ekranın içinde süründüklerini, zorlukla kımıldadıklarını görüyordu. Sabırsızlığı heyecanına karışıyor, garip çarpıntılar soluk almasını daha da güçlendiriyordu. Bir ara kimseye hissettirmeden binadan çıkıp kaldırımda derin derin içini çekmiş, açık havanın soluk almasını kolaylaştıracağını ummuştu ama bunun da bir yararı olmamıştı.

O öğleden sonra zor geçti.

Akşam eve geldiğinde biraz daha sakinleşmiş gibiydi ama o çarpıntılar orada duruyordu. Heyecanına ve soluk almaktaki zorluğuna karşın garip bir sevinci vardı, günlerdir kocasıyla kızına yaşattıkları için özür dilemeye çalışır gibi ikisiyle de yakından ilgilendi, kızıyla şakalar yapıp güldü, yemekten sonra Halûk'la o siyah beyaz İskandinav filmlerinden birini, filmde ne olduğunu hiç anlamadan, tamamen başka şeyler düşünerek seyretti.

Yatma vakti geldiğinde, uykuda zamanın daha çabuk geçeceğini düşünerek büyük bir istekle yatağa girdi. Bütün o yorgunluktan ve gerginlikten sonra derin bir uykuya daldı.

Ertesi sabah kalan işlerini tamamlamak için nerdeyse koşarak gitti bankaya. Göğsünün üzerindeki, soluk almasını güçleştiren o heyecan hâlâ aynı yerde duruyor, kuş arada bir şakıyarak kanatlarını çırpıyordu. Öğle olmadan işlerini bitirip, yardımcılarına kendisi yokken neler yapacaklarına dair talimatlarını verdi.

Bütün bunlardan sonra saatine baktığında saatin hâlâ on olduğunu gördü. On biri geçe işten çıkıp eve gitmeyi, hazırlanmayı planlamıştı ama zaman geçmiyordu. Büyük bir şehrin üzerinde uçarken motoru alev alan bir pilotun uçaktan atlamak için şehri geride bırakmaya uğraştığı sırada hissettiği telaşı ve sabırsızlığı içinde duyuyor, o pilot için şehrin altından kaybolması nasıl zor ve uzun geliyorsa, ona da zamanın geçmesi aynı biçimde zor ve uzun geliyordu.

Tam işten çıkmaya hazırlanırken genel müdürün sekreteri arayıp, 'biraz gelmesini' rica etti. Genel müdürün odasına koşarak gitti ama sekreter onu hemen içeri sokmadı, "Şu anda telefonla konuşuyor, bir dakika sizi bekleteceğim, oturmaz mısınız..." diyerek işlerine döndü. Aydan oturup bacak bacak üstüne attı, ayağı neredeyse kendi denetimi dışında sinirli bir biçimde sallanıyordu. Saatine baktı, on biri çeyrek geçiyordu. Kadranın içindeki o iki sürüngen biçim değiştirmişler, yarış atlarına dönmüşlerdi, hızla koşuyorlar, Aydan'ın hazırlanmak için kendine ayırdığı zaman gittikçe azalıyordu.

Sekreter, "Buyrun sizi bekliyor," dediğinde telaştan neredeyse kapıya çarptı, tokmağı bulmakta zorlandı ama odaya girdiğinde toparlanmıştı. Genel müdürün söylediklerini sakin görünerek dinledi, onu dinlerken bir yandan da istediklerini nasıl halledeceğini düşünüyordu. Genel müdürün odasından çıkar çıkmaz koşar adım odasına döndü, bir yardımcısını çağırıp, genel müdürün istediği belgelerin hemen hazırlanmasını, ertesi sabaha masasına bırakılmasını söyledi.

Binadan nasıl çıktığını hatırlamıyordu.

İpekli bir kumaş gibi yumuşacık bir mavilikle aydınlanmış parlak bir bahar günü vardı dışarıda;

güneş mutluluğu andıran bir sıcaklıkla insanları ısıtıyordu. İnsanlarda huzurlu ve kaygısız bir hava seziliyordu, Aydan'dan başka kimsenin telaşı yok gibiydi.

Arabasını gergin bir asabiyetle sürüyor, öbür arabaların arasından riskli manevralarla geçiyor, kendisine yol vermekte geciken arabalara, herkesi öfkelendirecek biçimde korna çalıyordu. Eve yaklaştığı sırada benzininin bitmekte olduğunu, benzin göstergesinin üstündeki o uğursuz kırmızı ışığın yandığını gördü. İlk rastladığı benzinciye girdi. Benzinci çok yavaş hareket ediyordu. Adama biraz acele etmesini, geç kaldığını söyledi, adam aldırmadı bile. O anda o adamdan da, hayattan da, herkesten de nefret ettiğini hissetti.

Eve girer girmez banyoya koştu, elbiselerini bile orada çıkardı. Suyun altında biraz sakinleşti, neler yapacağını, saçlarını kurutmasının, makyaj yapmasının, giyinmesinin ne kadar zaman alacağını hesapladı. Elini bacaklarının üzerinde gezdirip, kontrol etti. Pürüzsüzdü. Bunu bir gün önceden halletmiş olduğuna sevindi, yoksa bugün yetişmekte zorlanacaktı.

Saat tam ikide Cem'in kapısının önündeydi. Zili çalarken, bütün bedeni büyük bir nabız gibi atıyor, kalbinin vuruşlarını her yanında hissediyordu. Tıkanacak gibiydi.

Kapı açıldığında derin bir soluk alıp yutkundu.

Cem sakin bir şekilde gülümsüyordu.

— Hoş geldin, gir içeri.

Bir şey söylemeden salona yürüdü.

— Ne içersin?

— Ne olursa...

— Nasıl ne olursa... Artık tercihlerimiz yok mu

hayatta...

Aydan'ın ne şaka yapacak ne de bir şakaya gülecek hali vardı, lafı çok uzatmadı:

— Bir konyak içeyim.

Cem kocaman balon bir bardakta konyak getirdi. Hiç acele etmiyordu ama onun sükûneti Aydan'a da iyi geliyor onu biraz yatıştırıyordu.

Konyağını içerken ne zaman içeri gideceklerini düşünüyordu, acaba nasıl söyleyecekti Cem içeri gitmelerini. Sabırsızlanıyor, bir an önce yatak odasına gitmek istiyordu, sanki ancak o yatağa girdikten sonra rahat bir soluk alabilecekti.

Cem sonunda, "Konyağını içerde içmek ister misin?" dedi.

Aydan sanki önemsiz bir şeyden konuşur gibi cevap verdi:

— Olur.

Ama bunu söylerken ayağa kalkmıştı bile. Yatak odasına giderken soluk alması iyice güçleşmişti. Yapmakta olduğu şeyin bir günah ve suç olduğunu biliyor, bunu bilmek onun heyecanını ve isteğini dayanılmaz kılıyordu. Kocasından başka bir erkekle, bilerek, isteyerek, bunun için randevulaşarak sevişmeye gidiyordu; hiçbir mazereti, kendisini affettirecek hiçbir nedeni yoktu. Bunu kendisinden hiç saklamadan, böylesine açıkça yaşamak bütün dünyaya meydan okumak gibi heyecan ve korku verici bir davranıştı. Tanrı'yla ve Şeytan'la aynı anda yüzleşmeye hazırlanıyor, buna cesaret edebilmesinin kendi gözünde yarattığı ürkütücü ayrıcalıktan başı dönüyordu. Geçen seferki sevişmenin belleğinde kalan ayrıntıları ise bu baş dönmesinin içinde saklı olan hazzı bir insanın kolayca taşıyamayacağı kadar büyütüyordu.

O koridorda yaşadığı heyecanı hiç unutmadı, gökyüzüne yükselip uçmak ve uçarken her an düşebileceğini bilmek gibi neredeyse doğaüstü bir duyguydu bu, bir kere yaşayanın bir daha kolayca vazgeçemeyeceği, yeniden yaşamayı özleyeceği bir tür büyüye benzeyen bir deneyimdi bu.

Sevişmeye başladıktan ancak bir süre sonra baş dönmesi geçti, soluk alıp vermesi rahatladı, küçük bir kayık gibi kendini, onu alıp sonsuz bir okyanusa sürükleyecek dalgalara bıraktı.

Günlerce bu sevişmeyi düşünmüş, geçen sefer yaşadıklarını hayalinde büyütüp abartmış olabileceğinden kuşkulanmıştı ama daha ilk dokunuşlardan sonra hatırladığı şeyin gerçek olduğunu anladı. Üstelik geçen sefer ilk sevişmenin heyecanıyla fark edemediği birçok küçük ayrıntıyı bu kez çok daha iyi hissedip tadını çıkardı. Bir mitoloji tanrıçası gibi kendi bedenine tapınılmasının nasıl bir zevk olduğunu bir kere daha yaşayarak zihnine iyice kaydetti.

Bir ara kendine böylesine zevk veren bedene aynı zevki yaşatabilmek telaşına düşüp doğallıktan hafifçe sapan bir aceleciliğe kapıldığında, Cem, parmaklarının ucuyla yüzünü okşayıp, o şehvet sarsıntılarının arasında çok şaşırtıcı ve çok etkileyici gelen yumuşacık, sevecen bir sesle, "Sakin ol," dedi, "kendini bırak, acele etme."

Uysal bir çocuk gibi Cem'in sözünü dinleyip kendini bedeninin doğallığına bıraktı. Şiddetli bir şehvetin ancak telaşsız bir doğallığın içinden doğup büyüyebileceğini, şehveti bir an önce bulabilme kaygısının şehvete giden yolları kapatabileceğini öğreniyordu.

O gün bir sevişme molasında, Cem, Aydan'ın dokunmaktan olduğu kadar artık seyretmekten de hoşlanıp benimsediği biçimli bedeniyle çırılçıplak kalkıp, kocaman kristal kâselerinden birine doldurduğu iri kirazlarla geri dönmüştü.

— Bir İngiliz arkadaşım anlatmıştı, Oxford Üniversitesi'nde birini hocalığa kabul etmeden önce bir kiraz testi yaparlarmış bir söylentiye göre.

— Nasıl kiraz testi?

— Bütün hocaların katıldığı bir yemek düzenlerlermiş, yemeğin sonunda da kiraz ikram edip çekirdeklerini ne yaptığına bakarlarmış.

Aydan bir kirazı tam ağzına götürürken durmuştu.

— E, ne yapmak lazımmış?

— Kimse bunun doğru cevabını bilmiyor... Ama tabii püfff diye çekirdeği dişlerinin arasından sapan gibi fırlatmazsan kabul edilme şansın daha yüksek oluyor.

Cem'in sevişme aralarında anlattığı böyle birçok hikâye vardı, bir yerde mi okudu, birisinden mi dinledi, yoksa kendisi mi uyduruyor bir türlü anlaşılmayan tuhaf olaylar anlatır, hem onları anlatışıyla hem de olaylar hakkındaki yorumlarıyla Aydan'ı eğlendirip güldürürdü. Daha sonraları, Aydan, bu gülüşlerin bütün sevişmeyi eğlenceye, masum bir oyuna çevirdiğini, belki de bu yüzden Cem'in yanında hiçbir zaman suçluluk, vicdan azabı, günah korkusu gibi duygular yaşamadığını düşündü. Onca olaydan sonra bile o hikâyeleri hep sevgiyle hatırlamış, bütün ilişki boyunca aradığı sevgiye ait işaretleri o hikâyelerde bulmuştu.

Aydan bir yandan, gözünün önüne toplantı sırasında kirazları 'püff' diye uzaklara fırlatan cüppeli bir adamın görüntüsü geldiği için gülüp bir yandan da yediği kirazların çekirdeklerini ne yapacağını düşünürken Cem birdenbire o hiç unutamadığı soruyu soruvermişti:

— Daha önce hiç kocanı aldattın mı?

Aydan hemen 'hayır' demişti.

Sonra da aynı hızla 'evet' diye cevabını değiştirmişti.

Cem hiçbir şey söylemeden yüzüne bakmıştı.

Aydan verdiği iki cevaba da şaşırmıştı, yalan söylemesine de, doğru söylemesine de. Derin bir nefes aldı ve o güne kadar hiç kimseye, en yakınlarına bile anlatmadığı, anlatamadığı o gizli macerasını, aslında çok da iyi tanımadığı ama o anda çok yakın hissettiği bu adama anlattı:

— Ben Selin'i doğurduktan sonra uzunca bir süre bocaladım. Kendimi kadın gibi hissetmiyordum, çok çirkin olduğumu düşünüyordum, çekiciliğimi kaybettiğime inanıyordum. Yani kuaföre bile düzenli gitmiyordum, içimden gelmiyordu. İki sene sürdü bu. Belki biraz daha fazla, tam hatırlamıyorum. Bizim bankada benden biraz daha kıdemli hoş biri vardı, işi benden daha iyi biliyordu, bana da hep yardımcı olurdu. Bir gün bana, "Bugün ne kadar güzelsin," dedi. Çok hoşuma gitti. Halûk pek böyle şeyler söylemez çünkü. Ama pek de aldırmadım. Sonra bir başka gün, "Bu elbise sana ne kadar yakışmış," dedi. Bir erkeğin benimle ilgilenmesi çok hoşuma gitti. Biliyor musun, onun iltifatlarından sonra yeniden kuaföre düzenli gitmeye başladım. Sonra bu tür konuşmalar devam etti. Kafeteryaya birlikte inmeye, birlikte yemek yemeye başladık. Bizim bankanın toplantıları vardır, mesleki geliştirme kursları falan. Gruplar halinde bir otele gidilir, birkaç gün orada kalınıp seminerler yapılırdı. Oralarda bir araya geliyorduk. Açıkça söylemiyordu ama benimle yatmak istediğini biliyordum. Uzun zaman dayandım, o da çok kibar davrandı, hiç ısrar etmedi, hatta imada bile bulunmadı. Beni çok hoş tutuyordu, şımartıyordu, canım bir şey istese, gidip onu bulup getiriyordu. Sonra gene böyle bir kurs toplantısına giderken onunla birlikte olmaya karar verdim.

— Yani aniden olmadı, hani sarhoştun, ne yaptığını bilmiyordun falan gibi değil... Bayağı daha önceden karar verdin.

— Evet, bayağı karar verdim. Kursa gitmeden bir gece önce hiç uyuyamadım, sadece bunu düşündüm, yatağın içinde döndüm durdum, sonra da karar verdim... Öyle oldu işte...

— Nasıldı peki?

— İlk seferi pek harika değildi ama sonrakiler iyiydi... Beni bir süre göklerde uçurdu gerçekten, kendimi yeniden kadın gibi hissettim.

— Sonra?

— Sonra bitirdik, artık ben istemedim, yakalanmaktan, skandaldan korktum sanırım... Zaten aradığım da öyle sevişme falan değildi aslında, kendimi kadın gibi hissetmeyi özlemiştim... Sonra arkadaş olduk, o bana biraz tutuldu sanırım ama kibar bir insandır, çok ısrar etmedi... Şimdi çok iyi arkadaşız, hâlâ aynı yerde çalışıyoruz, hâlâ birbirimize çok yardım ederiz.

Cem güldü.

— Desene seninle olmayı biraz da o adama borçluyum.

— Niye?

— Eh, öyle bir deney yaşamamış olsaydın benimle olmaya razı olmayabilirdin...

Aydan kırgınlığını saklamaya çalışan bir sesle

sordu:

— Aldatan bir kadın olmaya alışkınım, onu mu söylemek istiyorsun.

— Hayır, saçmalama... Sadece bunun korkunç bir şey olmadığını daha önce gördün demek istiyorum... Sen birisiyle birlikte oldun diye dünya altüst olmuyor.

— Bilmem, dedi Aydan, belki de oluyordur.

Aydan bu macerayı niye Cem'e anlattığını çok düşündü, neden bu kadar gizlediği bir sırrını onunla paylaştığını anlamaya uğraştı. Aslında böyle bir sırrı onunla paylaşarak ilişkinin biçimini değiştirmeye, derinleştirmeye, onunla bir yakınlık kurmaya, kendini duygulardan yoksun bir sevişmenin hafif ve aldırmaz bir parçası olmaktan kurtarmaya, onunla bir sevgili, bir sırdaş, bir dost olmaya çalışıyordu. Bu ilişkiyi ve kendini temize çıkartmaya, aklının bir kenarında hep saklı duran günah ve ayıp duygusundan kurtulmaya, sevginin ve sevgililiğin kutsallığıyla yaşadıklarını hiç olmazsa kendi gözünde aklamaya uğraşıyordu.

Bunları anlattıktan sonra, aklına takılan bir soruyu, o sorunun cevabını merak ettiği kadar, Cem'in de kendisiyle bir şeyler paylaşıp, ilişkinin bir sevgililiğe dönüşmesine yardımcı olmasını umarak sordu:

— Senin hayatında...

Durup biraz bekledikten sonra ekledi:

— Kaç kadın var?

Cem'in yüzünde alaycı, hatta uzak bir gülümseme belirdi.

— Saymıyorum canım, uğuru kaçıyor.

Bu, Aydan'ı kendinden uzak tutmak istediğini, duygusal bir ilişkiden kaçındığını açıkça gösteren ve Aydan'ı kıran bir cevaptı. Aydan daha sonraları, 'O anda kalkıp gitmeliydim!' diye düşünmüştü.

O anda gidebilseydi kurtulacaktı, ilişkilerinin dönüm noktası olan bir an yaşadılar. Aydan gitmedi. Bir sigara yaktı sadece.

Cem onun karşısında çözülmeyi bekleyen kocaman bir bulmaca gibi duruyordu, bazen bu kadar uzak, bazen o kadar yakın nasıl olabildiğini, araya duyguları katmaya razı olmadan kendisiyle böyle nasıl sevişebildiğini anlamak istiyordu. Bu adamın bütün davranışlarının, bakışlarının, sözlerinin altında saklı duranı bulmayı arzuluyordu.

Böyle bir bilmecenin kenarından dolanıp geçmek birçok kadın gibi onun için de çok zordu. Garip bir biçimde kendi gücüne güveniyor, bu bilmeceyi çözebileceğine inanıyordu. Başka kadınların çözemediği bu bulmacayı çözen kadının kendisi olmasını istiyor, bunu gerçekleştirebileceğini umuyordu.

Hep 'benim annem öldü' lafını hatırlıyor, hiçbir şeyi paylaşmaya razı olmayan, duygulara aldırmayan, sadece sevişmeden ibaret bir ilişki kuran bu tuhaf adamın derisini, bir doktor gibi soymak, bu hastalıklı derinin altında saklı olduğuna inandığı o duyarlı, yalnız ve kederli insanı ortaya çıkartmak istiyordu. Cem'e karşı, biraz da onu kızdıran bu duyarsızlığından dolayı şefkat duyuyor, bu alaycı adamda kimsenin görmediği bir şeyi kendisinin gördüğüne inanıyordu.

Cem'deki çelişkiler, bu çelişkilerin yarattığı anlaşılmazlıklar onu çekiyor, bırakıp gitmesine izin vermiyordu.

O gün gitmediğine üzülmesi mi sevinmesi mi gerektiğine, bütün her şeye rağmen, hiçbir zaman açıkça cevap veremedi.

Çünkü o konuşmanın ardından yeniden sevişmeye başladıklarında hiç yaşamadığı bir şey başladı yatakta.

Cem, kulağına fısıldayarak, ona ilk duyduğunda anlamadığı bir soru sordu önce:

— Benim neyim olsan benimle yatardın?

Aydan soruyu anlamadı ama 'ne demek istiyorsun' diyerek sevişmenin akışını bozmak istemediğinden susup, onun devam etmesini bekledi.

Cem zaten onun cevabını beklemeden devam etmişti:

— Komşunun kızı olsan benimle sevişir miydin, akrabam olsan, teyzem olsan....

Aydan birden nasıl bir oyuna hazırlandıklarını anladı, korkuyla ve heyecanla bedeninin kasıldığını hissetti ve Cem'in beklediği cevabı, heyecandan tarazlanan bir sesle verdi:

— Ben senin neyin olsam seninle yatardım...

— Neyim olsan mı?

Aydan'ın verdiği cevap, taa içinden, en derininden, gerçek bir istekle titreyerek geldi:

— Neyin olsam yatardım... Neyin olsam...

Bundan sonra Aydan'ın daha önce hiç yaşamadığı ve bir daha da asla unutmadığı, aylarca sürecek bir oyuna başladılar.

Sihirli bir suya batırılmış kırmızı bir çubuk gibi hem kendileri kalıp hem de bütün renklere dönebildiler, mor olmanın, sarı olmanın, yeşil olmanın, mavi olmanın nasıl hazlar verdiğini, aslında o renklerin kendi gerçek renkleri olmadığını bilmenin rahatlığıyla ve o renklerde olanların nasıl heyecanlar yaşadığını aynı o renktekiler gibi hissederek, insanların ahlaksızca ve sapıkça bulacakları her şeyi, hem kendi renklerinin hem başka renklerin heyecanını iç içe hissederek yaşadılar, o yatakta birbirlerinin her şeyi ama her şeyi oldular.

Hiçbir renge, hiçbir role girmekten çekinmeden ve o rolleri oynarken aynı gerçekmiş gibi içleri şehvetten kamaşarak, aylarca sürecek ve insanlara ait bütün gizli, adı bile söylenemeyen duyguları onlara tattıracak bir tür sevişme tiyatrosu kurdular yataklarında. Sevişmeye ve insanlara ait ilişkilerin her türünü, her biçimini, o insanların gerçek hayatta yaşarken duydukları suçluluğu ve vicdan azabını hiç hissetmeden, sadece zevkini ve heyecanını duyarak, bir çiçeğin özsuyunu çeken bir arı gibi sadece tadını hissederek yaşadılar.

Aydan o gün oradan, bir daha geri dönemeyeceği bir kapıdan geçtiğini, yaşadığı heyecanı ve zevki hayatı boyunca arzulayacağını, bu heyecana tutulduğunu, eksikliğine tahammül edemeyeceğini bilerek ayrıldı.

Ruhunun ve gövdesinin büyük bir parçası artık gizli bir dünyaya aitti, ikiye parçalandığını seziyordu.

IX

Bir yeraltı lunaparkına girmiş gibi, karanlığın içinden ansızın parlayarak karşılarına çıkan büyülü aynalarda kendilerini başkaları gibi görerek, başkalarının, gizliliğin içine saklanmış ve bütün suçluluk duygularını şehvetin gücüyle aşmış sevişmelerini ödünç alıp kendi bedenlerine ve ruhlarına katarak yaşadılar o gün ve bütün bu maceralardan sonra o lunaparktan aydınlığa kendileri olarak çıktılar.

Girenin bir daha geri dönmesine izin verilmediği ve içinde binbir tür ilişkinin barındığı o ürkütücü araziye daha sonraları defalarca sahte kimliklerle girdiler, başka hiçbir yerde rastlanmayacak keskin kokulara, seslere, renklere değdiler. Cem, kaçak dünyaları bilen bir kâşif gibi Aydan'ı o karmaşık arazinin en kuytularına götürüp, onun en zehirli bitkileri koklamasına yardım etti, en korkunç yasakları çiğnemenin benzersiz tatlarını tattılar. Aslında o arazinin sakinlerinden olmadıklarını ve istedikleri vakit dönebileceklerini bilmenin rahatlığıyla hiç suçluluk duymadan oralarda dolaştıklarından, o diyarların asıl sahiplerinin bile bilemeyeceği zevkler yaşadılar.

İlk seferlerde ürkek adımlarla, her dönemeçten sonra karşısına çıkacak olandan, daha da kötüsü oralara alışıp, oralarda kalmaktan korkarak dolaşan Aydan, zamanla o dumanlı araziye alıştı, her seferinde geriye dönebildiğini görmenin güvenine kavuştu ve yalnızca Cem'le yapabildiği bu yolculukları özlemeye, sevişmeleri sırasında o bölgelere daha yaklaşırken, henüz oralara daha girmeden yaşayacaklarını düşünerek ürpermeye başladı.

Artık sınırları belirsiz o cinsel zevk, bedeninde değil hayal gücündeydi. Bir sihirbazın torbası gibi içine yeni hayaller kondukça hayal gücü genişleyip büyüyor, onun neredeyse bütün varlığını kaplıyor, yeni hayaller, yeni oyunlar yaratıyor, gerçekle gerçek olmayanın sınırlarını silikleştiriyordu. Bir bedenin tek başına asla ulaşamayacağı, bedenin haritasına kayıtlı olmayan zevk noktalarına ulaştıkça kendi hayal gücünün bağımlısı oluyor, neredeyse bedenini küçümsüyordu. Hayal gücünün yaratıcılığı ise, bir tek insana, Cem'e bağımlı hale gelmişti. Cem olmadığı zaman hayal gücü, karanlıkta kalmış bir günebakan gibi yapraklarını kapatıp boynunu eğiyordu.

Bu tuhaf bağımlılığı kabullenmekte uzun süre zorlanmıştı. Halûk'la sevişirken hayal gücünü canlandırıp, artık ezberlediği hayalleri kurmaya çalışmıştı ama olmamıştı, zevk, bedeninin sınırlarını aşamamıştı. Halûk, sağlıklı, karısını seven bir erkek gibi onun bedenine zevk veriyor, onu heyecanlandırabiliyordu ama hayal gücünün açlığını doyuramıyordu.

O günlerde, sevişmeyi yeni keşfeden bir yeniyetme gibi sürekli olarak Cem'le sevişmek istiyor, onun bedenini, sesini, dokunuşlarını, oyunlarını özlüyor, sürekli onu düşünüyor ve bastırmakta çok zorlandığı gizli kıskançlık krizleri yaşayıp bunları Cem'e yansıtmamak için çabalıyordu. Cem'in, aralarında, kıskançlığa, bağlılığa, sözlere yer vermeyen bir ilişki olduğunu hatırlatan tavrı da onun acısını ve bağımlılığını artırmaktan başka bir işe yaramıyordu.

Aydan, karşılığı ne olursa olsun, kendisinden, hayatından, başarılarından, duygularının karşılığını isteme hakkından kolayca vazgeçip, tümüyle teslim olabilecek biri değildi, Cem ise bütün yumuşaklığı, uyumluluğu ve hafifliğiyle onu tam bir teslimiyete zorluyordu. Cem'in kendisinden ne istediğini tam olarak anlayamasa da bunu seziyor, bir yandan şiddetle onu özlerken, bir yandan da bu bağdan kurtulmak istiyor, garip bir biçimde gururlu bir sesle başka kadınlarla cinsellikten konuşarak Cem gibi başka erkeklerin de bulunup bulunmadığını anlamaya uğraşıyordu. Böyle bir başka erkek daha olduğunu öğrense gidip o erkeği arayacak değildi, Cem'den başkasını istemiyordu, onun tek isteği sadece Cem'e bağımlı olmadığını görmek, kendisini ürküten bu zinciri istediği zaman kırabileceğine inanmaktı.

Cem'e, Halûk'a benzemediği için, Halûk'a da, Cem'e benzemediği için kızıyor, ikisine de birbirine benzemeyen biçimlerde hayranlık ve öfke duyuyordu.

Bir defasında Cem'e de söylemişti bunu:

— Niye Halûk sana benzemiyor ya da sen Halûk'a benzemiyorsun? Öyle olsaydı hayat ne kadar güzel olacaktı.

Cem her şeyi hafife alan haliyle gülmüştü ama sesinde sanki bir kızgınlık var gibiydi.

— Güzel değil, kolay olacaktı demek istiyorsun herhalde... Sen iyi bir iş kadınısın biliyor musun, tek erkek fiyatına iki erkek almak istiyorsun, ama bu mümkün değil, bu pazarlık burada geçmez... Tanrı Şeytan'ı yaratmasa da onu da kendi parçası olarak sunsaydı, dindar olmak ne kolay olurdu değil mi? Ama öyle olmuyor işte... Tanrı Şeytan'ın kötülüklerine sahip olarak, Tanrı olamazdı, ben Halûk'a benzeyerek ben olamazdım, Halûk bana benzeyerek Halûk olamazdı... Hepimiz çekiciliğimizi bize benzemeyen insanların varlığına borçluyuz biraz...

Sonra da şöyle bir durup, kendi konuşmasından sıkılmış gibi, "Biraz daha çilek ister misin?" demişti.

Aydan duygularının hiçbirine bir isim bulamıyordu, hayatındaki iki erkeğe karşı hissettiklerinin ne olduğunu tam isimlendiremiyor, hayal gücünün sunduğu vazgeçilmesi mümkün olmayan geçici zevklerle, gerçek hayatın getirdiği biraz tekdüze ama kalıcı güven arasında bocalıyor, durmaksızın kendi kendine sorular sorarak, ruhunu didikliyordu. Kendine dönük bu yoğun ilgi, yıllarca alışkanlıkların kalın örtüsü altında huzurlu bir sessizliğe terk edilmiş duygularını sinirli bir kedi gibi tırmalıyor, yırtıyor, hatta kanatıyor, onu her olaya karşı eskiden olduğundan çok daha duyarlı bir hale getiriyordu.

Kaynamış mürekkep gibi şehrin üstüne akan sıcak yaz gecelerinde Selin'i uyuttuktan sonra balkona çıkıp, sitenin büyük çocuklarının gülüşmelerinin, açık pencerelerden duyulan madeni televizyon seslerinin arasında sigara içiyor, her zaman evde sigara içilmesine kızmasına rağmen son zamanlarda, "Gel istersen içerde iç," diyen Halûk'un ısrarlı çağrılarına, sessizce soğuk hava üfleyen makinelerin çekici serinliğine rağmen içeri girmiyordu.

Balkonda sigara içtiği o sıcak gecelerden birinde annesi aradı, genellikle soğukkanlı bir kadın olmasına karşın sesi titriyordu konuşurken.

— Sütannen çok kötü...

— Nesi var?

— Böbrek yetmezliği demişler... Böbreğinin değiştirilmesi gerekiyormuş... Ama doktorlar üç aydan önceye randevu vermiyorlarmış... Bir randevu alınmazsa kadıncağız ölecek... Acaba Halûk'la konuşsan bir şeyler yapamaz mı?

Aydan, ailenin bütün çocukları gibi 'sütanneyi' çok severdi. Sütanne, bütün çocuk hastalıklarının tedavisini, bütün yemeklerin tarifini bilen, evlerde yaşanan her türlü soruna çözüm bulan, titiz, tertipli, iriyarı bir kadındı, bütün ısrarlara rağmen hayatı boyunca hiç kimsenin yanına yerleşmemiş, hep yalnız yaşamıştı. Ailede bir çocuk doğduğunda, birisi hastalandığında gelir, neredeyse tek başına bütün işleri çekip çevirir, varlığıyla herkese güven verirdi. Onun kadar çok masal ve atasözü bilen hiç kimseye rastlamamıştı Aydan, her duruma uygun bir atasözünü dağarcığından çıkartır, uzun uzun öğütler vereceğine bir atasözü söyleyip geçerdi. Çocuklara aşırı ilgi göstermez, onları sık sık okşamaz ama annesi azarladığı için ağlayan ya da düşüp bir yerini kanatan çocuğu hiçbir şey söylemeden tutup öyle sıkı ve şefkatli bir şekilde bedenine bastırırdı ki, ona sarılı durdukları birkaç dakika içinde çocuklar gerçekten acılarının dindiğine inanırlardı.

Bir başka zaman da Aydan bu habere çok üzülürdü ama o gün, yaşadığı o tuhaf duyarlılıktan olsa gerek, artık iyice yaşlanan bu kadının hastalığından dolayı bir de vicdan azabı duymuş, kendisinin gizli zevkler yaşamasıyla sütannenin canıyla uğraşması arasında, bunun anlamsızlığını bile bile bir ilişki kurmuş, üzüntüsüne bir de suçluluk duygusu karışmıştı.

Salona girip, Halûk'a, 'sütanne ölüyormuş' derken ağlamaya başlamıştı. Ailenin erkekleri de sütanneyi severler ama onun değerini kadınlar kadar anlamazlardı; erkekler için o 'iyi bir kadıncağızdı', onun ev bilgeliğinin, yemeklere başkalarının bilmediği minicik eklemelerle yarattığı lezzetin sırrının, hastalıkları yazısız reçetelerle iyileştirmesinin, anlattığı masallarla atasözlerinin yarattığı rahatlığın, çocukların ve kadınların hayatındaki önemini kavrayamazlardı.

Halûk, doktorların hastalıkları pek de önemsemeyen haliyle, "Nesi varmış?" diye sormuştu.

— Böbrek yetmezliği... Neydi sizin üroloji bölümünün başındaki doktorun adı?

— Ekrem mi?

— Evet... Sen bir randevu alabilir misin?

Halûk birden sinirlendi:

— Sen benim o tüccar herifle konuşmadığımı bilmiyor musun? Doktorluğun adını mahveden herifler bunlar...

Kendisinin bu kadar üzüldüğünü görmesine rağmen Halûk'un bu üzüntüyü hiç paylaşmaması, avutucu bir söz bile söylememesi Aydan'ı çok şaşırtmış, bu yabancı ve mesafeli tavrı onu neredeyse ürkütmüştü. Bir şey söylemeden yeniden balkona yürürken, Halûk da tepkisinin anlamsızlığını fark etmişti; bu tür isteklerden, özellikle de reddedemeyeceklerinden hiç hoşlanmaz, hep huzursuzlanırdı, ama bu sefer kendisini kontrol etmiş olması gerektiğini anlamıştı.

— Ben yarın Ekrem'le konuşacak birini bulmaya çalışırım, dedi.

Aydan hiç cevap vermeden balkona çıktı, Halûk yattıktan sonra da uzun süre orada sigara içerek oturup ağladı. Sütannenin hastalığı, onun kabul etmekte zorlandığı bütün kaygılarını, üzüntülerini, korkularını, pişmanlıklarını, kızgınlıklarını, kıskançlıklarını, rahatça ağlayabileceği tek bir üzüntünün içinde toplamasına yol açmıştı. Sütanne için duyduğu acının gerçekliği, gerçekliklerinden kuşku duyduğu diğer bütün duygularına da gerçeklik katmış, içindeki yaralar sanki açıkça ortaya çıkmıştı.

O yaşlı kadının ölebileceğini düşünmek, kendi hayatının önemli bir parçasının da ölebileceğini düşündürtüyor, kendi geçmişiyle ilgili hatırladığı her sahne, çocukluğu, gençliği, evliliği büyük bir yok oluşun parçaları gibi görünüyor, bir başka zaman gülümseyerek hatırlayabileceği birçok anı şimdi ona acı veriyordu.

Onun sevdiği birinin ölme olasılığı karşısında çektiği acıyı görmesine rağmen Halûk'un o acıya öylesine yabancı ve uzak durması, o acıyı ne paylaşmaya ne de azaltmaya çalışması, Aydan'ın kendini terk edilmiş ve yalnız hissetmesine yol açmıştı.

O anda bütün yaşadıkları için Halûk'u suçluyor, duygularındaki çalkantıların yarattığı tuhaf yanılsamalarla kendisinin Halûk'u değil de Halûk'un kendisini aldattığını düşünüyor, aldatılmış birinin hiçbir şekilde yatışmayan öfkesini ve acısını yaşıyordu.

Aldatıldığına gerçekten inanıyor, bu dünyada yapayalnız olduğunu düşünüyordu. Minik minik damlalar halinde birikip büyük kar yığınlarına dönüşen o küçük kızgınlıklar ve kırgınlıklar şimdi her yeni kızgınlıkta çığ patlamaları gibi dökülüyor, bütün eski kızgınlıklarını bir daha hatırlıyordu. Cem'e gitmesinin nedeni olarak Halûk'un bu aldırmaz ve duyarsız tavrını görüyor, onun anlayışsızlıkları yüzünden bir başka erkeğe muhtaç olduğuna inanıyor, bunu affedilmez bir suç ve düşmanlık olarak görüyordu. Bütün bu kızgınlıklar ve çalkalanmalar arasında, Cem'e rastlayana kadar kendisini mutlu ve huzurlu bir kadın olarak gördüğünü ve öyle hissettiğini unutuyordu.

Ertesi gün Cem'le buluşmaya giderken ilk kez isteksizdi, her zamanki arzusu ve heyecanı kaybolmuş gibiydi, gizliden gizliye düşüncelerinin çok altlarında bir yerlerde, kendisi Cem'le sevişirken sütanne ölecekmiş gibi bir inanç kıpırdanıyor, bu duygu tam ele gelip yakalanmıyor ama bir bitkiye damlatılmış zehirli bir damla gibi isteğini soldurup öldürüyordu.

Daha kapıdan girdiği anda Cem, neredeyse hayvansı bir içgüdüyle bir adım geri çekilip, "Neyin var?" demişti.

Aydan, içeri doğru yürürken, Cem'in böyle acılı ve sıkıntılı konulardan hoşlanmayacağını düşünerek, "Yok bir şey," demişti.

Cem ısrar etmişti:

— Bir şey var... Söyle bakayım bana, neyin var senin...

Aydan bir koltuğa oturmuştu.

— Sütannem hasta biraz.

Sonra da 'sütanne' sözcüğünün insanlara bir acının gerçekliğine inandırmayacak kadar uzak bir anlam taşıdığını düşünüp eklemişti:

— Ben onu çok severim.

— Nesi var?

— Böbrek yetmezliği...

— Benim bildiğim, artık bu hastalık tedavi edilebiliyor...

— Böbrek ameliyatı yapılması gerekiyor ama bunu yapacak doktordan randevu alamıyoruz.

Cem, Aydan'ın yüzüne bakmış ama Aydan'ın beklediği 'senin kocan doktor değil miydi' sorusunu sormamıştı.

— Kim bu doktor?

Aydan, soruyu anlamsız bulduğunu anlatan bir omuz silkmesiyle doktorun adını söylemişti.

Cem bir şey demeden telefona uzanıp bir numara çevirmişti.

— Belginciğim nasılsın? Ah, evet canım, çoktandır gelemedim ama yakında geleceğim. Canım bir sorunum var, senin o muhteşem yeteneğinle halledeceğin bir sorun... Çok sevdiğim birinin yakını hasta, ama doktordan randevu alamıyorlarmış, rica etsem sen o müthiş etkileme gücünle bir randevu alabilir misin hemen? Sabahın erken bir saatinde olabilir, gecenin geç bir saatinde olabilir, ama bir randevu mutlaka gerekli.

Telefonun ahizesini eliyle kapatıp Aydan'a dönmüştü.

— Neydi doktorun adı?

Aydan'ın söylediği adı telefonda tekrarlayarak, "Ben senden hemen telefon bekliyorum, beni çok bekletmezsin değil mi!" deyip telefonu kapatmıştı.

Dinlediği o konuşmadan iki şey aklında kalmıştı Aydan'ın: kendisinden 'sevdiğim biri' diye söz etmesi, bir de sesindeki o cilveli, oynak ton. "Seviştiği bir kadın bu!' diye geçirmişti aklından beklemediği bir kıskançlıkla; bu kıskançlık 'sevdiğim biri' sözlerinin yarattığı o küçük sevinci hemen öldürmüş,

Cem'in yattığı her kadından böyle söz ettiğini düşünmüştü.

Cem, sanki onun aklından geçenleri biliyormuş gibi sakin bir sesle açıklamıştı:

— Babamın sekreteri, çok iyi bir kızdır, sanırım halleder... Sen bu arada bir şey içer misin...

Gidip içkilerini getirmişti, sıkıntılı bir sessizlikle içkilerini içerlerken telefon çalmıştı.

— Alo, söyle canım... Tamam, perşembe akşamı dokuz buçukta gidecekler, benim adımı verecekler... Çok teşekkür ederim Belginciğim, babama saygılarımı söyle lütfen, birkaç güne kadar ben de uğrayacağım zaten.

Cem'in zenginliğini ve o zenginliğin getirdiği olanakları çoktandır unuttuğunu bu telefon konuşması sırasında şaşırarak fark etmişti ama onu derinden etkileyen Cem'in gücü değil, onun kendisinin acısını böylesine ciddiye alıp, bu acıyı hafifletebilmek için hemen harekete geçmesi ve fazladan hiçbir sözcük söylemeden onun derdini paylaşması olmuştu.

Yardımdan ziyade erkeğin gösterdiği bu yakınlık karşısında içini ısıtan öylesine büyük bir sevinç duymuştu ki, o gün Cem'le sevişirse, Cem'in, yaptığı iyiliği ödemek için onun kendisiyle seviştiğini sanabileceğinden, hissettiği yakınlığı ve sıcaklığı anlamayabileceğinden kaygılandı. Bu kaygının anlamsızlığını bilmesine karşın duyduğu yakınlığın yanlış anlaşılması ihtimali o anda tahammül edilemez geldi ona.

Birden ayağa kalktı.

— Benim gitmem lazım, dedi. Bugün Halûk erken gelecek.

Cem her zamanki sakin ve uysal sesiyle, "Tabii,"

diyerek ayağa kalkıp onunla birlikte kapıya doğru yürümeye başladı, Aydan onun ısrar etmemesine, sevişmekten söz etmemesine gerçek bir minnet duydu.

Duyguları, bir karınca yuvası gibi karmaşık ve hareketliydi, her an yeni bir duygu belirip, biraz önce orada olan duyguyu geriye itebiliyordu, Cem'in ısrar etmemesi üzerine birden biraz önceki kaygısının anlamsızlığını bilincinin bütün aydınlığıyla kavrayıverdi, yaptığı hareket ona çok saçma gözüktü. Kapıya yaklaştıkları sırada saatine bakarak, "Aslında biraz daha vaktim var," dedi, Cem onun bir karar vermesini bekler gibi durmuş, ona bakıyordu. Aydan, davranışlarının tutarsızlığından rahatsız oluyordu ama içinde beliren her duygu öylesine güçlü bir şekilde ortaya çıkıyordu ki o anda o duyguyu anlamsız bulsa ya da o duygudan utansa bile o duygunun gerektirdiği gibi davranmaktan kendini alamıyordu.

Cem'in göğsüne yaslanarak beline sarıldı.

— Hadi içeri gidelim.

Bütün o duygu çalkantılarını yaşamamış gibi büyük bir zevkle ve kendinden geçerek sevişti Aydan, sevişmenin sınırından adım attıktan sonra sanki bütün duyguları sınırın öte tarafında kalıyor, her biri gerçekliğini kaybediyor, Aydan'ı her sevişmeden sonra daha önceki bütün duygularından kuşkuya düşürüyor, duygularının, aslında açıkça ifade edilemeyen tek bir isteğin kılık değiştirmiş parçaları olabileceğini düşündürüyordu.

Sevişmelerinin ortasında bir yerde mola verdiklerinde, Aydan birden dirseğinin üstünde doğrulup, sormayı bile daha önce düşünmemiş olduğu bir soruyu sordu:

— Niye sen beni hiç aramıyorsun da hep ben seni arıyorum? Ben bundan biraz rahatsız olmaya başladım, sanki birlikte olmayı, sadece ben istiyormuşum gibi... Senin beni özlediğin olmuyor mu hiç?

Buluşmalarını gerçek bir ilişkiye, işin içine duyguların da karışacağı ortak bir bağa çevirme ihtimali taşıyan bu tür bir soruyla her karşılaştığında yaptığı gibi Cem alaycı bir şekilde gülümsedi.

— Tabii ki özlüyorum, ama seni rahatsız etmek istemiyorum, işlerin var, ailen var... Ne zaman buluşabileceğimizi sen benden daha iyi bilirsin... Ben işsiz güçsüzün biriyim; her aradığında ben buradayım... Beni arayıp da benimle buluşamadığın oldu mu hiç? Hiç olmadı... Çünkü ben seninle buluşmaya hep hazırım.

Yeniden sevişmeye devam ettiler ama Aydan daha biraz önce kendisine o kadar yakın olan, onun üzüntüsünü hafifletmek için çabalayan o adamın şimdi birden böyle saldırıya uğramış bir uzay gemisi gibi bütün görünmez kalkanlarını kaldırıp kapanmasını bir türlü anlayamıyordu. Çok uzun zaman da anlayamadı. Bütün olanlardan sonra Cem'in en çok o hoş, iyiliksever, sevecen yanlarına kızdığını fark etti, sütannesine doktor bulduğu günü ise neredeyse hep öfkeyle hatırladı, çünkü Cem'in bütün o yaptıklarını gerçekten iyi biri olduğu için değil, kadınları kendine bağlamak için yaptığına karar vermişti.

Kendi kendine, 'O kadınların her şeyi ama kadınlar onun hiçbir şeyi olsun istiyordu,' diye düşündüğünü hatırlıyordu. Zevk istediklerinde zevk, dostluk istediklerinde dostluk, güven istediklerinde güven, yardım istediklerinde yardım, sıcaklık istediklerinde sıcaklık, yakınlık istediklerinde yakınlık veriyordu ama bütün bunları bir oyun oynar gibi, kadınları kendine bağlamak için yapıyor, her duyguyu sadece o an için yaşayıp paylaşıyor ama asla duyguları ve yakınlığı geniş zamanlara yaymaya yanaşmıyor, kadınlardan hiçbir şey istemiyordu. Böyle düşünmesine rağmen bazen de Cem'in bir gülümsemesini, bir esprisini, dostça bir tavrını hatırlıyor, 'belki de yanılıyorum' diye kendi kızgınlığından kuşkuya düşüp, sonunda 'onu hiç tanımadığına' karar veriyordu.

Eve, başka bir gezegenden döner gibi döndü. Cem'in yanındayken, hayatta her şeyin mümkün olabileceğine, insanlar için hiçbir imkânsızlık ve yasak olmadığına inanıyor, sevişmelerinin sonsuzluğu neredeyse her şeyi sonsuz ve geniş kılıyor, bütün öbür insanlar ve olaylar bu sonsuzluğun içinde küçülüp anlamsızlaşıyorlardı. Cem'in yanından ayrıldıktan sonra kendi hayatı da bir anlamsızlıklar yumağı gibi gözüküyordu ona ve her seferinde eve Halûk'tan bir mucize bekleyerek dönüyordu, bir mucize gerçekleştirip bu anlamsızlığı anlamlı ve önemli kılmasını istiyordu ama Cem'in ona söylediği gibi, 'mucize onu beklemeyenlere geliyordu'.

Halûk, eve epeyce geç döndü o akşam, ameliyat çok uzun sürdüğü için çok yorgundu, yemek yerken, "Ben Orhan'la konuştum, yarın sütanne için Ekrem'le konuşacak," dedi.

Aydan, aldırmaz bir sesle cevap verdi:

— O işi halletmişler... Sen boşuna uğraşma...

Yemek boyunca bir daha konuşmadılar. Halûk kendi dalgın yorgunluğunun içine çekilmiş, Aydan kendi öfkesiyle içine kapanmıştı, sessizlik, aralarında gergin ve her an saldırmaya hazır bir hayvan gibi varlığını her türlü sesten daha fazla hissettiriyordu. Aydan, bir başkasından, bu başkası yattığı ve birlikte kocasını aldattığı adam olsa bile, yardım görmüş olmaktan rahatsızdı, Aydan'ın, daha da önemlisi Halûk'un halledemediği bir sorunu Cem'in çözmüş olmasının, onunla arasındaki en azından görünür eşitliği bozduğunu, kendisinin ve kocasının güçsüzlüğünün Cem'in önünde açığa çıktığını düşünüyordu. Cem'in, Halûk'u küçümsemiş olabileceği fikri onu yaralıyordu.

Yemekten sonra Halûk yorgun geldiği gecelerde genellikle yaptığı gibi o siyah beyaz İskandinav filmlerinden birini koydu videoya. Aydan, unutulmuşluğu anımsatan o siyah beyazlığın içinde dolaşan, konuşan insanlara bambaşka şeyler düşünerek bakıyor, birçok silik hayal, birçok keskin düşünce, birçok başka duyguyla birlikte aklının içinde, filmin sahneleri gibi çabucak silinerek geziniyordu.

Tam nasıl olduğunu anlayamadan filme bir yerinden takılıp izlemeye başladı. Adını koyamadığı bir şey onun ilgisini çekmişti; hem izliyor hem de ilgisini çeken şeyi bulmaya çalışıyordu.

Filmin başında neler olduğunu fark etmemişti ama savaş mı isyan mı bir şeyler çıktığını, kasabanın askerlerin işgaline uğradığını, işkenceler yapıp cinayetler işlediklerini, belediye başkanı olan yaşlıca bir adamın gücü eline geçirmeye çalıştığını şöyle böyle sezmişti. Filmin kahramanları, belediye başkanına göre daha genç olan bir karı kocaydı, Aydan'ın ilgiyle izlemeye başladığı bölüm, genç çifti askerlerin elinden kurtaran yaşlıca başkanın onların evine geldiği sahneydi.

Üçü aynı masada içki içiyorlardı, belediye başkanı sarhoş gibiydi.

Birden kadının kocasına dönüp küstahça bir yılışıklıkla, "Karını öpebilir miyim?" demişti.

Aydan, dikkatle, kasabadaki askerlerin yönetimini ele geçirmişe benzeyen belediye başkanının tehditkâr ve küstah sorusuna adamın ne cevap vereceğini bekliyordu.

Adam, "Niye kendisine sormuyorsun?" demişti. Aydan, Halûk'a bakmıştı. Halûk sanki ilk kez seyrediyormuş gibi dikkatle filmi izliyordu. Aydan, adamın cevabına öfkelenerek neredeyse nefretle yüzünü buruşturmuştu.

Filmin bir sahnesine dalıyor, onu düşünürken birçok sahne ışıklı bir belirsizlikle bazen koyulaşıp bazen parlayan ekrandan akıp gidiyordu, bu sırada bir başka sahneye daha takılıyordu, şekilli bir bulmacayı çözebilmek için bir rakamlar kalabalığı içinden kendi işine yarayacakları seçen telaşlı bir çocuk gibiydi. Filmdeki kadının kocası bir ara uyuklamaya başladığında belediye başkanıyla genç kadın yukardaki yatak odasına çıkmışlardı, yaşlı adam cebinden çıkardığı bir tomar parayı, "Bu askerler beni de öldürecekler, onun için bütün paramı sana vermek istiyorum," diyerek genç kadına vermiş, kadın parayı almak istemeyerek tomarı yatağın üstüne bırakmıştı. Adam o küstah ve tehditkâr haliyle kadını yeniden öpmek istemişti.

Bir zaman sonra koca, uyanıp pencereden baktığında bahçedeki camlı serada sevişen karısıyla belediye başkanının gölgelerini görmüş, çaresizce ağlayarak merdivenlere oturmuştu. Karısı seradan çıkmış, eve girmiş, ağlayan kocasına baktıktan sonra neredeyse düşmanca bir sesle, "Bu gözyaşları için artık çok geç," demişti.

Aydan, Halûk'un dişlerinin arasından söylendiğini duydu:

— Aşağılık kadın.

Sakin ama soğuk bir sesle, "Niye böyle söylüyorsun?" dedi.

— Belediye başkanıyla parayı aldığı için yattı.

— Para için yatmadı.

Halûk, hayretle döndü Aydan'a.

— Niye yattı peki?

— Kocası onu korumadığı için yattı.

— Nerede korumadı?

— Belediye başkanı 'karını öpebilir miyim' dediği zaman karşı çıkması, karısını koruması gerekiyordu.

— Karısının 'istemiyorum' demesi gerekmiyor muydu belediye başkanı o soruyu sorduğunda.

— Belediye başkanı kadına değil adama sordu... Kasabada askerler var, herkesi öldürüp işkence yapıyorlar... Belediye başkanı istediği zaman onları öldürtebilirdi, bir tehdit vardı ortada... Böyle bir baskı ve tehdit olduğunda bir erkek karısını korumak zorundadır, "Ona sor," deyip kenara çekilemez... Çekilirse karısı da o adamla yatar.

— Allah Allah...

— Nasıl Allah Allah...

— Erkeğin kadını koruması gerektiğini söylediğini ilk kez duyuyorum... Ben kadınların korunmak istemediğine, kendilerini korumaları gerektiğine inandığını sanıyordum.

— Genellikle öyle düşündüğüm doğru... Ama bir tehditle karşılaştıklarında kocanın kenara çekilmemesi gerektiğine inanıyorum... Adam, 'ona sor' diyerek kendini tehditten kurtardı ama karısını tehditle karşı karşıya bıraktı... Bence aşağılık olan, bu davranış.

Onlar konuşurlarken film onların anlamadığı bir dildeki konuşmalarla sürüyor, insanlar birbirlerine bir şeyler söylüyor, sesler ve görüntüler odanın içine yayılıp Aydan'la Halûk'u siyah beyaz bir ışıkla kuşatıyordu ama onlar filmi unutmuş gibiydiler, sanki biri filmdeki kadın, biri de filmdeki erkek olmuş, seyrettikleri film gerçeğe dönüşmüştü. Halûk'un sesi gittikçe daha öfkeli çıkıyordu:

— Kadın ya belediye başkanının parasından ya da gücünden etkilendiği için onunla yattı... Kocasına kızdığı için gidip bir adamla yatması gerekmiyordu... O aşağılık bir fahişe gibi davrandı, sen de ona bahaneler buluyorsun. Belki o filmdeki kadın da böyle bahaneler uydurmuştur ama bence gerçek, o kadının para ya da güç karşısında etkilenip vücudunu ortaya atması.

Aydan biraz sustuktan sonra cevap verdi:

— Belki etkilenmiştir ama kocası öyle davranmasa o adamla yatmazdı...

— Sen nereden biliyorsun yatmayacağını?

Aydan, evde hemen hemen hiç kullanmadığı, yalnızca bankada ve çok kızdığında beliren keskin ve düşmanca bir sesle cevap verdi:

— Belki dikkatinden kaçmıştır diye söylüyorum, ben de bir kadınım.

Halûk, dönüp dimdik karısına baktı.

— Yatar mıydın o adamla?

Aydan bir sigara yaktı, yavaş hareketlerle sigara paketini yanına bıraktı, kocasına değil filme baktıktan sonra içini çekti.

— Bilmiyorum...

O sırada siyah beyaz kasabada durum değişmiş, askerler belediye başkanını yakalamaya karar vererek genç çiftin evine gelmişlerdi; belediye başkanını bahçeye çıkarmışlar, ne yapacaklarını konuşuyorlardı. Askerlerin komutanı, genç kadının kocasına bir tabanca uzatarak, "Sen öldürmek ister misin?" demişti. O sessiz, kibar, uysal adam, 'karını öpebilir miyim' diyen belediye başkanına 'kendisine sor' diyen sakin erkek, tabancayı alıp belediye başkanını vurup öldürmüştü.

— İşte bu aşağılık bir davranış.

Halûk karşı çıkmıştı:

— O ölmeyi hak etmişti bence.

— Adam, belediye başkanı güçlüyken ona karşı çıksaydı anlardım, ama bütün gücünü kaybettikten sonra onu öldürmek aşağılık bir iş...

Film bittikten sonra da, donmuş dal parçalarının kırılmasını anımsatan kuru ve soğuk bir sesle tartışmayı sürdürmüşler, hemen hemen her sahneyi bir kez daha yorumlamışlardı. Sanki iki ayrı film seyretmiş gibiydiler, filmdeki kadınla erkeğin davranışları hakkında birbirine hiç benzemeyen, hatta birbiriyle tamamen zıt görüşleri vardı ve her biri ötekinin yaptığı yorumu bir saldırı gibi algılayıp, bir saldırı gibi cevap veriyordu. Tartışmaları, Aydan'ın bilinçdışı bir öfkeyle kırbaçladığı bir kurt köpeği gibi vahşileşmeye ve bir otel odasında açılmış bir bavuldan rasgele çıkartılan parçalar gibi ortak geçmişlerinin orasından burasından çekilip çıkartılan anıların hatırlanmasıyla can acıtıcı bir hesaplaşmaya dönüşmeye başlamıştı.

Tartışmalarının bir yerinde, Aydan'ın unutmaya çalıştığı ve o güne dek hiç konuşmadıkları Nihat Bey konusu açıldı. Bu meselenin birden konuşulmaya başlanması, Halûk'u şaşırtmasına karşın Aydan'ı hiç şaşırtmamıştı; tartışmanın en başından beri bu konunun açılacağını biliyor gibiydi.

Nihat Bey, ilk evlendiklerinde Halûk'un çalıştığı hastanenin geçmişi başarılarla dolu, genç doktorların hayran olduğu, ameliyatları ve çalışmaları efsane gibi anlatılan yaşlı başhekimiydi. Flanel pantolonları, kaşmir kazakları, tüvit ceketleriyle her zaman aldırmaz bir şıklıkla dolaşır, geçmişinin başarılarıyla keskinleşmiş kibrini zekice nüktelerin arkasına saklayarak genç doktorları hırpalar, bencilliğini yaşlı ve anlayışlı adam gülümsemesinin ardında gizlemeyi becerirdi. Bir efsane olmanın bütün çekiciliğine sahipti ve bu çekiciliği, zengin yaşamı ve özellikle kadınlara yönelik anlayışlı kibarlığıyla zarif bir armağan paketi gibi hiç zorlanmadan taşırdı.

Aydanlara yakın oturuyordu ve genç çift yeni evlerine taşındıktan sonra onların her türlü derdine çare bulan 'yaşlı dost' olması çok uzun sürmemişti. Aydan, tanıştıktan kısa bir süre sonra Nihat Bey'in kendisinden hoşlandığını fark etmiş, Halûk'un hayran olduğu bu adamın kendisine hayran olmasından çok etkilenmişti. Nihat Bey'in zekâsı, Aydan'ın yanında, yağmuruna kavuşmuş bir bahar ağacı gibi çiçeklerini açıyor, genç kadını şakalarıyla güldürüyor, küçük alaylarıyla kışkırtıyor, onları evine davet edip Aydan'ın sevdiği yemekleri pişiriyordu.

Artık eskisi gibi çalışmıyordu, ameliyatlara girmiyor, araştırmalar yapmıyordu ama öylesine parlak bir geçmişi ve tartışılmaz bir şöhreti vardı ki zaten kimse de artık yaşlanan bu adamdan fazla bir şey beklemiyordu, sadece adı bile yetiyordu. Sabahları hastaneye geç gidiyor, bazı sabahlar Aydan'a 'hadi hazırlan' diye telefon edip onu yürüyüşe götürüyor, bazen hastaneden erken döndüğünde onu yakındaki bir kır kahvesinde çay içmeye davet ediyordu.

Dışardan bakanlar genç bir kadınla dedesi yaşındaki hoş bir adamın dostluğunu gördüklerinden, bir dedikodu ihtimali yoktu. Bu rahatlığın içinde,

Aydan yaşlı adamı kendisine hayran etmenin baş döndürücü keyfini yaşıyor, başkaları için genç bir doktorun önemsiz karısıyken, hastanenin en önemli insanı için vazgeçilmez biri olmanın tadını çıkarıyordu. Nihat Bey'le birlikte olmaktan hoşlanıyor, onu görmediği zaman özlüyor, onun yanında kendini güzel ve etkileyici bir kadın gibi hissediyor, hatta Nihat Bey'in kışkırtıcı alaylarına içinde belli belirsizlik cinsellik tonlamaları olan kadınsı şakalarla karşılık veriyordu.

Çok uzun ve zor çabalardan sonra ihtiyarlığı kabul etmeye hazırlanan Nihat Bey, genç kadının ilgisi karşısında kendi gücünü ve erkekliğini yeniden hisseder olmuştu, yürüyüşlerde koluna giriyor, çay içerken eline dokunuyor, o bir şey istediğinde hiç üşenmeden gidip buluyordu. Aydan'ın hayatına girmesi bütün yaşamını renklendirmişti ve tuhaf bir biçimde aralarındaki yakınlığın bilinmesinden hoşlanıyor, kendisine bir mesaj bırakılacağı zaman, "Siz Aydan'a söyleyin sonra o bana söyler," diyordu.

Yaşlı adamın kendisine âşık olmak üzere olduğunu, belki de âşık olduğunu Aydan hissediyordu ama Nihat Bey bu beklenmedik anda karşısına çıkan genç kadının ilgisini de aşk olarak değerlendirmeye başlamıştı. Halûk'a küçümseyen şakalar yapıyor, bir aşkın gerektirdiği ilgiyi bekliyor, bu ilgi biraz eksildiğinde huysuzlaşıyor ve kendisinin önemiyle Aydan'ın önemsizliğini ima etmekten kaçınmıyordu.

Bir zaman sonra Aydan, kendisini yeniden çekici bir erkek gibi hisseden yaşlı bir efsaneyle baş edemeyeceğini, olayın beklenmedik bir tatsızlığa dönüşebileceğini sezerek kendini çekmiş, yürüyüş davetlerini 'kendimi pek iyi hissetmiyorum' diye reddetmeye başlamıştı.

Halûk ise Nihat Bey'in duygularından habersiz gibi davranarak Aydan'ı şaşırtıp sinirlendiriyordu. Bir gün, "Sen niye artık Nihat Bey'le eskisi gibi görüşmüyorsun?" demişti. "O çok tonton bir adam." Aydan gerçek bir öfkeyle cevap vermişti:

— O tonton adam beni yemeğe davet etti.

— Ne olacak, yaşlı bir adam, seninle olmaktan hoşlanıyor.

Aydan içinde bir şeyin kırıldığını hissetmişti. Belki Halûk bunu gerçekten hiçbir şeyi fark etmeden iyi niyetle söylemişti ama Aydan bu iyi niyetin Halûk'un geleceğini çok olumlu etkileyeceğinin de farkındaydı. Yaşlı da olsa, kendisinden daha güçlü bir adama 'nasıl olsa bir şey olmaz' güveniyle karısını itmesinden hoşlanmamıştı.

Halûk, olabilecek olaylar karşısında kendisini hiç riske atmıyor, görünürde yaşlı bir adama sevgiyle ve şefkatle davranıyordu ama bu tür bir ilişkinin bütün zorluklarını da Aydan'ın sırtına yıkıyordu. Reddedildiğini hissedip huzursuzlanmaya başlayan, hırçınlaşan Nihat Bey'in önünden kendisi çekilip Aydan'ı o zor yerde tek başına bırakıyordu.

Halûk'un Nihat Bey'den korktuğunu, güç karşısında ezildiğini, adamın yaşlılığını bahane edip geri çekildiğini görmekten çok üzülmüştü. Halûk'un ısrarlarına rağmen Nihat Bey'le dostluğunu kesmiş ama Halûk'un yaptığını da hiç affetmemişti.

Bu olayı bir daha hiç konuşmamışlar, Aydan olanları unutmaya uğraşmış, hatta unutmuştu ama o akşam o tartışma sırasında bunu yeniden hatırlamış ve Halûk'a niye öyle davrandığını sormuştu.

— Saçmalama, çok yaşlı bir adamdı, seninki gereksiz bir huysuzluktu.

— Genç biri olsa da aynı mı davranacaktın?

— Tabii ki hayır ama o çok yaşlıydı.

— Peki senin başhekimin olmasaydı aynı mı davranacaktın?

— Ne demek istiyorsun sen?

— Adam bana âşıktı Halûk, bunu fark etmediğini mi söyleyeceksin bana, adam benimle olmak istiyordu... Doğrusu sen de ona çok yardım ettin.

Halûk'un gözlerinde, bir an bir boşluk, bayılmakta olan bir insanın ifadesizliğini gördü. Halûk ayağa kalkıp kapıya doğru bir-iki adım yürümüş sonra Aydan'a dönmüştü:

— Sen Nihat Bey'le yattın mı?

Aydan, 'hıh' diye küçümseyici bir ses çıkarmıştı.

— Hayır... Bunu yapmadım ama bunu yalnızca istemediğim için yapmadım... Seni düşündüğüm için değil...

Halûk ilk kez o gece karısının bir başka erkekle yatabileceğini düşünerek kuşku duymuş, bu kuşkuyu da onun içine Aydan yerleştirmişti. Bu davranışı çok düşmanca gözükse de, kocasının kendi yaşadıklarının hiç farkına varmamasının, hiç kuşkulanmamasının onu kendi gözünde küçültmesine dayanamayarak, onu kuşkunun daha zekice gözüken topraklarına belki de dostluğundan sürüklemişti.

X

Büyük, geniş bir deniz gibi yaşıyordu.

Herkes suyun üstünü görüyordu ama asıl hayatı derinlerde, kimsenin görmediği, bazen kendisinin bile izlemekte zorlandığı diplerde yaşanıyordu, kendi hayatının görünür ve görünmez bölümleri arasındaki büyük fark onun neredeyse görünür her şeyden kuşkulanmasına yol açıyordu. Bazen diplere dalıyor, orada kızıl mercan kayalıklarını andıran heyecanların, daha önce hiç görmediği su çiçeklerine benzeyen yeni duyguların arasında dolaşıyordu ama hiçbir zaman üstte görülen hayatla da ilişkisini koparmıyordu, dışardan bakıldığında her şey eskisi gibi sürüyordu.

O günlerde görünür hayatında birçok olay oluyordu.

Sütanne, Cem'in yardımıyla hastaneye yatmış, ameliyatı için gün alınmıştı. Aydan her gün işten çıktıktan sonra ibadethaneye giden bir dindar gibi hiç aksatmadan sütanneyi görmeye gidiyor, sadece kendisinin bildiği bir günahın kefaretini kendince ödüyordu. Aşırı beyazlığı, koridorlarında dolaşan hastaları, telaşlı hemşireleri, arada bir acile yanaşan ambulansların sirenleri, ilaç kokularıyla hastane başkalarına çok ürkütücü gelirken Aydan'a içini ısıtan bir akraba evi gibi gözüküyordu. Sütannenin hastalığı ilk belli olduğunda belki de o günkü yorgunluğu yüzünden yaptığı yanlış çıkışla ilişkilerinin büyük bir yara almasına ve geçmişlerindeki kutsal sırrın uğursuz bir hatıra gibi aralarına girmesine yol açan Halûk da kendine göre nedenlerle her gün ziyarete geliyor, sütannenin hatırını soruyor, sonra nöbetçi doktorlarla ahbaplık ederek Aydan'ı bekliyordu.

Sütanne her seferinde, bir zamanlar güçlüyken güçsüz duruma düşmüş insanların mahcup haliyle karşılıyordu Aydan'ı, onun kendisine getirdiği hediyelere, sabahlıklara, geceliklere, çiçeklere, meyvelere bakıp hüzünlü bir sesle, "Niye zahmet ettin kızım?" diyordu. Her zaman hastalara bakan kendisiyken şimdi bakılan hasta olmayı içine sindiremediği halde bunu hissettirmemeye çalışıyordu ama sesinde hep Tanrı'ya dönük bir yakarış ve yakınma vardı.

— İki hayırdan biri kızım... Ya beni yanına alsın, ya ayağa kaldırsın... Hani Allah'ın gücüne gitmesin ama bunu hak edecek bir şey de yapmadım... Neyse, her şeyin hayırlısı.

— Niye böyle söylüyorsun sütanne... Seni öyle kolay kolay bırakmayız.

Sütanne bu sözleri duyunca o eski muzip haline dönüyordu bazen.

— Aman kızım, benim yaşımdakiler çoktan yukarda Hazreti Meryem'le yün eğiriyor...

Sonra yeniden hüzünlenip, Aydan'ın içine dokunan ve her duyduğunda gözlerini yaşartan duasını tavana bakarak ve gerçekten yalvaran bir sesle tekrarlıyordu:

— Allahım sen çektirme...

Bütün güçsüzlüğüne, ıstırabına rağmen bir yandan da Aydan'la ilgileniyordu:

— Sen yemek yedin mi... Bak orada meyve var, uzat bana, sana soyayım, sen seversin....

Aydan'ın duygusal tepkileri, ruhundan, bir insanı sadece bedenden ibaret olmaktan kurtaran derinlerdeki o yumuşacık sıcak özden değil, alışkanlıklarından biçim alıyordu, bunu o yaşlı kadının doğal şefkatini oldukça yapay bir şekilde, "Deli misin, istiyorsan ben sana soyayım, sen hastasın," derken hissettiği küçümsemenin yarattığı tuhaflıkla fark etmişti. Birçok duyguyu üstelik de çok güçlü bir biçimde yaşıyordu ama bunların arasında şefkat yoktu. Daha sonra düşündüğünde, çevresindeki başarılı onca insanın şefkatli tek bir sözcük bile söylemediklerini, bu duyguyu başarısızlara, ezilmişlere, sütanne gibi hayatın kenarında kalmışlara bıraktıklarını anlamıştı. Bunu anlamak onu değiştirmemiş, onu şefkatli biri yapmamıştı, hatta aslında şefkati de özlememişti. Zaman zaman kendini çok güçsüz hissettiğinde birinin kendisine şefkat göstermesini arzulasa da bunun hayatının içinde sürekli bulunmasını istemezdi, sanki içinde bir şey katılaşmış, ruhu, yanlış kaynamış bir kemik gibi çoktan çarpılmıştı; sadece neyi kaybettiğini görmüş, gizlice, adını bile koyamadan, neyi özlemiş olduğunu hissetmişti. Sütannenin önündeki toprak avluda kekik kuruttuğu evini ve şefkati çok doğal kabul ettiği günleri özlemişti.

O akşam, dolunay olmasına birkaç gün kaldığı için henüz kusursuz yuvarlaklığına kavuşamamış iri mehtabın aydınlattığı gecenin fosforlu parlak maviliği içinde balkonda yalnız başına otururken, her zamanki gibi Cem'i düşünüyordu. Aklının bir yanı da hayatındaki şefkat eksikliğiyle meşguldü. Cem ona karşı ilgiliydi ama şefkatli değildi, Halûk ise daha şefkatli ama daha ilgisizdi. Cem'in ilgisinin yalnızca buluştukları zaman parçaları içine sıkışmasından rahatsız olmasına, bu ilginin daha geniş zaman dilimlerine yayılmasını istemesine rağmen ondaki şefkat eksikliğinden yakınmıyor, hatta bundan memnun oluyordu. İş dünyasının insafsız örsünde dövüle dövüle sertleşip keskinleşmiş kişiliği şefkati kabul edemiyor, zaman zaman sığınacağı bir güç arasa da, sığınacağı gücün şefkatle yumuşamış olmasının güvenini sarsacağını hissediyordu.

Kendi çocukluğu aklına geldi. Ona şefkat gösterenler sütannesi, fakir akrabalar, dadılar, hizmetçilerdi; annesiyle babasından, teyzelerinden disiplinli bir sevgi görmüştü ama çocukluğunun en eğlenceli günlerinin bugün küçümsediği insanlar arasında geçtiğini hatırlıyordu. O dağınık ve sınırsız sevginin bereketli bir yağmur gibi günün her saatinde şefkatle üstüne yağarak onu şımarttığı zamanlar en sevdiği zamanlardı.

Düşüncelerden düşüncelere sıçrayan zihni kendi çocukluğundan kendi çocuğuna geçti hızla. Birden telaşlandı. Bir sigara daha yaktı, iyice sessizleşen gecenin içinde, sigarasının ateşi iri ve tembel bir ateşböceği gibi parlayıp sönüyordu. Selin'in yeterince şefkat görmediğini, ilerde bunun eksikliğini hissedeceğini, kendisinin kızını son zamanlarda ihmal ettiğini düşündü. Aslında kızını hiçbir zaman ihmal etmemiş, en zor günlerinde bile kızıyla ilgilenmişti ama telaş ve suçluluk duygusu gerçekleri algılama biçimini etkiliyor, kendini zaman zaman hak etmediği bir biçimde suçluyordu. O anda suçluluk duygusu onu öylesine etkiledi ki, bir an kızını yeteri kadar sevdiğinden bile kuşkulandı.

Hızla içeri girip, Selin'in odasına gitti.

Küçük kız, pikeyi üstünden atmış, her zamankinden daha belirgin ortaya çıkan sivri diz kapaklarıyla kaval kemiklerinin olduğundan da sıska gösterdiği bacaklarını karnına çekmiş, kumral ince saçları yastığa dağılmış bir halde düzgün ve hafif soluklar alarak uyuyordu. Çok güzel değildi. Bu sıska bedeni, bu çirkince yüzü, dağınık ince saçları gördüğünde öylesine keskin ve gerçek bir sevgi hissetti ki yeryüzündeki hiçbir güzel şey onda böylesine bir heyecan ve sevgi uyandıramazdı. Usulca küçük kızın yüzüne, o uyanıkken asla gösteremeyeceği gerçek bir şefkatle dokundu. Onun için her şeyden vazgeçebileceğini hissetmek ruhuna iyi gelmiş, içini yatıştırmıştı.

Yeniden balkona döndüğünde huzurluydu. Son zamanlarda böyle gelgitleri çok sık yaşamaya başlamış, hem karada hem denizde yaşayan bir hayvan gibi, bir kendi derinliğine dalıp bir görünen hayata geri dönerek, bu yolculukları sırasında rastladığı duyguları ve düşünceleri sorgular olmuştu. Alışkanlıkları duyguları kadar, hatta bazen duygularından da güçlü olduğundan günlük hayatını aksatmadan, içindeki çalkantıları çevresindekilere yansıtmadan yaşamayı beceriyordu. Sütanneyi düzenli ziyaret ediyor, Hesna Hanım'a her gün gerekli talimatları verip evin düzenli olmasını sağlıyor, işyerinde eski çalışkanlığını sürdürüyordu, hatta bütün bunların arasında bir de site temsilcisi seçilmişti.

Cem, önce çocuk parkını yaptırmış, ardından sitenin girişindeki görevli kulübesini genişletip şıklaştırmış, kaldırımları düzenletmişti, toplantılarda konuşulan her sorunun kısa zamanda Aydan sayesinde çözüldüğünü fark edince, siteyi yöneten bir şirket olmasına rağmen onu da temsilci seçmek istemişlerdi, Aydan önce reddetmişti ama daha sonra bu bahaneyle Cem'le daha rahat ve kaygısızca buluşabileceğini düşünüp kabul etmişti.

Bütün bu işlerin kendisini, Cem'in zevk dolu tehlikeli dünyasından ve kendi derinliklerindeki çalkantılardan biraz koruyabileceğini, kendini kaptırıp oralara girmesine engel olacağını düşünerek her zamankinden de istekli bir şekilde işlerin peşinden koşturuyordu.

Sütannenin ameliyat olacağı sabah erkenden uyanmıştı, Halûk kahvaltıyı hazırlarken duş alıp giyinmişti, açık pencereden yaz kuşlarının sabah ötüşleri duyuluyordu, içinde hem korkudan hem de sevinçten kaynaklanan, birbirine benzemezliğiyle onu gerginleştiren bir heyecan karmaşası vardı. Sütanneye bir şey olacak diye korkuyor ama 'her şey yolunda giderse' çoktandır görmediği Cem'le buluşacağı için seviniyordu.

Hastaneye Halûk'la birlikte gittiler. Halûk, diğer doktorlarla konuşmuş, hem Aydan'a hem de sütanneye güven verebilmek için ameliyata girmeye karar vermişti. Ameliyat sorunsuz giderse bir süre sonra ayrılıp kendi işine dönecekti.

Yolda giderken, Aydan hiçbir şey söylemeden Halûk'un elini tutup sıktı, onun varlığı Aydan'ı hayatın gerçeklerine bağlıyordu. Günlük olaylarda aldırmazlığına, hatta duyarsızlığına karşın işler zorlaştığında gerçekten sağlam ve güvenilir bir erkek olarak, Aydan'ın güvenle dayanabileceği güçlü bir ağaç gibi duruyordu.

Hastaneye vardıklarında hemşireler sütanneyi ameliyata hazırlıyorlardı, ameliyat ekibinde bulunan genç doktorlar da uğrayıp şakalaşarak yaşlı kadının korkusunu yatıştırıyorlardı. Halûk, sütanneye "Hiç korkma," demişti, "ben hep yanında olacağım, ameliyat başlarken elini tutacağım, ben varken hiçbir şey olmaz."

Sütanne, Aydan'ı şaşırtan bir hareketle Halûk'un elini tutup öpmüştü.

— Allah razı olsun... Her zaman bana bir evlat gibi davrandın.

Ameliyathaneye götürmek için odaya tekerlekli sedyeyi getirdiklerinde sütanne herkesin odadan çıkmasını söyleyerek, "Bir dakika Aydan'la konuşmam lazım," demişti.

Odada yalnız kaldıklarında, sütanne yastığının altından beyaz tülbentten küçük bir çıkın çıkarmıştı.

— Bunlar benim ziynetlerim, hepsini buraya koydum, rahmetli evlendiğimizde vermişti, o zamanlar durumumuz iyiydi... Bana bir şey olursa bunlar senin...

Aydan ağlamamaya çalışarak, "Deli misin sütanne..." diye sözünü kesmeye kalkmış, ama sütanne elini kaldırıp onu susturmuştu:

— Öyle deme kızım her şeyi düşünmek lazım...

Sonra yanındaki çekmeceden iki kâğıt çıkartıp uzattı.

— Bu benim o küçük evin tapusu... Bunu yaşlılara bakan bir huzurevine ver.

Bir an durduktan sonra öbür kâğıdı uzattı.

— Bu da benim mezarımın tapusu... Rahmetlinin yanından kendime bir yer almıştım... Bir de bunlarla uğraşmak zorunda kalmazsınız... Beni de onun yanına gömüverirsiniz.

— Saçmalama sütanne, sapasağlam çıkacaksın, bunlara ne gerek var...

— Yok kızım, hayatım boyunca kimseye yük olmadım, öldükten sonra da yük olmak istemem... Hadi, söyle de gelsinler, doktorları bekletmeyelim, ayıp olmasın...

Aydan ameliyathanenin kapısına kadar sütannenin yanında yürüyüp elini tutmuştu, sütanne ameliyathanenin kapısına yaklaşırken bir sır verir gibi, "Kahvaltı etmediysen, komodinin altında dün getirdiğin kekler duruyor, onları ye," demişti.

Ameliyathanenin kapısında Aydan sütanneyi öpüp, "Hiç korkma," dedi, "Halûk hep yanında olacak."

Hastanenin alt tarafında şık bir kafeterya olmasına rağmen Aydan oraya inmedi, yanındakileri aşağıya gönderdikten sonra odaya girip kapıyı kapadı, bir iskemleye oturdu, biraz ilerdeki ameliyathanede sütannenin bedeni bir daha dönüp dönmeyeceği belli olmayan bir yolculuğun eşiğinde yatarken, kendisinin orada, anlamları hastane odasında daha da ağırlaşan hayatla ölüm arasında kaderin yapacağı seçimin sonucunu beklediğinin farkındaydı.

Odaya ilk Halûk'un geleceğini, ona haberi onun getireceğini ve Halûk'un yüzünde, daha o konuşmadan, ölümle hayattan birinin işaretini göreceğini biliyordu. Aslında o iki işareti de o yüzde daha önce görmüştü. Babası öldüğünde Halûk'un yüzünde ölümün suskun ve donuk işareti, Selin doğduğunda aynı yüzde hayatın coşku dolu, umutlu ifadesi belirmişti. Sütannenin ameliyatına girdiği gibi Aydan'ın doğumuna da girmişti Halûk. Sabaha karşı doğurmuştu. Halûk bütün gece yanında beklemiş, onun çığlıklarını dudaklarını ısırarak karşılamış, alnını ıslak bezlerle silmişti. Doğumhaneye kadar onu yürüterek götürmüştü. Hemşirelere doktora haber vermelerini söylerken, sesindeki, telaşını bastırmaya çalışan kaygılı soğukluğu hatırlıyordu. Doktoru beklerken, sancıları dakikada bire inmişti. Sancı geldiğinde, ateşte kızdırılmış demirden bir el içine girip yumurtalıklarına, karnına, kasıklarına bastırıyor, bu baskıya dayanamayan iç organlarının ezilip patlayacağını sanıyordu. O anda çocuk umurunda bile değildi, içini insafsızca parçalayan bu sancıdan kurtulmak istiyordu, sancıdan kaçamayacağını, korunamayacağını, bunu çekmek zorunda olduğunu bilmek onu dehşete düşürüyordu, "Kurtar beni Allahım!" diye inliyordu ter içinde. Mümkün olsa çocuğu doğurmaktan vazgeçebilirdi. Sancı dindiğinde derin bir nefes alıyor, yeniden geldiğinde iniltiyle çığlık arası garip sesler çıkarıyordu. Karnının ağırlaştığını, kasıklarına doğru sarktığını hissediyordu. Bir ara çocuğun doğamayacağını, içinde boğulup öleceğini, hayatı boyunca o ölüyü içinde taşıyacağını sanmıştı. Doktorun, "Başı göründü!" dediğini duymuştu. İlk tepkisi 'kurtuluyorum' diye düşünmek olmuştu, sonra hiç bilmediği duygular dolaşmıştı içinde. Daha sonraları, o anda parlak bir ışık gördüğünü söylemişti hep, o korkunç sancıların arasında bir daha hiç hissetmediği bir sevinç, bir daha asla yaşayamadığı bir güven sarmıştı içini, bu, bir peygamberin Tanrı'nın sesini ilk duyduğu, kendi yarattığı mucizeyi ilk gördüğü ânı andırıyordu, 'ben doğuruyorum' diye bir düşünce acılarla paramparça şöyle bir geçmişti zihninden, 'ben doğuruyorum', onun içinden tamamen ona ait bir parça çıkacak, o parça daha sonra ondan bağımsız olarak yürüyecek, konuşacak, düşünecekti, bunları sözcükler halinde düşünemiyor ama hissediyor, bir mucize gerçekleştirdiği duygusuna kapılıyordu. Birden kasıkları boşalmış, sıcak bir suyun içinden aktığını hissetmişti. O anda görmüştü Halûk'un yüzünü. Alacalı gibi gözüküyordu, sanki alnı solgunlaşıp sararmış, yanaklarını al basmıştı. Aydınlık, mutlu ve gizlice gururlu bir yüzdü. "Bir kızımız oldu canım," demişti.

— Her şeyi tamam mı?

— Her şeyi tamam canım, çok güzel, kıpkırmızı bir kız.

Bebeği odasına getirip kucağına verdiklerinde daha yarım saat önce yeryüzünde var olmayan bu şiş yüzlü eciş bücüş yaratığı, sanki çok alışıkmış gibi almış, ona yadırgayarak bakmıştı. Herkesin sözünü ettiği annelik duygusu, o büyük ve eşsiz sevgi yoktu içinde. Bebeğe karşı hiçbir şey hissetmiyordu. Biraz sonra güngörmüş bir hemşire, "Memeni çıkart!" demişti. Acemice hareketlerle, biraz utanarak memesini çıkartmıştı ve henüz daha bir insana bile benzemeyen minik yaratık bir kirazdan bile küçük mor dudaklarını memesine yapıştırıp, bir dal parçasıyla suya vurulduğunda duyulan sese benzer tuhaf bir 'cak cak' sesiyle emmeye başlamıştı. O anda içinde bir duvar yıkılmış, birkaç dakikalık duygusuzluğun arkasından, petrol kuyuları ilk açıldığında gökyüzüne fışkıran enerji dolu yükselişi andıran bereketli ve denetim tanımayan bir sevgi patlamıştı, kucağındaki o varlığa bir daha geri dönüşü olmayan bir şekilde bağlandığını, bir daha onsuz yaşamaya dayanamayacağını hissetmişti.

Odada sigara içmek yasak olduğu halde pencereyi açıp, hatırladıklarının yüzüne yerleştirdiği mutluluğa benzer olgun gülümsemeyle bir sigara yakmıştı. Sütanne ölürse çok üzülecekti ama bu üzüntünün çabuk geçeceğini de biliyordu, sevgileri eşit değildi. O yaşlı kadını sevmesi ve onun için üzülmesi gerektiğini bildiği için onu sevip, onun için üzülüyordu, bu, insanın ruhundan kaynaklanan doğal ve gerçek bir sevgiden ziyade bilinçle yaratılmış bir sevgiydi ama sütanne ölürse hissedeceği üzüntü gerçek olacaktı.

Karmakarışık duygularla çalkalanan, iki ayrı gerçeklik arasında bölünmekten korkan ruhunun şiddetli duygulara ihtiyacı vardı. Sanki sert bir darbe zihnindeki dağınıklığı düzeltecek, her şeyi yerli yerine oturtacaktı, en azından yaşadıkları ona o kadar önemli görünmeyecekti bu darbeyle kıyaslandığında. Ruhu, her türlü sarsıcı duyguyu içine almaya hazırlanan büyük bir boruçiçeği gibi açılmış, hazır bekliyordu. Hastane odasının insanı çaresizleştiren havası, ölüm olasılığının güçlü bir şekilde bulunması, bir insanı bir daha görmemek üzere kaybetmek fikrinin ürkütücü baskısı, onun içindeki gerçeklikleri kuşkulu sevgileri, üzüntüleri, kaygıları güçlendiriyor, pek de gerçek olmayan bir sevgi orada bir gerçekliğe dönüşüyordu.

Birçok düşüncenin arasından, yaşlı kadının ölmesi halinde o gün Cem'le buluşamayacağı düşüncesi de geçiyor, hayatın bencilliği ölüm ânının eşiğinde bile gücünü sürdürüyor, ancak ölümün gerçekleşmesi halinde bir miktar geri çekilmeyi kabul edebileceğini hissettiriyordu.

Kapının açıldığını işittiğinde başını önüne eğmiş, yerdeki karolara bakıyordu, bir an soluk alamadı, başını kaldırdığında hayatla ölümden birini göreceğini biliyordu. Başını usulca kaldırdı. Halûk kapıda durmuş gülümsüyordu.

İçinde tuttuğu soluk boşalırken, "Allahım!" diye inledi.

— Nasıl?

— Çok iyi.

— Bitti mi ameliyat?

— Hayır, daha var ama zor kısmını geçtiler, bir sorun çıkmadı, bundan sonra da çıkmaz artık.

Aydan ağlamaya başladı, Halûk gelip onu koltukaltlarından tutarak kaldırdı, sarılıp göğsüne bastırdı.

— Ağlama canım, bak hiçbir sorun yok, kurtuldu kadıncağız.

— Tamam, tamam... Biliyorum... Çok gerildim herhalde.

Aydan biraz sakinleşince Halûk onu yeniden oturttu.

— Ben gideceğim canım, sen de çık istersen... Nasıl olsa onu hemen göremezsin, ameliyattan onu yoğun bakıma alırlar.

— Yok, ben ameliyat bitene kadar bekleyeyim, bana her şey bitti desinler, sonra giderim.

— Ben de kalayım mı seninle?

— Yok canım sen git... Sağ ol... Ben şimdi kafeteryaya iner bir çay içerim, kendimi toparlarım, sen beni merak etme....

Aydan, genç bir doktor gelip, "Hadi gözünüz aydın Aydan Hanım, hastanız ameliyattan çıktı, durumu gayet iyi, kendisini yoğun bakıma aldık," diyene kadar bekledi, sonra iyice yorulmuş, tükenmiş, içi titrer durumda hastaneden çıktı, hafiflemiş, sakinleşmişti ama beklemenin gerginliği bütün gücünü tüketmişti. Hastanenin sessiz sakin koridorlarından sonra sokaklar birden ona çok kalabalık, çok canlı gözüktü, insanlar yaz güneşinin altında, yaşanan dramlardan habersiz bir yerlerden bir yerlere gidiyorlardı. Acıkmış olduğunu fark etti. Bir lokantaya girip kendine yemekle birlikte bir kadeh de beyaz şarap ısmarladı. Neredeyse hiçbir şey düşünmeden yedi yemeğini, Cem'i bile düşünmedi, hiçbir duyguyu ya da düşünceyi taşıyacak gücü kalmamıştı. Yemeğin sonlarına doğru kendini toplamaya, Cem'le buluşmasını hayal edip heyecanlanmaya başladı. Yemek bittiğinde artık yerinde duramıyor, bir an önce Cem'e gitmek istiyor, yemekle oyalandığı için kendisine kızıyordu.

Cem, gülümseyerek, "Gözün aydın!" diye karşıladı onu.

— İyi geçmiş ameliyat ha...

Aydan şaşırarak baktı Cem'e.

— Sen nereden biliyorsun?

— Hastaneye telefon ettim.

— Sütannemin durumunu öğrenmek için hastaneyi mi aradın?

— Evet.

Aydan salona girmeden durdu.

— Sen beni korkutuyorsun, biliyor musun?

Cem güldü.

— Gerçek yüzümü ortaya çıkaran bir hata yaptım galiba... Hastaneyi aramam aslında ne kadar kötü bir insan olduğumu fark etmeni mi sağladı?

— Sende bir kadını kendine bağlayacak her şey var ama bağlılık da istemiyorsun... Ne istiyorsun sen?

Aydan'ın günlerden beri aklını kurcalayan sorular ve kızgınlıklar, Cem'in bu kızgınlığı hiç hak etmediği ve Aydan'ın kendisini Cem'e çok yakın hissettiği bir anda ortaya çıkmıştı. Sanki o yakınlık, o anda, içindeki kızgınlıkların gizli kalmasına dayanamamış, Aydan'ın özenle saklamaya çalıştığı duygularının belirginleşmesine neden olmuştu. Aslında, Cem'in bu yaptıklarının, bu ilgisinin bir sevgiden kaynaklandığını duymak istiyor, onu farkına varmadan duygusal bir itirafa zorlamaya uğraşıyordu.

Cem, Aydan'ın ciddiyetine hiç aldırmadan sınıfta arkadaşlarıyla şakalaşan küçük bir oğlan gibi neredeyse kıkırdayarak gülüyordu. Fısıldayarak cevap verdi:

— Sana ne istediğimi içerde söyleyeceğim... Aile terbiyem bu konuları burada konuşmama izin vermiyor... Bu konuda babamın kesin talimatı var, asla salonda seks konuşulmayacak derdi ben çocukken.

Aydan, Cem'in o andaki şakacılığına sinirlendiğini sezdiren bir sesle sormuştu:

— Bu mu bütün istediğin, sevişmek mi?

— Bildiğin daha iyi bir şey mi var?

Aydan birden Cem'i ürkütmekten çekindi, ama kendini de tutamayıp, birçok anlama gelebilecek bir cevap verdi:

— Ne bileyim, belki vardır...

— Nedir diye sormayacağım, bundan sonrası çok tehlikelidir bu konuşmaların.

— Niye korkuyorsun konuşmaktan?

— Çok basit bir nedeni var.

— Ne?

— Çünkü korkağım...

— Korkaksın gerçekten...

— Peki bir korkağın senin için soğuttuğu şampanyayı, senin için buzlukta beklettiği kadehlerden, senin için özel aldığı çileklerle içmek ister misin, yoksa korkaklarla içki içmiyor musun?

Aydan, bu konuşmayı bu yolda sürdürmesi halinde günlerden beri hayalini kurduğu, çok özlediği sevişmenin gerçekleşmesinin zorlaşacağını, yeni hayaller ve heyecanlar için kıvranan hayal gücünün de, alıştığı zevkten yoksun kalan bedeninin de buna katlanamayacağını fark edip, Cem'in henüz duygusal konuşmalar için hazır olmadığına karar verdi.

— Ben korkaklarla içki içerim, hatta başka şeyler bile yaparım... Tabii bu onların korkak olduğu gerçeğini değiştirmez...

Cem şampanyayı açarken omuzlarını silkti:

— Olsun... Korkaklar olmazsa cesurların kıymetini nasıl bilebilirdik...

Cem, ruhunu ve duygularını, şehvetinin arkasına saklamış insanlardandı, neredeyse bütün ruhu, bütün duygusal varlığı, belki de hiçbir zaman gerçekleşmeyecek olan kutsal amacına ve kutsal acısına adanmış gibiydi; o şehvetin arkasına saklanmış olan huzursuzlukları, acıları, beklentileri kimseyle paylaşmaya hazır olmadığından onları kıskançlıkla başkalarından saklardı. Tamamlanmamış bir resmi insanlara göstermekten kaçınan, bunu, o eserin tamamlanmasını imkânsızlaştıracak bir uğursuzluk olarak gören bir ressam gibi henüz tamamlanmamış, amaçlarına ulaşmamış, huzur bulmamış ruhunu kadınlara açmaz, oradaki yaraların, parçalanmış özlemlerin bir gün tamamlanıp huzura ermesini beklerdi farkında olmadan. Kadınların çok istediği bir şeyi onlara veremediğini bildiğinden verebildiği tek şeyi, şehvetini bütün cömertliğiyle verir, onları dar alanlara sıkışmış yoğun ve şaşırtıcı ilgisi ve sevecenliğiyle mutlu etmeye çalışırdı. Bir kadınla, bedenin ve ruhun birlikteliğinden oluşan tam bir ilişki kuramadığından, hayatındaki bu eksikliği birçok kadınla birlikte olarak kapatmaya uğraşırdı.

Onun hayatındaki garip ve çocuksu sırrı daha sonra bir rastlantı sonucu öğrenecek olan Aydan, zaman zaman sabırsızlansa da, bu erkeğe ulaşmanın, onun ruhuna değmenin ancak sabırla mümkün olabileceğini, bir yandan onun tensel çılgınlıklarının yarattığı zevkleri paylaşıp çoğaltırken, bir yandan da onu alışmadığı bir şefkatle kuşatmak ve bütün bunları da zekânın büyülü ışığıyla aydınlatıp onu şaşırtmak gerektiğini sezebiliyordu. Her zorlama, onun zaten kapalı olan kapılarına bir kilit daha vurmasına neden olacaktı. Ona, onu telaşlandırmadan yaklaşmak gerekiyordu. Sorun, Cem'in kadınların neredeyse bütün duygularını ve isteklerini çok çabuk anlamasıydı. Kadınsı her duyguyu biliyordu. Onun bilmediği bir şey bulmak gerekiyordu. Bunu Aydan hiçbir zaman bulamadı.

Şampanyalarını içerken, "İçerde içelim mi?" diyerek ekledi:

— Yoksa ondan da mı korkuyorsun artık?

— Cesur olduğum bazı yerler vardır.

Aydan ayağa kalkarken Cem'i heyecanlandıran işveli bir sesle, "Allahtan!" dedi.

O gün sevişirlerken, bir rastlantı sonucu, çok vahşi ama çok etkileyici yeni bir oyun keşfettiler.

Aydan, yatak odasındayken, belki Selin arar diye cep telefonunu hep yanına koyardı, kendisi sevişirken kızına bir şey olacak diye garip bir korkusu vardı. Onlar sevişip, 'kardeşlik' oyunu oynarken telefon çalmıştı, Aydan telefona bakmış, arayan numarayı görüp, "Halûk!" diyerek açmadan yanına bırakmıştı.

Cem, "Aç!" demişti.

Bir an duraksamıştı Aydan, başka bir erkekle sevişirken kocasıyla telefonda konuşmanın insafsızca ve vahşi bir davranış olduğunu biliyordu ama Cem'in gözlerindeki heyecanı görmüş ve yapılmaması gerekeni yapmanın yaratacağı büyük heyecanı aynı anda kendisi de hissetmişti. O çırpınan kuş, göğsünün üstüne yerleşivermişti. O anda, uyuşturucuya alışan biri gibi heyecana alıştığını, biraz daha fazla ve biraz daha yeni bir heyecan için yapamayacağı hiçbir şey, geçemeyeceği hiçbir sınır olmadığını fark etmişti.

Telefonu açmıştı.

Eli titriyor, bütün iç organları heyecandan büzüşüyordu, Cem'in de çok heyecanlandığını görmüş, o heyecan da kendisine yansıyıp içindeki ürpermeyi artırmıştı.

— Nasılsın kocacığım?

Konuşurken Cem'in içinde hareket ettiğini hissediyordu.

— İyiyim... Alışverişe çıktım...

Bu konuşmayla Halûk'un yaptıklarının ve yapmadıklarının bütün intikamını alırken, birden Cem'e de hayatında bir başka erkek olduğunu, onunla da seviştiğini göstermek, gidilecek son noktaya kadar gitmek istemişti.

— Güzel bir gecelik arıyorum... Çok yorgun mu geleceksin akşama...

Sesi her cümlede biraz daha oynaklaşıyordu.

— Selin bu akşam annemde kalacak...

Aydan konuşurken, birbirlerinin gözünün içine delice denebilecek bir ifadeyle, dimdik bakıyorlardı.

— Özledin mi beni...

Her cümlede bedeni de kımıldıyordu.

— Öyle mi... Çok mu?

Telefonu kulağından biraz açmıştı, Cem Halûk'un ne dediğini tam anlamıyordu ama sesini duyuyordu.

— Ben de... Akşama görüşürüz canım....

O konuşmadan sonra sevişmeye devam etmişler, bilmedikleri yeni bir heyecanı keşfetmenin, suç ortaklığının, birbirleri için her türlü ahlaki değeri çiğneyebileceklerini görmenin, dünyadaki bütün insanlara ve onların değerlerine ihanet edip onlardan kopmanın, bir zevk cehenneminin en dibine, ateşin en koyu olduğu yere dokunmanın çılgınlığıyla kendilerini kaybetmişlerdi.

Heyecan bağımlılığı, Aydan'ın hayatındaki bütün sınırları yok ediyor, onun bütün varlığını değiştiriyordu artık.

XI

Bankanın, duvarlardaki tabloları özel pirinç lambalarla aydınlatılmış hafifçe loş üst kat koridorlarında, söylenti, bir mırıltı halinde başlamış ve süratle bütün binayı sarsan bir uğultuya dönüşmüştü. Genel müdür istifa ediyordu, herkes birbirine bunu fısıldıyordu. Söylentinin kaynağı, kimden ve nereden çıktığı belli değildi ama ilk duyduklarında bu haberi kuşkuyla karşılayanlar bile söylentinin çıktığı akşam duyduklarına inanmışlardı.

Ertesi gün gerçekten de genel müdür işe gelmemiş, bütün bina, boynu kopartılmış zavallı bir hayvan gibi şaşkın titremeler geçirerek neler olduğunu anlamaya çalışmıştı. Bu tür yerlerde genellikle olduğu gibi bu kez de dedikodunun doğru çıkacağı, aşağıdakilerin bilmediği bir nedenden dolayı genel müdürün gideceği anlaşılmıştı. Üzülen pek olmamıştı ama umutlanan çoktu. En tepeden en aşağıya doğru bütün kademelerde değişiklikler olacağı, birilerinin bulundukları yerden bir basamak yükseleceği anlaşılıyordu ve her kademede o basamağı çıkabilmek için daha ilk günden kıyasıya bir kulis başlamıştı. En kanlı çekişmenin en yukarlarda, genel müdür yardımcıları arasında olacağı açıktı; genel müdür olabilmek için, hepsi, sığ bir suya atılmış bir avı kapmaya çalışan timsahlar gibi birbirlerini kolluyorlar, yeni anlaşmalar yapıp, yeni ittifaklar kuruyorlar, bir yandan da kaybetmeleri halinde çok fazla yaralanmamak için aldırmaz gözükmeye çabalıyorlardı.

Aydan da o timsahlardan biriydi; artık doğasının bir parçası haline gelmiş, bir içgüdüye dönüşmüş alışkanlıklarıyla kulis çalışmalarına girişmişti. Kendisi için genel müdürlük beklemiyordu, bunun için çok genç sayılırdı, üstelik ötekilerin kıdemi kendisinden fazlaydı. O, Hasan'ın genel müdür olmasını istiyordu. Hasan'ın genel müdür olması onun da pozisyonunu çok güçlendirecekti ama bu isteğinde iş ihtirası kadar Hasan'a duyduğu dostça sevginin de önemli bir rolü vardı.

O çılgın günlerde, bir şelalenin altına yağmurluğuyla girmiş biri gibiydi, ötekilerle birlikte suların çağıltılarla üstlerinden aktığını, suyun sesini ve kokusunu hissediyor ama onlardan farklı olarak ıslanmıyor, su onun derisine değmiyordu. Olaylar onu içine alıyor ama onun içine işlemiyordu. Cem'le birlikte yaşadığı gizli dünya, bir tür şemsiye gibi, görünen dünyanın etkilerinden onu koruyor, yükselme tutkusu, eskisi kadar yakıcı bir keskinliğe ulaşmıyordu.

Belki de bu yüzden, Aydan kendini iş dedikodularına daha fazla bir istekle veriyor, gerçek hayatla arasındaki bağların zayıflamasından, bilincinden çok sezgilerinin uyarılarıyla korkup, her fırsata görünen hayatının hareketliliğine sığınmaya çalışıyordu.

Hasan'la günde dört-beş kez buluşuyorlar, dedikodu değiş tokuşu yapıyorlar, duyduklarını birbirlerine aktarıp durumu değerlendirmeye çalışıyorlardı. İşyerindeki bütün sesleri bastıran fısıltılar sürekli yeni haberler taşıyor, onları bazen umuda, bazen umutsuzluğa sürüklüyordu.

O gün öğle yemeğine çıktıklarında Hasan tedirgindi:

— Bunlar Erkan'ı genel müdür yapacaklar, bak göreceksin... Bugün onu Amerika'dan aramışlar... İyi adam istemez bunlar, en görgüsüzünü seçiyorlar. Doğru dürüst yemek yemeyi bile bilmez Erkan, bir lokantaya girse, yemek isimlerini şaşırır, bir şampanya markasını bile söyleyemez.

— Saçmalama Allah aşkına... Şampanyayla bankacılığın ne ilgisi var... Hem nereden biliyorsun onu seçeceklerini, bir sürü dedikodu dolaşıyor.

— Amerika'dan aramışlar diyorum...

— Hasan, sabahleyin seni de Amerika'dan aradıklarını duydum, herkes bir şey uyduruyor.

Hasan'ın yüzünde birden sevinçli bir gülümseme belirmişti, kendi tutkusuyla öylesine doluydu ki, ne duygularını ne de tepkilerini kontrol edebiliyordu.

— Beni mi aramışlar?

— Öyle duydum...

— Çok iyi...

— Aradılar mı seni gerçekten?

— Hayır.

— Neresi iyi peki bunun?

— Demek herkes için uyduruyorlar...

— Ay Hasan, daha demin söyledim ya herkes için uyduruyorlar diye...

Hasan dalmıştı, Aydan'ı duymuyordu. Aydan,

bir zamanlar kendisini çok etkilemiş bu adama, ondan nasıl etkilenmiş olduğuna hayret ederek bakıyor, bu son olayla birlikte daha sık bir araya geldiklerinden mi yoksa Hasan'ın kendisini saklayacak gücü kalmadığından mı ya da Aydan'ın artık çevresindeki erkekleri daha dikkatli incelemesinden mi bilinmez, Hasan'ın zaaflarını artık açıkça görüyordu. Bunlar çekici zaaflar değildi üstelik. Başkalarını sürekli görgüsüzlükle suçlamasına rağmen kendisi çok gösterişçiydi, hep olduğundan daha zengin ve akıllı görünmeye çalışıyordu, hep başkalarının aleyhinde konuşuyordu, çok telaşlıydı, kaybettiğine inandığında hemen çöküyor, kazandığını sandığında böbürleniyordu. Bütün bunlara rağmen Aydan onu hâlâ, biraz kardeşçe bir sevgiyle seviyor, onu başkalarına karşı korumaya uğraşıyordu. Bir yandan da Cem'le kıyaslıyordu ki bu kıyaslamanın her aşamasında Hasan kaybediyordu.

— Bence sen hiç kimsenin aleyhinde konuşma şu sırada. Genel müdür olursan o adamlarla çalışacaksın unutma, kendine şimdiden düşman yaratma.

— Yok canım, kimseyi çekiştirmiyorum, yapar mıyım öyle şey...

— E, daha demin Erkan için görgüsüz diyordun.

— Ben sana söylüyorum, başkasına söylemem.

Aydan güldü:

— Doğru söyle, bu sabahtan beri kaç kişiye söyledin Erkan'ın görgüsüz olduğunu.

Hasan sinirlendi:

— Kimseye söylemedim.

Aydan gene güldü:

— Bırak şimdi, doğru söyle, kaç kişiye söyledin.

Hasan da güldü:

— Belki bir-iki kişiye söylemişimdir ama Erkan'a gidip söyleyecek insanlar değil.

Aydan, Hasan'ın konuşmalarını Erkan'ın çoktan duymuş olduğunu tahmin ediyor, Hasan'ın genel müdür olmasını çok istemesine rağmen aslında onun hiçbir şansı olmadığını hissediyordu, onu avutma ihtiyacı duydu:

— Seni genel müdür yapmazlarsa da bu o kadar önemli değil, her zaman en hak edene vermezler biliyorsun.

— Beni yapmazlarsa istifa ederim.

— Saçmalama, niye istifa edeceksin.

— Beni seçmezlerse beni beğenmiyorlar demektir, beğenilmediğim yerde niye durayım...

Aydan, Hasan'ın istifa edemeyeceğini biliyordu, genel müdür olma ihtimalinin ne kadar az olduğunu da konuştukça daha iyi görüyordu.

— Hasancığım, ne olur gidip insanlara istifa ederim deme...

— Kimseye söylemem böyle şeyleri...

Aydan dayanamayıp gene güldü:

— Kaç kişiye söyledin istifa ederim diye?

Hasan bu sefer gerçekten sinirlendi:

— Yahu bana çocukmuşum gibi davranmasana, kimseye söylemedim.

— Hadi hadi, kaç kişiye söyledin...

— Kimseye söylemedim...

— Hadiii...

— Belki Rezzan'a söylemişimdir....

Aydan uzanıp Hasan'ın eline dokundu:

— Kimseye söyleme böyle şeyler, bu laflar çabuk yayılır, sonra zor durumda kalırsın...

İşe döndüklerinde Aydan biraz sıkıntılıydı, aslında çoktan sezdiği gerçeği sanki o günkü o öğle yemeğindeki şakacı konuşmalar sırasında çok açık olarak görmüş, Hasan'ın asla genel müdür olmayacağını birden anlamıştı. Bunu görmek ve gerçeği kabul etmek biraz da kendi yenilgisini kabul etmek gibi gelmişti ona. Onun desteklediği aday kaybedecekti; daha da önemlisi, bir zamanlar sevdiği, seviştiği erkek bugün ona bir çocuk, güçsüz ve şaşkın biri gibi gözüküyor, yanlış seçimler yapabileceğini yüzüne vuruyordu.

Cem'i arayıp, "Yarın buluşalım mı?" dedi ama ilişkileri başladığından beri ilk kez Cem bu öneriyi, o yumuşak ve sevecen sesiyle, "Yarın işim var canım, öbür gün olur mu?" diyerek bir gün sonraya erteledi.

Aydan, 'olur' deyip telefonu kapattığında ani bir tehlikeyle karşılaşmış gibi içi korkuyla kasılmıştı, kendini sakinleştirmeye, içindeki titremeyi yatıştırmaya çalışıyordu ama ilk kez Cem'in bir gün hayatından çıkabileceği ihtimalini fark etmişti. Cem'in, belki daha da önemlisi onunla yaşadığı heyecanın, yerine koyabileceği hiçbir şey yoktu. Cem olmadığı zaman çevresindeki her şey ve herkes ona sıkıcı, bunaltıcı gözükecekti. İşe, evliliğe, Halûk'a, Hasan'a, biraz da Cem'in varlığı sayesinde tahammül edebildiğini, Cem'in hayatına vuran ışığının ötekileri de aydınlatıp, onları da çekici değilse bile dayanılabilir kıldığını birden anlamıştı. Cem olmadığında herkes ışığını kaybedecek, bütün yaşamı kararacaktı. Bir yandan da, 'ne işi olduğunu niye sormadım' diye içi içini yiyordu, sanki bunu sormuş olsaydı bu kadar korkmayacaktı; duygularını Cem'e sezdirmek istemediği için hiçbir şey soramadan telefonu kapatmıştı.

Ertesi günü çok huzursuz geçirmişti, ne bankadaki dedikodularla ilgilenebilmiş ne de Hasan'ın umutlarını paylaşabilmişti; birden her şey ona anlamsız ve sıkıcı gözükmüştü. Hasan'ı 'çocukça konuşmaması' için sertçe azarlamış, odasının kapısını kapatıp, çalışır gibi yaparak insanların içeri girmesine izin vermemişti.

Her zaman orada duracağına, her istediğinde görebileceğine inandığı birinin aslında hayatından bir anda kaybolabileceğini hissetmek onu şaşırtıp telaşlandırmış, Cem'le yaşadıklarına, ona giderken duyduğu heyecana, onunla paylaştığı suç ortaklığına tahmininden daha fazla alıştığını, hatta bunu itiraf etmek istemese de ona tutulduğunu fark etmişti.

Her zaman olduğu gibi Cem'in yokluğu, varlığından daha çok sarsmıştı Aydan'ı. O heyecanı hissetmeden yaşamaya çok kolay dayanamayacağını fark ediyor, Cem'in kaybolması halinde hayatında onun yerine koyacak hiçbir şey olmadığını anlıyordu. Ne kızına duyduğu sevgi, ne işine duyduğu bağlılık, ne Halûk'un verdiği güven, ne Hasan'la yaşadığı beğenilme tatmini, Cem'in hayatına getirdiklerinin yerini tutamayacaktı. Sanki Cem bir gün gittiğinde ardında büyük bir uçurum bırakacak, o uçurumu dolduramayan Aydan o boşlukta kaybolacaktı. Cem'i kaybetmemesi gerektiğini anlıyor ama onu elinde tutabilmek için yapabileceği hiçbir şey olmadığını da görüyordu. Cem'in kendisini terk edeceğini düşündüğünde ölüm korkusunu andıran çaresiz ve tehditkâr bir korku hissediyordu; farkına varmadan Cem'i hayatına öylesine sokmuş, ona yer açabilmek için hayatından o kadar çok şey çıkartıp atmıştı ki artık onun ardında bırakacağı boşluğu doldurabilecek hiçbir şey kalmamıştı. Ondan sonrası karanlık bir boşluktu.

Hatırlayamadığı kâbuslarla sık sık kesilen yorucu bir uyku uyudu, birkaç kez kalkıp balkonda, uzaktan geçen arabaların sesini, yalnız kedilerin miyavlamalarını, geç vakit eve dönen bir-iki çiftin eve girmeden önceki birkaç kelimelik konuşmalarını dinleyerek sigara içti. Üzüntüden çok öfke vardı içinde, çaresizlik onu öfkelendiriyordu. Kendisine başka bir sevgili bulmayı bile düşündü ama bunu düşünmek, ona, aslında Cem'den başka kimseyi istemediğini bir kere daha göstermekten başka bir işe yaramadı.

Sabahleyin, "Bugün yeni genel müdürü açıklayacaklarmış," söylentileri bile çok fazla ilgisini çekmedi, öğleye doğru Hasan sararmış bir yüzle odasına gelip bir koltuğa oturdu.

— Erkan'ı genel müdür yaptılar.

— Kesin mi?

— Evet...

— Eh ne yapalım, hayırlısı olsun.

— Ben istifa edeceğim.

Aydan bir an içinden 'hadi git istifa et' demeyi geçirdi ama Hasan'ın yüzüne bakınca onun yardım isteyen, yalvaran bakışlarını gördü.

— İstifa etmene hiç gerek yok ki, birisi olacaktı, o oldu... Hem buranın sana daha çok ihtiyacı var, sen de hemen böyle bir iş bulamazsın.

— Yok, ben bu hakarete katlanamam... Şimdi gidip istifamı vereceğim.

Aydan, Hasan'ın istifa etmeyeceğini, buna cesaretinin yetmeyeceğini bilecek kadar onu tanıyordu, onun kendisinden caydırıcı bir şeyler söylemesini beklediğini, sırf onları duyabilmek için geldiğini de anlamıştı. İçindeki bütün bıkkınlığa karşın Hasan'ı o halde bırakmaya içi razı olmadı.

— Hatırım için yapma, dedi, bak senden rica ediyorum, lütfen benim için istifa etme.

Hasan, bu sözlerin gerçek olup olmadığını anlamak için Aydan'ın yüzüne dikkatle baktı, sonra onun bunları gerçekten öyle hissettiği için söylediğine inandı ve yüzünde beğenilen erkeklerin yüzünde görülen o tuhaf böbürlenme belirdi. Aydan onun neler düşündüğünü anlamıştı. Zaten Hasan'a genel müdürlüğü kaybedip yenildiği için kızmıştı, bir de bu yenilginin ortasında onun duygularını yanlış anladığını görünce kızgınlığı iyice arttı.

— İstifa etmezsem sırf senin için etmeyeceğim, dedi Hasan, yoksa bunlar hak ettiler bence istifayı.

Aydan içini çekip, sesindeki kızgınlığı saklamaya uğraştı:

— İstifa etme, değmez...

Hasan, Aydan'ın kendisini eskisi gibi sevdiğine inanmaya başlamıştı, Aydan onu, her sözünde biraz daha akılsız bulup sinirlenirken, o beğenildiğine inanıyor, karşısındaki kadını kendinden iyice soğutuyordu.

— Yemek yiyelim mi?

— Benim gitmem lazım.

— Niye, nereye gideceksin?

Aydan bir an içinden 'sana ne' demeyi geçirdi ama onu üzmek istemedi.

— Annemin bazı işleri var, onları halledeceğim.

— Bir yardıma ihtiyacın varsa ben de geleyim seninle.

— Teşekkür ederim, ben hallederim... Hem senin bugün burada kalman daha iyi, başka türlü yorumlarlar ortadan kaybolursan...

Aydan, Cem'le buluşmak için işten telaşla çıktı, çıkmadan önce Erkan'ın odasına uğrayıp kutlamayı ve annesinin işleri için çıkmak zorunda olduğunu söylemeyi unutmadı. Yeni genel müdür ise onu beklemediği kadar iyi karşılamış, annesinin hasta olup olmadığını sormuş, sonra, "Yarın mutlaka konuşalım, seninle ilgili projelerim var, birlikte çok iyi işler yapacağız," demişti.

Bu tek cümle, Cem'in tek cümlesiyle sancılanan ruhuna birden iyi gelmiş, biri ona, kopmakta olduğu kıyıdan bir ip atmış, onun bilmediği sulara sürüklenmesini önlemiş gibi kendini güvende hissedivermiş, sevinmişti. Korkularla dolu zihni birden bir sükûnet kazanmış, Cem gözündeki önemini yitirmişti. Merdivenden neredeyse sekerek indi. Cem'in kapısına kadar sürdü bu sevinç ama eve yaklaştıkça kasıklarında başlayan karıncalanma ve heyecan, Erkan'ın sözlerinin yarattığı güveni silikleştirmişti.

Cem'in Aydan'ın üzerinde garip bir etkisi vardı; onu görüp, ona dokunup, onun sesini duyunca ondan başka herkesi küçümsemeye, hayatın başka alanlarını anlamsız bulmaya başlıyordu. O gün gene öyle oldu. Oturup biraz konuştuktan sonra, yeni genel müdür de, söyledikleri de anlamlarını yitirmişlerdi.

Bir ara dayanamayıp sormak istediği soruyu umursamaz bir sesle sordu:

— Ne işin vardı dün?

— Yönetim kurulu toplantısına katılmam gerekiyordu.

— Aaa, sen yönetim kurulu üyesi misin?

— Niye bu kadar şaşırdın, 'bir yönetim kurulu üyesinden aslında daha iyi bir performans beklerdim' der gibi bir halin var, emin ol elimden geleni yapıyorum, bizim öteki üyeleri görsen benden hiç şikâyetçi olmazdın.

— Ciddi soruyorum, sen ne zamandan beri yönetim kurulu üyesisin?

Cem, Aydan'ın yönetim kurulu üyeliğini çok ciddiye aldığını anlayınca daha da alaycı bir sesle konuşmaya başladı:

— Ben öyle doğdum Aydancığım... Bizim dünyamızda yönetim kurulu üyesi olunmaz, yönetim kurulu üyesi doğulur.

— Niye doğru dürüst cevap vermiyorsun, ne zamandan beri böyle bir görevin var?

— On yıldan fazladır herhalde.

— Bana hiç söylememiştin.

— Nasıl söylemeliydim sence, tanışır tanışmaz mı, merhaba, ben Cem, yönetim kurulu üyesiyim.

Cem, her sözüyle, her tavrıyla Aydan'ın değerler sistemini altüst ediyor, onun için önemli olan her şeyi önemsizleştiriyordu. Aydan günlerce genel müdürlük kulislerini yaşadıktan, Hasan'ın isteğini ve üzüntüsünü, Erkan'ın saklamaya çalıştığı gizli sevincini gördükten sonra Cem yönetim kurulu üyeliğiyle alay ediyor, bunu önemsemiyor, önemseyenleri de küçümsüyordu. Aydan, birden Cem'le sevişmek için dayanılmaz bir istek duydu.

— Hadi içeri gidelim.

Birlikte, biraz sonra yapacaklarını, geçmişte yaşadıklarından kendilerinde kalan anıların canlanan görüntüleriyle hayal edip, birbirlerine usulca dokunarak uzun koridorda yürürken, Aydan, her zaman kapalı duran kapılardan birinin açık olduğunu fark edip, önünden geçerken içeri bir göz attı. İçerde birçok bina maketi vardı. Aydan yavaşlayıp, "Ne bunlar?" diye sordu. Cem, o güne dek onda hiç görmediği bir telaşla kapıyı kapatıp, "Önemli bir şey değil!" deyince Aydan durup, Cem'in kapadığı kapıyı açtı.

Tuhaf kubbeler, yamuk çatılar, sivri kuleler, incecik başlayıp tepesine doğru genişleyen gökdelenler yan yana, bilinmedik bir dünyadan buraya göç etmiş hayaletler gibi duruyorlardı. Aydan odaya girmiş, hepsine tek tek bakıyordu. Hiç böyle binalar görmemişti. Maketlerden biri sürekli olarak kendi ekseninde dönüyordu, çok uzun bir gökdelen maketinin içinden bir şelale akıyordu, bir tanesi ters çevrilmiş bir şemsiyeye benziyordu, bir tanesinin üstünde istiridye kabuğunu andıran bir çatı vardı ve çatı bazen bir yana, bazen öbür yana kayarak açılıyordu.

Kapıya dayanarak kendisini yüzünde utangaç bir gülümsemeyle bekleyen Cem'e baktı.

— Ne bunlar?

Cem neredeyse sinirli sayılabilecek bir sesle, konuyu kapatmak istediğini belli ederek cevap verdi:

— Bina maketleri.

— Kim yaptı bunları?

— Kim yapacak Aydan, ben yaptım.

— Peki, bunların gerçeğini mi yapacaksın?

— Hayır.

Aydan, sevdikleri erkekte hayranlık duyacak bir yan keşfettiklerini düşünen kadınların sevinciyle, "Neden yapmıyorsun?" dedi.

— Çünkü yapılınca yıkılıyorlar...

— Yıkılıyorlar mı... Nasıl yıkılıyorlar?

— Böyle küt diye yıkılıyorlar canım... Alt katlarıyla çatıları aynı hizaya geliyor, yıkılmak deyince kastettiğimiz bu.

— Ama çok güzel binalar, niye yıkılıyorlar?

Cem içini çekti, yüzünde hem sıkıntılı hem de utangaç bir ifade vardı, Aydan'ın bunları görmüş olmasından hoşnut olmadığı anlaşılıyordu.

— Statik hesapları tutmuyor canım... Biçimleri güzel ama gerçekçi değil... Bazılarını yapmak için de o kadar çok para gerekiyor ki yapmaya değmiyor.

Aydan maketlerin arasına yere oturmuştu.

— Aslında bunları yapmak istiyorsun değil mi?

— Yapılabilseydi iyi olurdu...

— Hiç söz etmedin bana bundan... Ben senin böyle bir hayalin olduğunu bile bilmiyordum...

Cem cevap vermedi.

— Paylaşmaktan hiç hoşlanmıyorsun değil mi, dedi Aydan. Benimle sevişiyorsun, benimle her türlü günahı işliyorsun, her suçun ortaklığını yapıyorsun, ama bugün bu kapı tesadüfen açık olmasa ben senin bir hayalin olduğunu hiç bilmeyeceğim.

— Bilmeye değecek bir şey değil canım, hadi gel içeri gidelim.

— Ne zamandan beri yapıyorsun bunları?

Aydan, Cem'in yüzünün bir an kızardığını görür gibi oldu.

— Çok eskiden beri.

— Baban biliyor mu?

— Hayır.

— Bilen kimse var mı?

— Hayır.

— Hayatında bir sırrını paylaşacak kadar sevdiğin kimse olmadı mı hiç senin, hiç mi bir kadını gerçekten sevmedin?

Cem homurdanır gibi cevap verdi:

— Oooo, bedava psikanaliz ha...

Gidip, Aydan'ın elinden tutup kalkmasına yardım etti.

— Hadi gel, daha ciddi ve daha eğlenceli işlerimiz var... Emin ol o işte psikolojide olduğundan daha iyisin.

Aydan durup uzun uzun Cem'e baktı:

— Bazen neler düşündüğünü çok merak ediyorum biliyor musun... Seni hiç anlamıyorum.

— Anlayacak bir şey olmadığındandır canım...

Odadan çıkıp kapıyı kapattıktan sonra sanki Cem rahatlamıştı, o gergin sesinin yerini her zamanki uysal sesi almıştı:

— Gel içeri gidelim...

Yatak odasına girerlerken Aydan zorlukla bastırmaya çalıştığı bir sevinçle,

— Bunu gören tek kadın ben miyim, dedi.

— Sensin canım... O şanslı insan sensin, Tanrı bu büyük onuru için seni seçti, yıkılacağı için yapılamayan binaları gören ilk insan sen oldun.

Sevişmeye başlamadan önce Aydan, Cem'in başını tutup, sadece bir an, sevgiyle göğsüne bastırdı.

Sevişmenin sonlarına doğru bir sigara molası verdiklerinde Aydan, "Halûk iki gün sonra bir toplantı için Ankara'ya gidecek," dedi.

— Selin'i de anneme bırakacağım, bize gel, seninle kendi yatağımda sevişmek istiyorum.

XII

İki gün sonra buluşamadılar.

Cem'in gene işi çıkmıştı, zaten son zamanlarda çok sık işi çıkıyor, o yumuşak ve uysal sesiyle, onu kırmamaya çalışıp özürler dileyerek, 'buluşamayacaklarını, işi olduğunu' söylüyordu.

Her erteleme, Aydan'ın ruhuna yerleşen kaybetme korkusunu biraz daha büyütüyor, 'işi olduğunu' söyleyen Cem'e bazen bağırmak, haykırmak, hatta küfretmek, bazen de yalvarmak istiyordu. Artık gelecekle, gelecek buluşmalarla ilgili hayaller kurup heyecanlanmıyor, geçmişle, geçmiş buluşmalarla ilgili hayallerle avunmaya çabalıyordu.

Cem'i kaybetmek üzere olduğunu seziyordu. Yaklaşan bir bitişin, görülmeyen, duyulmayan, dokunulmayan ama hissedilen ağır havası sanki aralarına yerleşiyor, bu sezgi onun hem canını yakıyor hem de garip bir biçimde onu uyuşturuyor, hayatın canlılığını hissetmesine engel oluyordu. Niye bittiğini kavramaya çalışıyordu. Kimi zaman, bunu Cem'in hercailiğine, bencilliğine, gelgeç gönüllü olmasına bağlıyor, çoğunlukla kendinde bir hata, bir eksik arıyor, hangi eksikliğinden dolayı Cem'in geri çekildiğini anlamaya uğraşıyordu.

Cem'in artık kaçmaya hazırlandığını fark ettiği o günlerde, içindeki, her an çılgın bir kahkaha nöbetine ya da ağlama krizine dönebilecekmiş gibi duran o ölüm sıkıntısını andıran sıkıntıdan kurtulabilmek için her şeyi yapmış, yeni genel müdürle yeni projelere başlamış, hastaneden çıkan sütannenin bütün itirazlarına rağmen evini yeniden döşemiş, bütün siteyi kapı kapı dolaşıp, sitenin önüne yaya geçidi yaptırmak, sulama sistemini değiştirmek, bahçelere kıvırcık çim yerine İngiliz çimi ektirmek için kampanyalar yürütmüş, neredeyse sitedeki bütün evlere girip çıkarak herkesle tanışmıştı. O günlerde ona annesinin deyimiyle bir 'deli enerjisi' gelmiş, içindeki sıkıntıyı bastırabilmek için üç kişilik çalışmaya başlamıştı.

İçinde sanki bir gerilim hattının kalın kopuk tellerini taşır gibi yaşıyordu, teller birbirine değmediği zaman koyu bir karanlıkta sıkıntılı anlar geçiriyor, teller hiç beklenmedik bir anda hiç bilemediği bir nedenden birdenbire zihninde esen bir rüzgârla birbirine değdiğinde ise büyük bir acıyla bütün ışıklar yanıyor ve Cem'i, belki daha da önemlisi onunla yaşadıklarını, yaptıklarını, kimi zaman dayanamayacağını sandığı bir şiddetle özlüyordu.

Zihni, özlemin ve acının birçok çeşidiyle doluydu; yaralanmış gururu, nedenleri bulmaya çalışan merakı, anılarla beslenen bir özlem, bu özlemden kurtulmak için verdiği uğraş, görünen günlük hayata sarılma arzusu, iş alışkanlıklarını aksatma kaygısı, Cem'in başka kadınlarla oyunlar oynadığını düşünmenin yarattığı delice kıskançlık birbirine dolanarak düşünceleriyle duygularını karmakarışık edi-

yordu.

Ama zihninden bağımsızlaşmış gibi gözüken bir de bedeni vardı ve varlığını her an hissettiriyor, Cem'le sevişmek, onu içinde hissetmek ihtiyacıyla kıvranıyordu. Bu, bedensel bir açlık değildi. Halûk'la eskiden olduğu gibi sevişiyor, eskiden olduğu gibi zevk alıp, alışkın olduğu doyuma ulaşıyordu ama bedeni bununla yetinemiyordu artık. Hayal gücüyle kışkırtılmış dokunmaları, sarsıcı heyecanları, bitmeyen sevişmeleri, günahkâr fısıltıları, kimseye anlatılamayacak oyunları, ruhunun en derininden, en karanlık, en gizli yerlerinden bulunup çıkartılarak bedenine bağışlanan o korkunç zevkleri istiyordu.

Bu bedensel bir açlık olsaydı, onun çaresi vardı, bir erkekle sevişir, o kaba ve sıradan açlığı doyurabilirdi ama bu bir açlık değildi, bu, sürgündeki bir insanın kendi ülkesini, kendi yemeklerini, kendi alıştığı lezzeti özlemesi gibiydi; karnını doyurmak bu özlemi yatıştırmaya, bu arzuyu dindirmeye yetmiyordu.

Zihni, daha da önemlisi, bedeni, artık büyük dozda heyecanlara alışmıştı, bu, sıradan bir sevişmenin, herhangi bir erkeğin verebileceği bir heyecan değildi, o heyecanı yaratan kaynağa inmeyi beceren biri gerekiyordu, üstelik de bunu, aynı Cem gibi onu korkutmadan, en vahşi, en korkunç hazları usulca, uysalca, hatta gülümseyerek yapacak biriyle yaşayabilirdi ancak.

Zihnini yatıştırabilse de bedenini yatıştıramıyor, onu oyalayamıyor, uyuşturamıyordu. En acılı, en yaralı zihin bile zaman zaman kendini oyalayacak bir yol bulabilse, bir filmle, bir armağanla, zekice bir konuşmayla, işyerindeki tutkulu mücadeleyle, bir övgüyle kısa fasılalı da olsa unutuşun tatlı sükûnetine kavuşabilse de, anılarla ve hayallerle kışkırtılmış, kendine ait özel bir belleği olan bedeni yatıştırabilecek, oyalayabilecek hiçbir şey yoktu, o, sadece, gerçekten arzuladığına ulaştığında sükûnet bulabiliyordu.

Aydan, Cem'i aramayacağına defalarca kendi kendine söz verse de, bedeninin isteği dayanılmaz bir acıya döndüğünde dayanamayıp telefona uzanıyordu ama bu telefonlara bir cevap çıkmıyordu. Uzun uzun zil sesini dinliyordu. Telefonun açılmaması onu çok üzüyordu. O zil sesinde bile garip bir tatmin, acıklı bir zevk buluyor, kimi zaman açılmayacağını bile bile dakikalarca o zil sesini içi acıyarak dinliyordu.

Halûk, bir sabah, ertesi gün Ankara'ya gitmek zorunda olduğunu söylediğinde, Aydan, zihniyle birlikte bütün bedeninin ayaklandığını, dayanılmaz bir isteğin nefes almasını zorlaştırdığını hissetti.

Cem'e yeniden dokunma arzusunun yanı sıra, onunla yeniden sevişip, kendisini ona hatırlatarak, ilişkiyi kurtarma ihtimali de onu Cem'i aramaya zorluyordu.

Telefonun açılmayacağını bile bile Cem'i aradı, telefon çalar çalmaz açıldı, karşıdan Cem'in sesini duyunca bir an öylesine şaşırıp heyecanlandı ki konuşamadı, Cem'in sabırsız 'aloları' onun telefonu kapatmak üzere olduğunu hissettiriyordu, zorlukla kendini toplayıp, "Nasılsın?" dedi.

Cem'in sesi her zamanki gibi yumuşak ve sevgi doluydu.

— İyiyim canım, sen nasılsın, seni çok özledim.

Aydan, sitem etmemeye kararlıydı, bunun Cem'i sıkmaktan başka bir işe yaramayacağını biliyordu, yine de kendini tutamadı, özlemin, özlediğine kavuşur kavuşmaz kızgınlığa dönüşmesine engel olamıyordu, aldırmaz bir tonla, şakalaşır gibi konuşmaya çalıştı:

— Sen böyle özlüyorsan, özlemediğin zaman ne yapıyorsun, 'ben öldüm beni aramayın' diye ilan veriyorsun herhalde gazetelere... Ne oldu, nerelerdesin, yönetim kurulu üyesi olduğunu mu hatırladın birden?

— Daha fenası canım, onlar benim yönetim kurulu üyesi olduğumu hatırladılar.

— Zaten çok zenginsin, ne yapacaksın bu kadar parayı?

— Çok haklısın, ben de babama öyle söyledim, "Harcayamayacağımız paraları kazanmak için ne diye kendimizi böyle harap ediyoruz," dedim ama galiba bu fikri sevmedi... İleri gitmeyen geri gidermiş, öyle dedi...

— Biraz daha zengin oldunuz mu bari?

— Galiba olduk canım... Son gördüğümde babam gülüyordu... Bu da biraz daha zengin olduk anlamına geliyor, babam başka türlü gülmez.... Galiba parayı oğlundan çok seviyor... Ne dersin, bu da iyi bir analiz konusu değil mi? Babası, parayı kendisinden daha çok sevdiği için üzülen çocuk...

Aydan, kendisi böyle acı çekerken Cem'in bu kadar neşeli ve alaycı konuşmasına dayanamayıp konuyu değiştirdi:

— Halûk yarın Ankara'ya gidiyor.

— Çok iyi... Geçen sefer yapamadığımızı bu sefer yapabilecek miyiz?

Cem gene bütün kibarlığıyla istekli olma yükünü Aydan'ın sırtından almıştı. "Bu sefer bunu yapabilecek miyiz?" diyerek bunu asıl kendisinin istediğini, hiç altını çizmeden, ona çok yakışan incelikli üslubuyla vurgulayarak, küçücük bir cümleyle rollerini değiştirip, çağıran taraf kendisi olmuştu.

Aydan bunu duyunca birdenbire ferahlamıştı ama bu, rolleri değişmelerinden, Cem'i kendisinin çağırmak zorunda kalmamasından değildi, o sırada buna aldırdığı bile yoktu, buluşacaklarını anlamasındandı sevinci.

— Eğer gerçekten istiyorsan yaparız.

— Tabii ki istiyorum... Kaçta geleyim?

— İki iyi mi senin için?

— İyi...

— Yarın aniden hatırlamak zorunda kalacağın bir toplantın yok değil mi, istersen bir defterine bak, ona göre ben de işimi ayarlayacağım çünkü.

— Hayır yok... Yarın para kazanmamaya karar verdik...

— İyi... Yarın görüşürüz o zaman.

Telefonu kapattıktan sonra son cümleleri çok soğuk bir sesle söylediğini fark etti, bir yabancı, sadece son iki cümleye göre ilişkilerini değerlendirseydi, bu kadının o erkekten hoşlanmadığını, sıkıldığını, buluşmak istemediğini bile düşünebilirdi.

Cem'den ve onun sesinden uzaktayken duyduğu özlem, onun sesini duyduğu anda elinde olmadan bir kızgınlığa dönüşüyor, kendisini bu kadar üzen insandan hesap sormak, onun da kendisi kadar acı çektiğini duymak, ona da acı çektirmek istiyordu. Bu duygusunu bir türlü denetim altına alamıyor, her seferinde onunla konuşmadan önce böyle şeyler söylememeye karar vermesine rağmen konuşmanın bir yerinde sanki bir başka insan, bir başka irade onun bilincini ele geçiriyor, onun yerine konuşmaya başlıyor, sesiyle ve sözleriyle Aydan'ı bile şaşırtıyordu.

Ertesi sabah, zaman geçmek bilmemişti. Sanki o korkunç heyecanı zamanın önünü tıkamış, onun ilerlemesini zorlaştırmış, dakikalar ve saniyeler, o heyecanın arasından, kayalıklara sıkışan büyük bir gemi gibi zorlukla, sürtünerek, ezilerek, yırtılarak geçmişlerdi.

Tıpkı ilk günlerdeki gibi heyecanlanmıştı, boğazına bir yumru oturmuş, heyecan bütün bedenini, hareketlerini uyuşturup sarsaklaştırmıştı, bir-iki kere masadaki telefonu, bardağı çarpıp yere düşürmüş, düşürdüklerini almakta bile zorlanmıştı.

Bedeni, arzudan ve heyecandan, ayaklanmış büyük bir kalabalık gibi zamanla ve çevresindeki eşyalarla çarpışıyordu sanki, sabırsızlık, bütün dünyayı ayağına bağlanmış dev bir demir ağırlık gibi görmesine neden oluyordu.

Heyecandan darmadağın olmuş zihnine, heyecanla uyuşmuş bedenine rağmen, o çok güçlü alışkanlıkları, içindeki ikinci bir benlik gibi emirler verip, dosyalar okuyup, telefonlarda konuşarak disiplinli bir kararlılıkla sorumluluklarını yerine getiriyordu, bir günde yapması gereken işlerin hepsini yarım güne sığdırıp her şeyi halletti. Bunları bu koşullar altında becermesinde, Cem'le buluştuğunda aklına takılacak hiçbir sorunun kalmaması isteğinin de büyük payı vardı.

İşlerini bitirdikten sonra, özellikle Hasan'a gözükmemek için aceleyle çıktı işten, bir de ona hesap vermek, yalan söylemek istemiyordu, niye Hasan'a hesap vermek zorunda olduğunu da bilmiyordu ama aralarındaki o garip ilişki Aydan'ın sürekli olarak ona da yalanlar söylemesine ve bunun için kendisine kızıp Hasan'dan sıkılmasına neden olu-

yordu.

Eve varınca, Hesna Hanım'ı, "Sen hadi bugün erken git, benim de başım ağrıyor yatacağım," diyerek gönderdi, onun eşyalarını toplamasını içi sıkılarak sabırsızlıkla bekledi, sonra panjurları kapattı ve bir koltuğa oturup sanki sabahtan beri ilk kez nefes alıyormuş gibi derin bir nefes aldı. Tahmininden daha erken gelmişti. Bir sigara içti. Acıkmıştı ama boğazındaki o tuhaf yumru soluk almasını zorlaştırdığı gibi yemek yemesini de zorlaştırıyordu, buna rağmen biraz meyve yedi.

Duşa girdi. Bir eliyle saçlarını toplayıp kaldırdı, suyun ensesine vurmasından hoşlanıyordu. Tazyikli suyun altında ağır ağır dönüyor, su bedeninin her yanına çarpıyordu, suyun altında, biraz sonra neler yapacaklarını düşünüyordu.

Duştan çıktıktan sonra saçlarını kuruttu, makyajını yaptı, çırılçıplak gardırobun önünde durup uzun uzun giysilerini inceledi, sonunda sahilde giydiği bol elbiseyi giymeye karar verdi, altına hiçbir şey giymedi. Elbise içini göstermiyordu ama bakan herkeste içini görüyormuş duygusu uyandırıyordu.

Son hazırlıklarını bitirip salona geçtiğinde kapı çalındı.

O ânı hiç unutamadı daha sonra, gerçekten kalbinin bu asabi çırpınıştan duracağını, oraya yıkılıp kalacağını sanmıştı; kendini toplamaya çalışarak gidip kapıyı açtı.

Cem içeri girince Aydan onun elinden tuttu, hiçbir şey söylemeden koridora doğru yürüdü, ne konuşmak, ne oturmak, ne bir şey içmek istiyordu, Cem onun bedenine birkaç dakika daha dokunmazsa buna dayanamayıp bayılacağını sanıyordu. Yatak odasında Cem'i kendi elleriyle soydu. Kendi elbisesini çıkarmadan onun çıplak vücuduna yaslanarak, elbisenin içindeki çıplaklığı hissetmesini bekledi, sonra üstünü çıkardı.

Yatakta Cem'e sarılmadı bile, onu omuzlarından bastırarak aşağıya doğru itti, bedeninin daha fazla bekleyecek sabrı kalmamıştı, birçok şeyi birden istiyordu. Cem'in yüzü bacaklarının arasında kaybolduğunda, oda gittikçe daha hızlı bir biçimde dönerek dünyadan, hayattan, evrenden, insanlardan uzaklaşmaya başlamıştı.

Çevresindeki her şey tanıdıktı. Yatağı, maun gardırobu, yatağın tam karşısındaki varak aynayı, aynanın önündeki rengârenk şişeleri, üstünde değişik dillerde yazılar olan yassı krem kutularını, sağ köşesinde geçen yıl üst katı su bastığında beliren minik kahverengi lekesi bulunan tavanı, yatağın bir kenarında tortop olmuş pikeyi, Paris'ten aldığı çarşafları, başucunda duran İngilizce kitaplarla dergileri tanıyordu ve bütün bunları Halûk'la tanıyordu, şimdi onun ve kocasının odasında, defalarca seviştikleri yatakta bir başka erkek vardı, bir başka erkek ona dokunuyor, onu heyecanlandırıyor, Halûk'un hiçbir zaman yapmaya kıyamayacağı haşin hareketlerle canını yakıyor, onu korkutuyordu.

Bütün bunların merkezinde kendisi bulunuyordu. O oda ve bütün dünya onun çevresinde dönüyordu.

Seviştikleri süre içinde o odadan ve hayatından Halûk'u çıkarmış, yerine Cem'i koymuştu, iki erkek de farkında değillerdi ama Aydan için orada onların rolleri değişmişti, biri kendisine ait olduğunu sandığı bir hayattan sürülmüş, öbürü kendisiyle hiçbir ilgisi olmadığını sandığı bir hayatın içine, merkezine yerleştirilmişti. O odada seviştikleri süre içinde

Cem'i kendi kocalığına almış, onunla evlenmiş, onunla bütün günahları bağışlatan kutsal bir ilişki kurmuş, bütün bir hayatı, kısacık bir zaman için de olsa, yeniden düzenlemiş, kendi hayatının ve hayatındaki erkeklerin tanrıçası olmuştu.

Bu kadar yerleşik, bildik, güvenli bir yerde böylesine büyük bir heyecan yaşamak, evliliğin kutsallığına günahı almak, günahın ayartıcılığına evliliğin güvencesini katmak, her şeyin içinde bulunduğu yeni bir hayatı kurmak, bu hayata istediklerini sokup istediklerini çıkartmak, ona büyük bir güç ve haz veriyordu.

Günah ya da suçluluk duygusu yoktu, bunlar onun hissettiklerinin yanında çok küçük, çok anlamsız kalıyorlardı, şaşırtıcı bir biçimde belki de ilk kez Cem'le hiçbir suçluluk duymadan sevişiyor, sevişmenin o olağanüstü heyecanını büyük bir sükûnetin içinde bütünüyle hissediyordu, Cem'in yanında bu sükûneti hissetmekten çok hoşnuttu. Sevişmeye ara verdiklerinde çırılçıplak kalkıp, kendi evinde, kendi mutfağına gidiyor, kendi buzdolabından çıkardığı içkileri, kendi dolabından aldığı bardaklara koyuyor, bunları kendi erkeğine ikram ediyordu. İçindeki o sükûnetin sınırları ise, bütün hayata, bütün insanlara meydan okumanın, onların kurallarını parçalamanın iç kamaştırıcı zevkiyle ışıklanıyor, bütün duygular ışıklar içinde kat kat birbirlerine sarılıp zenginleşiyordu.

Bir mola sırasında, yanında yatan Cem'in bedenini, bir yere vurduğu kolunun o çarpma geçtiği halde o çarpmayı hâlâ hissetmesi gibi içinde hissederek yatarken, "Buraya gene gelmelisin," dedi.

Cem dirseğinin üstünde doğrulup ona baktı:

— Buraya bir gece sizin evdekiler uyurken geleceğim, dedi.

Aydan, keskin bir heyecan duydu, sanki damarlarında dolaşan kan yakıcı bir asite dönüşmüş, bütün bedenini dillerinin ucunda elektrik olan milyonlarca karınca istila etmişti. Aklı bu ürkütücü teklife 'hayır' derken, her seferinde biraz daha fazla heyecan isteyen bedeni 'evet' diyordu, Aydan bedeninin sözünü dinledi.

— Geleceğin zamanı söyle Selin'i anneme gönderirim, dedi. Selin varken olmaz.

— Haftaya bir gece gelirim.

Akşama doğru Cem'i uğurlarken bedeni huzura kavuşmuştu ama hayal gücü Cem'in önerisiyle çıldırmıştı. Böyle bir şey yapacağını düşündüğü anda elleri korkudan uyuşuyor, hayal gücü ise binbir çılgın hayal yaratıyordu.

Sabırsız ve huzursuzdu, bu huzursuzluk ona yaşadığını, var olduğunu her şeyden daha fazla hissettiriyordu.

XIII

Erken yağmurlar başlamıştı, içine sarılarla siyahların karıştığı kızıl akşamüstleri, aniden çöken karanlıklarla gelen uzun gecelere yerlerini bırakıyorlardı; sokaklarda yakılan kuru yaprakların kekremsi kokusu serinleyen havalara incecik bir keder, yalnızlaşan ruhlara duman ve yağmur kokan nedensiz bir hüzün katıyordu.

İnsanlara, onların duygularına, seslerine, tutkularına, işteki mücadelelerine, şikâyetlerine yabancılaşıp uzaklaşan, yaşanan her şeyde bir yalan, bir sahtekârlık gören Aydan, garip bir biçimde doğanın her kıpırtısına karşı duyarlılaşmıştı; dalından usul usul süzülerek düşen bir yaprak, birden bastıran yağmur, neşeli maviliğini kaybedip grileşen deniz, köşebaşlarında beliren kestanecilerin önlerindeki mangalların delikli kapaklarına dizilmiş çatlak kabuklu altın rengi kestanelerin kokusu, bunlarla hiç ilgisi olmayan anılarını anlaşılmaz bir biçimde canlandırıyor, ona hem bir zamanlar yaşadığı şenliği, hem de terk edilmişliği hatırlatıyordu.

Bankanın koridorlarında, evin odalarında, ıslak

sokaklarda, çaresiz bir hastalığa tutulduğunu biraz önce öğrenmiş bir insanın, başına gelene inanamayan şaşkınlığı ve acısıyla dolaşıyordu. Ölüme yaklaşan hastaların derin bakışlarıyla bir yandan umutsuzca hayata tutunmaya çalışıyor, bir yandan da hayata ve insanlara ait her şeyi küçümseyip, kendi acısını ve şimdiki acıya neden olan bir zamanki heyecanını ve neşesini yüceltiyordu.

Hayatında belki de ilk kez, sahip olduğu her şeyden vazgeçmeye hazır olduğunu hissediyordu. O günlerde Cem onu arayıp 'gel, birlikte olalım' deseydi, evini, işini, sevdiklerini, servetini, geleceğini, umutlarını hiç düşünmeden bırakır giderdi, elindekilerin hiçbiri ona kaybettiğinden daha değerli gözükmüyordu ama daha sonraları düşündüğünde, "Belki de Cem beni aramadığı için öyle hissediyordum, arasaydı belki gitmezdim," diye aklından geçirmişti.

O sıkıntılı günlerde Halûk'un başhekimlik seçimleri de yaklaşmıştı, evde sadece bu konuyu konuşuyor, başka bir konuyla ilgilenmiyor, Aydan'ın halini, üzüntüsünü, kendisini terk edebileceğini fark etmiyor, Aydan'ı konuşmalarıyla sıkıp öfkelendiriyordu.

Herhangi bir yerde bir süreden fazla kalamayan, işte bile odadan odaya dolaşan, sık sık müşterilerle görüşmek için dışarı çıkan Aydan, akşamları eve kapanmaya ve Halûk'un konuşmalarını dinlemeye katlanamıyordu. Evden kurtulabilmek için, "Siteye bir çiçek serası yapalım, bir köşesine de küçük bir kafe yaparız," diye bir fikir atmıştı ortaya, öbür kadınların da desteğini aldıktan sonra geceleri eve gelince hemen öbür komşuları dolaşmaya başlıyor, komiteler kuruyor, hiçbir yerde uzun süre durmuyor, o evden o eve dolaşıyordu ama bu fikrini

Cem'i arayıp söylemiyordu. Onun bir şey söylemese de yüzünden hınzır bir gülümseme geçeceğini biliyordu, çünkü bu sera fikri hem evden kurtulmaya yarıyordu, hem de yeniden Cem'i daha sık görmesine fırsat verme olasılığını taşıyordu.

Bir akşam site turundan döndüğünde Halûk salonda oturuyordu. Dışarda şiddetli bir yağmur yağıyordu. Binaya girerken Cem'in ışığının yandığını görmüş, içerde bir kadın olup olmadığını merak etmişti. Bir yanı bunu merak ederken bir yanı da içerde bir kadın olduğundan emindi; bunu öyle uzun zamandır düşünüp, bunun için öyle uzun zamandır acı çekiyordu ki, böyle anlık kuşkular kızdırılmış bir şiş gibi içini deliyor, sonra çekiliyor ve o ani sancı yerini, o tür ani üzüntülerden çok daha güçlü ve yıkıcı olan geniş bir acıya bırakıyordu. Bu büyük acının görünür, belli bir nedeni yoktu, zehirli bir duman gibi hayatının her parçasına sızmıştı; ani üzüntüler ve ani sevinçlerle zaman zaman dalgalansa da sonra ağır ve karşı konulmaz bir kararlılıkla yeniden hayatını kaplıyordu.

Kuşkuları, kıskançlıkları, ani üzüntüleri giderecek sözler, davranışlar, sevişmeler bulunabilirdi ama bu yerleşik ve büyük acı, nedeni açıkça belli olmadığından bir teselli ihtimali de taşımıyordu. İri gözenekli dev bir sünger gibi çevredeki her acı damlasını, bu acı kendisine ait olmadığında bile, emip büyüyordu, kuruyan yapraklar, yağmurlar, uzayan geceler, sonbaharın serinliği bu acıya katılıyordu. Başladığı noktadan itibaren o kadar değişik duyguyu, gerçeği, olayı emip içine almış, her seferinde biraz daha biçim değiştirip büyümüştü ki artık o acının nedeni ortadan kalksa bile acı ortadan kalkmayacak gibiydi.

Bu geniş acının ortasında parlak bir kılıç gibi Cem'in önerisi yatıyordu. Aydan, o çılgınlığı yaşamak, heyecandan uyuşmak, soluksuz kalmak için bekliyordu; acısını yatıştıran, en azından bir süreliğine unutturan tek şey o korkunç heyecandı. Kor haline gelmiş demir bir mil gibiydi heyecan, o gözlerine yaklaştığında kör oluyor, o heyecandan başka hiçbir şeyi hissetmiyordu.

Yağmurluğunu çıkartıp Halûk'un karşısına oturdu.

— Nerde kaldın?

— Konuşma biraz uzun sürdü.

Halûk'un, cevabını dinlemediğini fark etti, laf olsun diye sormuştu, nerede kaldığıyla ilgilenmiyordu.

— Öbürsü gün başhekimi seçecekler.

— Seni seçerler herhalde.

— Beni seçmez onlar, benim gibi birini istemezler.

— Niye istemesinler?

Aydan aslında bu konuyu konuşmak bile istemiyordu ama Halûk kırılmasın diye kısa cevaplarla sıkıntısını saklamaya çalışıyordu.

— Dürüst adam istemezler bunlar.

— O kardiyolog da dürüst bir adam...

— Kendi dürüsttür ama başkalarının sahtekârlıklarına, tüccarlıklarına ses çıkarmaz... Belkemiği biraz yumuşaktır onun.

— Halûk, o adamın düzgün biri olduğunu bana sen söylemiştin, şimdi böyle konuşman çok da hoş değil.

Halûk birden yaptığından utandı ama utandığını, hata yaptığını söyleyebilecek biri değildi.

— Sen zaten baştan beri benim başhekim olmamı istemiyorsun.

— Sen niye bu kadar istiyorsun? Ne olacak başhekim olunca, başın göğe mi erecek, daha mı iyi doktor olacaksın? Bunlar önemli şeyler değil, daha önemli şeyler var hayatta.

— Sen anlamıyorsun...

Aydan başını eline dayayıp içini çekti.

— Bence asıl sen anlamıyorsun... Sen hiçbir şeyi anlamıyorsun...

Halûk, olağanüstü yeteneğiyle karşılaştırıldığında çok anlamsız gözüken küçük tutkularıyla, karısının yaşadıklarını, kendisinden kopmak üzere olduğunu bile anlayamayan duyarsızlığıyla, birlikte yaşadığı, seviştiği, sevdiği kadının sesindeki değişimlere karşı sağırlığıyla, onun davranışlarını görmeyen körlüğüyle ve bütün bunlara yol açan, karısına olan kayıtsız güveninden kaynaklanan aldırmazlığıyla Aydan'ı gerçekten üzüyordu. Genç kadın 'bana bak, bana bak' diye bağırmak istiyordu, 'ben senin yüzünden başka bir erkeği özlüyorum'.

Aydan, yaşadıklarının asıl nedeni olarak Halûk'u görüyor, içten içe onu suçluyordu ama bir yanıyla da onu aldattığını, her şeye rağmen onun aldatılmayı hak etmediğini düşünüyor, çok sinirlendiğinde bile kavgayı fazla uzatamıyor, ona istediği gibi bağırıp kızgınlığını boşaltamıyordu. Kızgınlıklarıyla, kızgınlıklarını yansıtma biçimi arasında bir boşluk, hatta bir uçurum oluşuyordu.

Bir yanı acıma, suçluluk ve şefkat duyuyor, bir yanı ise öfke nöbetleri geçiriyordu. Bu iki duygu arasında ruhu çatlıyor, hayatındaki bölünmüşlüklerine biri daha ekleniyordu. Gerçek duygularını Halûk'a hiçbir zaman söyleyemiyordu. Bu da, aralarındaki, Halûk'un hiç fark edemediği yabancılığı artırıyordu.

Aydan, "Ben yatacağım," diyerek kalkarken, Halûk,

— Sen genel müdür olmak isteseydin ben elimden geldiğince desteklerdim seni, dedi.

Aydan kalkmak üzere olduğu koltuğa yeniden oturup uzun uzun Halûk'a baktı.

— Biliyorum Halûkcuğum, desteklerdin... Ama durumumuz aynı değil ki. Benim senin gibi özel bir yeteneğim yok, ben insanların verdiği sıfatlara muhtaç olanlardanım... Senin böyle şeylere hiç ihtiyacın yok... Sen insanlara muhtaç değilsin, insanlar sana muhtaç... Sen özel yaratılmış insanlardansın, niye bunun değerini bilmiyorsun, niye o kahrolasıca ameliyathanende durduğun gibi, bir tanrı gibi durmuyorsun şu hayatın içinde...

Son cümlelerde sesi aniden yükselen Aydan, durup kırık bir sesle ekledi:

— O zaman her şey o kadar farklı olurdu ki...

Halûk, birden oturduğu yerde dikleşti, uzaktaki bir şeyi görmeye çalışır gibi dikkatle baktı Aydan'a.

— Nasıl daha farklı olurdu?

— Daha farklı olurdu işte...

— Nasıl?

Aydan, Halûk'u kuşkulandırdığını, huzursuz ettiğini fark etmişti.

— Bilmiyorum.

— Memnun değil misin hayatımızdan, neyimiz eksik? Bak güzel bir çocuğumuz, iyi bir hayatımız var. Neyin daha değişik olmasını istiyorsun... Mutlu değil misin?

Birbirlerine baktılar, Halûk şefkatle sordu:

— Mutlu değil misin Aydan?

Aydan kalkıp Halûk'un yanına gitti, karşısında durup, onun başını tutarak karnına bastırdı.

— Mutluyum.

Halûk başını kaldırıp Aydan'a baktı.

— Niye ağlıyorsun peki?

Aydan, Halûk'un başını daha da bastırdı karnına, ağladığını görmesini istemiyordu.

— Bilmiyorum canım... Sinirlerim bozuk herhalde.

— Başhekim olmak istemem seni bu kadar mı üzüyor?

Aydan gülmeye başladı.

— Ah, sen bir çocuksun biliyor musun... Hayır, başhekim olmak istemene üzülmüyorum canım, seni mutlu edecekse ol... Sen bana aldırma... İnşallah olursun ama olmazsan da boş ver, üzülme... Hadi gel yatalım...

Ertesi sabah uyandıklarında, Aydan, Halûk'un başhekim olamayacağını, nedenini bilmeden, tıpkı Hasan'ın genel müdür olamayacağını hissetmesi gibi hissetmişti; onlarda bu tür makamları ele geçirmelerini engelleyen bir eksiklik vardı, buna karşılık kendisinin zamanı geldiğinde genel müdür olacağını biliyordu, o iki erkekte bulunmayan onda bulunuyordu. Bunun ne olduğunu düşündü ama bulamadı.

İşe gittiğinde, Halûk'u da, başhekimliği de düşünmekten vazgeçmişti. Cem'in kendisini niye aramadığını merak ediyordu. Son konuşmalarında, Cem'e, "Sen ne zaman gelmek istersen haber ver," demişti ama Cem'den ses çıkmıyordu. "Acaba yanlış mı hatırlıyorum?" diye aklından geçirdi. "Ben mi arayacaktım yoksa?.. Benim aramamı mı bekliyor acaba?"

Cem'in hem aramasını, hem de bu günlerde aramamasını istiyordu, Halûk'un başhekimliği kazandığı ya da kaybettiği günde, hangisi olursa olsun, onun için önemli olacak bir günde Cem'in gelmesini istemiyordu. Ama çalan her telefona da belki Cem'dir diye heyecanla uzanıyordu.

Bu ikilemlerden yorulmuştu, hayatı öyle bir parçalanmıştı ki artık her şey birden çok duyguya ve isteğe yol açıyor, genellikle de istekleri birbiriyle çelişiyordu.

Bütün bu duygusal karmaşaya karşın işlerini o disiplinli alışkanlığıyla aksatmadan yürütüyordu, belki unuturum diye yapacağı her işi artık bir kâğıda yazıp masasına yapıştırmaya başlamıştı, unutabileceğini biliyordu.

Başhekimin seçileceği gün, Halûk'u sabahleyin kendisi giydirdi, kravatını kendisi bağladı.

— Çok yakışıklı oldun, bu elbise sana çok yakışıyor.

Onu öpüp yolcu etti.

— İyi şanslar canım, inşallah kazanırsın ama kaybedersen de hiç üzülme...

O gün, Halûk'un kazanmasını istediğini fark etti, telefonlara Halûk'un sesini duymayı bekleyerek cevap veriyordu, kazanırsa kendini arayacağından emindi.

Akşam eve giderken, Halûk'un en sevdiği mezelerden aldı, Selin'le birlikte masayı hazırladı.

Halûk kapıdan girdiğinde yüzüne bakar bakmaz kaybettiğini anladı.

Halûk masaya bir göz atmış, sonra da gülümsemeye çalışarak yüzünü buruşturmuştu.

— Beni seçmediler...

— Olsun canım... Onlar kaybettiler.

Selin'i yatırdıktan sonra sofraya oturdular, masada Halûk'u neşelendirmeye çalıştı, ona içki verdi ama Halûk neşesizdi, kendisini yenilmiş hissediyordu.

— Niye beni seçmediler sence?

— Sen onlar için fazla iyisin.

Halûk, yenilgiyle birlikte eski sağduyusuna kavuşmuş gibiydi, gerçek olmayan avutmaları kabul etmiyordu.

— Yok, iyi olduğum için kaybetmiş olamam... Bir eksiklik görmüş olmalılar..

— Canım sen de söylüyordun ya, onlar dürüst adam istemezler diye.

Halûk bu sefer gerçekten gülmüştü.

— Sen de bunun doğru olmadığını söylemiştin.

— Ben onu o sinirle söyledim...

— Bende bir eksiklik görmüş olmalılar... Bende bir eksiklik var herhalde... Hepsi birden yanılmış olamaz...

— Seni kıskanmışlardır.

— Hayır canım, yeni başhekim de çok parlak bir adam... Kıskançlık olamaz... Neyse... Senin istediğin oldu bak, yeniden ameliyathaneme döneceğim, anladığım kadarıyla da zaten oradan çıkmama kimse izin vermeyecek... Niye bunu bu kadar çok istedim acaba? Biliyor musun, galiba sana kendimi beğendirmek istedim.

— Canım ben seni zaten çok beğeniyorum.

— Beğenmiyorsun canım, ben biliyorum... Sen bazen benim bir çocuk olduğumu, hatta aptal olduğumu düşünürsün ama sandığın kadar aptal değilim... Sen de beni onlar gibi yalnızca ameliyathanede beğeniyorsun, ameliyathanenin dışında kimse beni beğenmiyor... Kimse...

Aydan, çok uzun zamandan beri ilk kez kocasına aşka benzer bir yakınlık ve sevgi duydu; onun kendisini böylesine açması, duygularını böylesine açık yüreklilikle kendisiyle paylaşması onu çok duygulandırmıştı.

— Deli misin, ben sana bayılıyorum, yeteneklerine tapıyorum.

Halûk, hiç inanmadığını belirten bir biçimde alaycı alaycı başını salladı.

— Tabii bayılıyorsun canım... Beyninde bir bozukluk olsa bana gelirsin, onu benden iyi düzeltecek kimse yok, beni başhekim seçmeyenlerin de beyinlerinde bir bozukluk olursa onlar da bana gelirler... Ama farkında mısın, beni yalnızca beyninde sorun olanlar tercih ediyor, beyni düzgün işleyenler beni tercih etmiyor...

— Saçmalama, ben seninle evlendim...

— Ama şimdi pek hoşnut değilsin, geçen gün, her şey daha farklı olur, diyordun, bir şeylerin farklı olmasını istiyorsun...

Aydan uzanıp elini tuttu.

— Nereden çıkartıyorsun bunları... Hadi gel bir film izleyelim...

— Film mi izlemek istiyorsun?

— İstersen dışarı çıkalım canım, anneme telefon edeyim, o gelip Selin'le kalsın, biz bir yerlere gidelim.

— Bir yere gidecek halim yok doğrusu... Hadi bir film seyredelim... Ama bu akşam senin filmlerden seyredelim, renkli olanlardan...

Televizyonda bir film bulup, yan yana oturup seyrettiler.

Halûk'un çok da istekli olmamasına rağmen Aydan onu yatakta çeşitli oyunlarla azdırdı, onunla sevişti, onu mutlu edebilmek için yatakta Halûk'la yapabileceği her şeyi yaptı, ona o gece aşka benzer bir şeyler hissetmesine, kendisine çok yakın bulmasına, şefkat duymasına rağmen kocasını mutlu etmek için bedeninden başka ona verebileceği bir şeyi bulunmadığını biliyordu çünkü. İsteğine de ulaştı, Halûk mutlu bir gülümsemeyle daldı uykuya.

Ondan sonraki günlerde evde çok ağır bir hava vardı, Halûk üzüntülüydü ve üzüntüsü de kolayca geçecek gibi değildi, Aydan da gergin ve sıkıntılıydı, ikisi de kendi sıkıntılarının içine çekilmişlerdi, sadece Selin yanlarında olduğunda konuşuyorlar, küçük kızın üzüntülerini anlamaması için gülüyorlar, o odasına gider gitmez susuyorlardı. Halûk'un başhekimliği kaybettiği gece yaşadıklarına benzer bir yakınlığı bir daha yaşamadılar; o gece, iki insanın acısı iki çakmaktaşı gibi birbirine çarpmış ve bir kıvılcım çıkmıştı, ama bu bir ateşe dönüşmemişti, zaten artık ateşe dönüşecek bir şey de yoktu aralarında.

Aydan günlerce, geceleri sitenin dairelerini gezip dönüşte Cem'in ışığına bakarak, Cem'in telefonunu bekledi; yaşanacak olan gecenin hayali, üstünde parlak kırmızı taşlar bulunan üç kancalı kaşık oltaları gibi bütün parlaklığıyla takılmıştı ruhuna, neler yaşanacağını defalarca aklından geçiriyor, her seferinde heyecandan nefesi kesiliyor, o yumru gelip boğazına yerleşiyordu; Cem'e duyduğu özlem bile fiziksel sarsıntılarla çıkıyordu ortaya.

Sonunda dayanamayıp telefona uzandı. Telefonun açılmayacağını, üzüntüsünün daha da artacağını düşünüyordu, buna rağmen kendisine engel olamadı.

Telefon ikinci çalışta açıldı. Aydan'ın sesini duyan Cem sevinçle, uzun zamandır bu telefonu beklermiş gibi, "Nerelerdesin sen?" dedi.

Aydan bir an şaşkınlıkla sustu.

— Sen beni arayacaktın, öyle konuşmuştuk.

— Öyle mi? Ben de sen arayacaksın sanıyordum.

Aydan içini çekti.

— Sahtekârsın sen, değil mi?

Cem, onun saldırganlığı ile dalga geçerek,

— Ben de seni özledim canım, dedi.

— Gelecek misin konuştuğumuz gibi, yoksa plan değişti mi?

— Tabii ki geleceğim, sen bana zamanını söyle... Sen ne zaman istersen ben gelirim.

Aydan, 'bu gece' demek istedi ama tuttu kendini.

— Yarın gece sana uygun mu?

— Uygun... Biliyor musun, yarını zor bekleyeceğim.

— Zor bekleyeceğin aramamandan belli.. Neyse... Nasıl yapacağız?

— Kaçta uyur Halûk?

— Sabahları erkenden ameliyata gittiği için on ikiden önce mutlaka uyur.

— Kaçta geleyim peki?

— Birde gel o zaman... Ben saat tam birde kapıyı açacağım...

Aydan, yapmaya karar verdiği şeyi yapıyor oluğuna inanamıyordu; bu, öbür sevişmeler gibi değildi, olağanüstü büyük bir tehlike taşıyordu, yakalanırsa inkâr etmesine bile imkân yoktu, bütün hayatı, geleceği, ailesi mahvolacaktı, kendisine hak verecek, yaptığını anlayışla karşılayacak, kendisi de dahil kimse bulunmayacaktı, bütün sevdikleri üzülecekti ama daha olacakları düşündüğünde bile artık ona bir tür zevk veren o büyük korkuyla birlikte öyle bir heyecan duyuyordu ki diğer bütün kaygılar önemsizleşiyordu.

Bunu Cem'den başka bir erkekle yapamazdı.

Cem yapılacak olanı ayıp ya da günah bulmuyordu, böyle bir şey yaptığı için Aydan'ı ayıplamayacak belki de tek insan oydu, her şey gibi bu da bir oyundu onun için ve onun bunu bir oyun gibi algılaması Aydan'ın da gerçeklerden uzaklaşıp, yapacağını bir oyun gibi görmesine neden oluyor, taşıdığı kaygıları yok etmiyorsa da ağırlığını epey azaltıyordu. İşlemeye hazırlandığı bu büyük suçta, en azından suç ortağına güveni tamdı, ilerde bu yüzden kendisini küçümsemeyecek, kabahati onun üzerine atmayacak, onu bu suçla yalnız başına bırakmayacaktı, bütün güvenilmezliğine karşın bu konudaki eşine az rastlanır güvenilirliği belki de onu bu kadar değerli ve eşsiz kılıyordu Aydan'ın gözünde.

O gece, aslında bu büyük heyecanın asıl nedenini yaratan o olduğu halde Halûk ona bir yük gibi görünüyor, uyuyacağını bilmesine rağmen ya uyumazsa diye kaygılanıyordu; içi kasılarak onun yatmasını bekliyordu.

Halûk, "Ben yatıyorum," dediğinde bir an sesinin kendisini ele vereceğinden korkmuş ama her zamanki gibi sakin bir sesle, "Peki canım, sen yat, ben de birazdan gelirim," demişti.

Halûk yattıktan sonra ne giyeceğini düşünmüş, önce ince, kısa bir gecelik giymeyi aklından geçirmiş, sonra soğuk gecelerde giydiği, kalın geceliğini giymeye karar vermişti; bu, Halûk'un evde olduğunu, içerde uyuduğunu ona daha çok hatırlatacaktı.

Saat bire yaklaştığında yatak odasının kapısına gidip Halûk'a baktı, sakin bir şekilde uyuyordu, odanın kapısını usulca çekti, Halûk uyanırsa kuşkulanmasın diye tam kapatmadı, minicik bir aralık bıraktı. Evdeki bütün ışıkları söndürdü.

Tam birde gidip, ses çıkarmamaya çalışarak kapıyı yavaşça açtı. Kapıyı açarken üst katta duran asansörün sesini duydu, Cem, bir kat yukarda inmişti ama apartmanın ışığını yakmamıştı, sonra merdivenlerden gelen hafif ayak sesini dinledi, ayak sesleri kapının dibine geldiğinde kapıyı araladı. Karanlıkta Cem'in yüzünü seçemiyor, sadece kapının önüne bir karaltı görüyordu.

Cem'in elinden tuttu.

Kalbinin çarpışını, göğsünde, karnında, kasıklarında, topuklarında hissediyordu; sanki ağır bir çekiçle vuruyorlarmış gibi bedeninin her noktasında hırpalayıcı bir sertlikle çarpıyordu kalbi.

Nerde sevişeceklerine sabahtan karar vermişti.

Cem'i elinden çekerek, mutfağın yanındaki, ütü tahtasının, çamaşır leğenlerinin, eski abajurların durduğu küçük ütü odasına götürdü, orada, alçak, dar bir sedir vardı, ona pek kimse oturmaz, ütü yapılırken çamaşırlar leğenle birlikte o sedirin üstüne konurdu.

Oda simsiyahtı. Eşyalar karaltılar halinde fark ediliyordu.

Belli belirsiz bir ıslak çamaşır kokusu hissediliyordu.

Sedire oturup geceliğini sıyırdı.

Cem de soyunmadı, sadece pantolonunu çözüp, ayak bileklerine indirdi.

Sedirin önüne diz çöktü.

O zifiri karanlığın içinde Aydan'ın kalçalarının, kasıklarının beyazlığı belli belirsiz parlıyordu.

Cem iki kolunu Aydan'ın bacaklarının altından geçirip bacaklarını kaldırdı, Aydan beklediği sertliğin önce yolunu arar gibi kasıklarına değdiğini, sonra içine girdiğini hissedip kendini geri vererek, dirseklerini sedire dayadı.

Cem, içinde gidip gelirken yalnızca soluk seslerini duyuyorlar, bir yandan da evdeki sesleri dinliyorlardı.

Korkudan ruhu parçalanıyor, bedeni sanki zerrelerine ayrılıp ateş tozları gibi karanlık bir kâinatın sonsuzluğuna savruluyordu. Hayatının en büyük suçunu işliyor, bu suçun kendisine bağışladığı o korkunç haz karşılığında bütün varlığını kurban etmeye hazır olduğunu hissediyordu.

Aydan hayatında ne böyle bir zevk ne de böyle bir heyecan duymuştu, sanki eti bir yandan cehennemin en korkunç ateşlerinde yanarken bir yandan da milyonlarca yıllık buzulların içine yatırılıyordu, en kavurucu sıcağı ve en dondurucu soğuğu aynı anda hissediyor, bütün bedeni bir nöbet geçirir gibi seğiriyordu.

Sevişmeleri, eğer buna bir sevişme denirse, bir dakikadan az sürdü.

Ama Aydan hayatındaki bu en kısa sevişmede bütün sevişmelerden daha fazla zevk alarak, bağırmamak için dişlerini kendi etine geçirerek, gökyüzünün en üstünden o kızıl uçurumun içine aktı.

Cem kalkıp hiçbir şey söylemeden pantolonunu çekti.

Geldiği gibi sessizce kapıdan çıkıp gitti.

Aydan, yatak odasının kapısından Halûk'a baktı, uyuyordu.

Salona geçip bir sigara yaktı.

Bedeni belli aralıklarla titremeyi sürdürüyor, içinden sıcak bir şeyler boşalmaya devam ediyordu.

Yaptığına inanmakta güçlük çekiyordu ama bunun için en küçük bir pişmanlık duymuyordu; ne karşılığında olursa olsun bunu yaşamaktan vazgeçmeyeceğini anlıyordu.

XIV

Belleğine kaydettiğini bile bilmediği, bir kere bile hatırlamadığı o cümle birden aklına niye gelmişti, nereden gelmişti anlayamamıştı ama günlerce ve günlerce o basit, sade, sıradan cümle, kime ait olduğunu kestiremediği kederli bir ses tarafından içinde bir yerlerde tekrarlanıp durmuştu:

"Bu yıl kış erken geldi."

Yeşil koruların arasına gizlenmiş, duvarları sarmaşıklarla kaplı okulun en sevilen hocalarından Mr. Boyle, yazarın, bunu söyleyen adamın ruh halini bu cümleyle nasıl iyi ortaya çıkardığını, sadece bu tek cümleyle kahramanının umutsuz kederini yansıtabildiğini bir ders boyunca uzun uzun anlatmıştı. Aydan, o zaman, öbür kızların çoğu gibi Mr. Boyle'un Oxford aksanının hakkını veren derin sesini dinleyip, erken yaşta çizgilenmiş yakışıklı yüzünü seyretmiş, söylediklerine pek aldırmamıştı. Zaten, sınıftaki öbür kızların aksine edebiyatla arası hiçbir zaman iyi olmamıştı, o, fen derslerinin parlak öğrencisiydi, belki de kimya dersini edebiyattan fazla seven tek öğrenciydi sınıfta.

Bir keresinde, konuşurlarken, onun Balzac'ın hiçbir kitabını okumadığını, şimdi de sadece İngilizce macera kitaplarını okuduğunu öğrenen Cem, onunla alay etmişti:

— Sen, kazandığın onca parayı, bu cehaletle nasıl harcayacaksın?

— Ne ilgisi var?

Cem, ihtiyar bir adamın sesini taklit ederek, "Kızım," demişti, "para kazanmak için kültüre ihtiyaç yoktur, hatta belki para kazanabilmek için cehalet bir avantajdır ama para harcayabilmek için kültür gerekir."

Bilgisizliğiyle alay edilmesine alınan Aydan hemen karşı saldırıya geçmişti:

— Yani baban cahil ve para kazanıyor, sen kültürlüsün para harcıyorsun, öyle mi?

Cem, omuzlarını silkmişti.

— Cahil olan dedemdi.

Aydan bu konuşmadan sonra gidip hemen Balzac'ın kitaplarını almış, gene de hiçbirini okuyacak zaman bulamamıştı.

Şimdi ise, Allah bilir hangi kişisel çalkalanmaların İstanbul'a savurduğu, Rus edebiyatına hayran bir İngiliz hocanın yıllarca önce bir kitaptan okuduğu bir satırı kederle hatırlıyordu:

"Bu yıl kış erken geldi."

Aslında henüz kış gelmemişti ama Aydan kışı hissediyordu.

Günlerden beri gökyüzünü kaplayan inatçı kara bulutlar şehri hiç bitmeyen bir alacakaranlığın içine alıp zamanı donduruyor, ne sabah, ne öğlen, ne de akşamüstü oluyor, sanki hiç kıpırdamayan tek bir zamanın içinde insanlar mahpus kalıyordu, ayaz rüzgârların insanları kovduğu boş sokaklarda, yapraklarını dökmüş ağaçlar titrek ve yalnız ölüler gibi soğuğu artırıyorlardı. Her yanda bir kasvet vardı. Sanki bu bitmeyen alacakaranlığın içinde hayatın kendisi de zamanını kaybedip ölmüştü. Her şey Aydan'a yok oluşu ve ölümü hatırlatıyordu.

O inanılmaz gecenin heyecanını günlerce içinde taşımış, hatırladıkça aynı kalp çarpıntılarını ve titremeleri yaşamıştı. Bu yekpare alacakaranlığı, ölümü andıran ayazı kırabilmesi, yeniden neşelenebilmesi, gülebilmesi, bu terk edilmişlik duygusundan kurtulabilmesi için o heyecanı yeniden yaşaması, var olduğunu yeniden o titremelerle hatırlaması gerekiyordu.

Cem her zamanki gibi aramıyordu. Telefonları cevap vermiyordu. Geceleri eve dönerken Cem'in evindeki ışığı görüyor, o ışık, cevapsız telefonlar kadar içini yakıyordu. Bir-iki kere, gizlice içeri gidip telefonla Cem'i aramıştı ama ışığı yanmasına rağmen cevap vermemişti.

Sonunda, güneşin hafifçe göründüğü bir gün, Aydan umutsuzca telefonu çevirdiğinde telefon açılmıştı.

Aydan her zamanki gibi adını söylemeden, "Merhaba!" demişti.

Karşı tarafta bir sessizlik olmuş, Cem bir-iki saniye sanki arayanın sesini tanımak ister gibi susmuştu.

— Sesimi unuttun galiba... E, o kadar uzun zaman oldu ki haklısın, unutulur...

Cem her zamanki gibi kibardı ama sesinde bir uzaklık olduğunu Aydan fark etti.

— Özür dilerim canım, dalgındım, birden çıkartamadım..

Aydan yeniden Cem'i görmek için öyle büyük

bir istek duyuyordu ki bunu gerçekleştirebilmek, yeniden buluşacaklarını duyabilmek için kızgın bir sesle, azarlar gibi konuştu:

— Sen benimle görüşmek istemiyor musun? Bunun için bunlara gerek yok ki, görüşmek istemiyorum de, bitsin bu iş.

— Görüşmek istemez olur muyum, bunu da nereden çıkartıyorsun? Sadece işlerim çok fazla bu günlerde...

— Aman Cem, senin ne işin olacak... Baban söylese neyse de senin böyle şeyler söylemen biraz tuhaf oluyor... Sen kültürlü olansın, paraları harcayan yani...

— Sen bana kızgın mısın?

— Hayır, sadece seni gece evine alan bir kadınla artık buluşmak istemediğini, öbür erkeklerin içindeki o aşağılık yanın sende de ortaya çıktığını düşünüyorum... Sizin istediğinizi yapan her kadın küçümsenmeyi hak eden kadındır, değil mi?

Aydan aslında söylediğine kendisi de inanmıyordu ama içi o kadar acıyordu ki Cem'in de canını acıtmak, onu aşağılamak ve bütün bunların böyle olmadığını ondan duymak istiyordu.

— Saçmalama, dedi Cem aldırmaz bir sesle... Böyle olmadığını sen de biliyorsun.

Sonra sesine o hergele, istekli ton geldi:

— Aslında o geceyi kısa zamanda tekrarlamak istiyorum... Unutulmaz bir şeydi... Hem ben böyle şeyleri yapan kadınları değil yapamayanları küçümserim ama bunları söylediğine göre asıl sen beni unutmuşsun.

Sonra iyice kışkırtıcı bir sesle ekledi:

— Ben sana kendimi hatırlatırım... İsteyip istemediğimi görürsün.

Aydan o anda susabilseydi, belki her şey çok değişik olur, yeniden buluşabilirlerdi; çünkü Cem'in sesinde o eski istek yeniden belirmişti ama Aydan yalnızlıktan ve özlemden beslenip büyüyen öfkesine kaptırdı kendini, Cem'in kendisini istediğini sezmesi öfkesini bastırmak için kullandığı gücünü zayıflatmış, belki de onu bir anlığına şımartmıştı.

— Sen hiçbir şeyi istemezsin, dedi, isteyemezsin... Hayat, senin için maketlerin gibi, gerçek değil hayat senin için... maketlerin gibi cansız, gerçekleştiğinde yıkılıyor, en azından sen gerçek olan her şeyin yıkılacağından korkuyorsun.

Karşı tarafta uzun bir sessizlik oldu, sonra buz gibi, kısacık bir hece duyuldu:

— Yaa...

Aydan telaşla sözlerini geri almaya, dostça bir sesle bir tür özür dileyerek Cem'i yatıştırmaya çalıştı:

— Çok güzeller... Seninle yaşanan her şey de çok güzel... Ama bazen benden kaçtığını düşünüp üzülüyorum...

Bunu söylerken, durumu düzeltemeyeceğini, yanlış bir şey söylediğini, Cem'i çok kızdırdığını, daha fenası onu kırıp kendisinden uzaklaştırdığını anlamıştı. İlişkilerinin tek bir heceyle bittiğini sezmişti. Üstelik şimdi Cem'e kızdığı kadar kendine de kızıyor, bu ilişkiyi Cem'in şımarıklığının mı, yoksa kendi öfkesinin mi bitirdiğini bilmiyordu, bunu hiçbir zaman da bilemeyecek, o cümleyi söylemeseydi hayatı nasıl olacaktı diye hep merak edecekti.

— Neyse, benim çıkmam lazım Aydan... Bir ara görüşürüz... İyi günler...

Telefonu kapattığında artık bir daha Cem'le sevişemeyeceğini, bir daha o heyecanı yaşayamayacağını acıyla ruhunun derinliklerinde hissediyordu. Hâlâ içinde bir umut vardı ama aklı, bu umudun gerçekçi olmadığını söylüyordu.

Hayatında aniden açılan bir perde gene aniden kapanmış, o perdenin ardında gördüğü inanılmaz ve ulaşılmaz dünya, karanlıklar içinde yaşanan şenlikleri, çıldırtıcı heyecanları, muhteşem sevişmeleriyle ondan uzaklaşmış, bir zamanlar, oralarda hep dolaşabileceğini sanarak gezdiği harikalar diyarına giden yolu ve kendisini oraya götüren kılavuzu kaybetmişti.

Bir zaman tanrıların arasında yaşadıktan sonra yeniden ölümlülerin arasına fırlatılıp atılan bir zavallı gibi hissediyordu kendini; eski hayatını, dostlarını, tanıdıklarını, o tanrılar katına hiç çıkmadıkları için küçümseyip, onlardan uzaklaşıyor ama tanrıların arasına da dönemiyordu, yaptığı hatadan dolayı cezalandırılıyordu. Artık gidecek bir yeri, sığınacak kimsesi, ona yaşadığını hatırlatacak bir oyun arkadaşı yoktu.

Yapayalnız hissediyordu kendini. Bir gece yarısı bilmediği bir şehre gelmiş gibiydi, herkes ama herkes, en yakınları bile yabancıydı.

Günlerce, durmuş gibi gözüken bir zamanın alacakaranlığında yapayalnız dolaştı, görünürde her şey aynıydı, gene işe gidiyor, eve geliyor, geceleri sitedeki komşularını gezip projeler hazırlıyordu ama içinde bir ölüyü barındırdığını, hiçbir şeyden tat alamayacağını biliyordu.

Kendini bu yalnızlıktan, bu alacakaranlıktan, içindeki ölüden kurtaracak bir şeyler arıyor, erkeklere, 'acaba bu beni yeniden tanrıların arasına döndürebilir mi' diye bakıyor, bir umut ışığı görebilmek için kıvranıyordu. Bazı konularda duyguları iyice körelmişken bazı konularda çok keskinleşmişti; bir erkeğe baktığında onun hangi oyunu ne kadar oynayabileceğini neredeyse hemen kestirebiliyor, onların söyleyecekleri sözleri onlar söylemeden biliyordu. Bu, onların söylediği bir cümleden ya da yaptıkları bir hareketten değil, bütün sözleriyle hareketlerinin yarattığı, ancak keskinleşmiş sezgilerin görebileceği gizli bir ışıktan anlaşılabiliyordu. Bir erkeğin, bu konuda onu kandırması, olduğundan başka türlü görünmesi mümkün değildi. Sanki Cem, onun hayatına derin bir keder katarak giderken, kadınları anlamak konusundaki bazı yeteneklerini erkekleri tanıyıp anlaması için ona bırakmıştı.

Ama bu yetenek bir işe yaramıyor, aradığı erkeği ve heyecanı bulamıyordu. Cem'in, onun içindeki çılgınlığı ve cesareti nasıl sezip ortaya çıkardığını, kendisinin öyle bir erkeği niye göremediğini anlamıyordu, sonunda kadınların çılgınlığa ve cesarete erkeklerden daha yatkın olduğuna karar vermiş, 'onun işi daha kolay' diyerek Cem'e bir kez daha kızmıştı.

Soğuk ve kirli bir yağmurun yağdığı bir gece işten bitkin dönmüş, o gece dışarı çıkmayıp evde oturmaya karar vermişti. Ama eve girdikten biraz sonra Halûk'un suskunluğu bunaltıcı bir ağırlık gibi üzerine çökmüş, evde duramayacağını anlayıp, "Ben çıkıyorum, şu sera meselesini konuşacağım," deyip çıkmıştı.

Yandaki apartmanın ikinci katında yeni evli genç bir çift vardı, özellikle kız bıcır bıcır konuşan, neşeli olaylar anlatan, kocasıyla, kendisiyle, komşularıyla dalga geçen biriydi, biraz da olsa Aydan'ı eğlendirebiliyordu, sera konusuyla da çok ilgileniyordu.

Onlara gitti. Kız onu sevinçle karşıladı, kocası içerde televizyon seyrederken arka odada kahveye biraz konyak koyup içtiler.

— Şu sizin apartmandaki mimara yaptırsak ya serayı, dedi kız. Geçen gün gördüm, pek yakışıklı değil ama pek cool bir hali var.

Aydan bir an yüzünün kızardığını hissetti.

— Onun galiba bu sıralar çok işi var... Şirketleri büyük bir iş mi ne almış, onunla uğraşıyor galiba... Başka birisini bulmalıyız...

Kız, Cem'den söz edince, sezdirmemeye çalışmıştı ama birden içi ezilmiş, orada duramayacağını hissetmişti.

— Ben artık gideyim, diyerek kalkmıştı.

— Niye hemen gidiyorsun, sana anlatacağım acayip dedikodularım vardı.

— Başka zaman... Şimdi gitmem lazım, Halûk bekliyor.

Kız onu geçirmek için kapıya kadar gelmiş, tam kapıyı açacağı sırada telefon çalınca, "Bir dakika!" deyip içeri gitmişti. Aydan sıkıntıyla çevresine bakınarak kızın gelmesini beklemeye başlamıştı.

Kapının hemen yanında uzun bacaklı bir ceviz sehpa, üstünde de gümüşten minicik bir kül tablası vardı.

O anda hiç unutamayacağı bir şey olmuştu.

Bir anda sanki her yer simsiyah kesilmiş, bütün sesler susmuştu, doğum ânında gördüğünü sandığına benzer kalın ve güçlü bir ışık o karanlığın içinde gümüş küllüğe vurup onu parlatmıştı, o anda ne düşündüğünü fark etmemiş ama birden tıpkı Cem'e kapıyı açtığı anda hissettiğine benzer biçimde kalbinin bütün vücudunda çarpmaya başladığını, her yanının alevlerle yanıp, buzlarla soğuduğunu hissetmiş, vücudu titremelerle uyuşmuştu.

Ne yaptığını düşünmeden, sanki biri kolunu itiyormuş gibi uzanıp küllüğü alarak pardösüsünün cebine sokmuştu.

Sonra içeriye, "Ben gidiyorum!" diye seslenip cevabı bile beklemeden kapıyı açarak dışarı çıkmıştı, onu saran tuhaf karanlığın içinde önünü bile göremeden düşecek gibi koşarak merdivenlerden inip kendini sokağa atmıştı.

Serin hava yüzüne çarptığında ancak çevresini görebilmiş, binaları, ışıkları, sesleri yeniden fark edebilmişti, hâlâ titremeye devam ediyor, kalp çarpıntıları sürüyordu.

Küllüğü ilk gördüğü çöp tenekesinin içine bırakmıştı.

Eve girdiğinde bayılacak gibi olduğunu, başının döndüğünü, bitkinleştiğini, kolunu bile kımıldatamadığını hissediyordu.

Halûk başını kaldırıp ona baktıktan sonra telaşla ayağa kalkmıştı:

— Neyin var?

Aydan zorlukla cevap verebilmişti:

— Bir şeyim yok.

— Yüzün bembeyaz, iyi misin... Gel otur şöyle...

— Soğuktandır... Çok yorgunum, ben yatacağım.

Cem'le ilk seviştiği günü çok anımsatan biçimde, utanç, suçluluk, vicdan azabı ve korku hissediyor, kocasının ve kızının yüzüne bakamayacağını düşünüyordu, Selin'in odasına bile uğramadan doğrudan kendi odasına gitmiş, telaşla soyunup yatağa girmişti.

Yaptığından zihni ve bedeni nasıl etkilenip yorulduysa, yatağa girer girmez bayılır gibi uyumuştu.

Ertesi gün gerçek bir dehşet duygusuyla uyanmıştı, kızın kapıya geleceğini, bağırıp çağıracağını, polislerin onu işyerinde tutuklayacağını düşünüyor, bunları her düşündüğünde ter basıyor, baştan aşağıya kızarıyordu. Korku öbür duyguları bastırmıştı. İlk anda duyduğu utancı, vicdan azabını unutmuştu, sadece korkuyor, bir an önce zamanın geçmesini, bu olayın unutulmasını istiyordu, bir yandan da kendisine bir küllük için bu kadar gürültü çıkmayacağını söylüyordu ama bu, korkuyu yatıştırmıyordu.

İlk kez işte hatalar yapmış, hesapları şaşırmış, dalgınlıktan not kâğıtlarını bile yazıp masasına koymayı unutmuştu. Gözünün önüne hep, polislerin arasında götürülüşü geliyordu.

Bir hafta boyunca geceleri evinden çıkmamış, erkenden yatıp uyumuştu. Artık Cem'i bile düşünemiyor, yalnızca küllüğü çaldığı ânı ve olabilecekleri düşünüyordu. Bütün gücüyle kendini işine vermeye, yaptığını unutmaya çabalıyordu.

Bir hafta sonra bir akşamüstü eve dönerken komşu kıza rastlamıştı.

Kız neşeyle,

— Nerelerdesin, demişti... Hiç uğramıyorsun.

— Bu günlerde çok işim var...

— Bir akşam uğra biraz kaynatalım, özledim seni.

— Olur, uğrarım.

Bu konuşmadan sonra kızın bir şeyin farkına varmadığını anlamış, korkuları yatışıp kaybolmuştu ama korkunun kaybolmasıyla birlikte onun arkasına saklanmış olan başka duygular ortaya çıkmıştı. Duyduğu utançla insanların yüzlerine bakamıyor, hep yere bakarak, başka bir şey düşünüyormuş gibi konuşuyordu. Vicdan azabı ve suçluluk duygusu içini kemiriyor, o küllüğü almamış olmak için her şeyi vermeye razı olabileceğini düşünüyordu ama bütün bunlara rağmen korkunun ortadan kalkması bir rahatlık da getirmişti ona.

Bu duygu dalgalanmalarıyla içindeki ölüm hali bitmiş, yeniden hayata dönmüştü ama döndüğü hayat bu kez de korku ve utançla dolu bir hayattı, sanki ölümden kurtulabilmek için yaşanması zor bir hayata sıçramıştı.

Bir hafta sonra korkusu hafifleyince, Halûk'a ve son zamanlarda sürekli seyrettiği o siyah beyaz filmlere dayanamayıp yeniden komşuları dolaşmaya başlamıştı ama o evlerde yalnız kalmamaya özen gösteriyor, ev sahibi bir şey almak için mutfağa bile gitse o da peşinden gidiyordu. Sanki içinde iki kişi yaşıyor, biri öbürünün yapacaklarından korkuyor, onu durdurmaya gücünün yetmeyeceğini biliyor, onu kışkırtacak koşulların ortaya çıkmaması için uğraşıyordu. Artık kendisine güvenmiyordu.

Bir zaman böyle Aydan'ın kendi kendisiyle dövüşmesiyle geçti, kış iyice yaklaşmış, yalnızlığı yeniden hissetmeye başlamıştı, artık eskisi kadar sık gelmiyordu Cem aklına, gümüş küllük Cem'in yerini almıştı, onu, onu alışını, o sırada hissettiklerini hatırlıyor, bir daha bunu yaşamamak için yeminler ediyordu.

Bir mimar bulup seranın planlarını çizdirmişler, inşaata başlama zamanını ve serayı nereye yaptıracaklarını tartışmaya başlamışlardı, Aydan, gümüş küllüğü ve onu aldıktan sonra hissettiklerini yavaş yavaş unutuyor, bir kumsaldaki izleri silen dalgalar gibi zihni o olayın izlerini belleğinden siliyordu. Tek hatırladığı onu alırken hissettiği heyecandı şimdi.

İki hafta kadar sonra, yalnız kalmamaya çok uğraşmasına rağmen ziyaret ettiği komşularından biri aniden odadan çıkıp onu yalnız bırakmıştı, yanındaki masada Hollanda malı, mavi-beyaz porselen bir biblo vardı. Daha kadın kapıdan çıktığı anda titremeler ve o sıcak soğuk duygusu başlamıştı, bu kez bir karanlık çökmemişti, bir ışık da görmemişti.

Sadece uzanıp porselen bibloyu almış, kadına, "Ben gidiyorum!" diye seslenip çıkmış, gene korkuyla dışarı koşup, bibloyu bir çöp tenekesine atmış, eve titreyerek dönmüştü.

Bu kez korkusu çok kısa sürmüştü, aldığı minicik şeyler için kimsenin polise gitmeyeceğini, ortalığı birbirine katmayacağını öğrenmişti, yaptığını, bir hırsızlık gibi değil bir oyun gibi görmeye başlamıştı, bunun kimseye bir zararı yoktu, kendisini heyecanlandırıp eğlendiriyordu sadece. O eşyaları, kullanmak için, bir çıkar sağlamak için almadığını düşünmek, oyun ve eğlence fikrini güçlendiriyor, kendisini ikna etmeye yetiyordu.

Kaybettiği heyecanı bulmuş, kendi yeraltı lunaparkını yaratmış, yeniden tanrıların arasına katılmış, başkalarının bilmediği heyecanları bu kez kendi başına keşfetmişti.

Neredeyse mutluydu.

İşine yeniden dört elle sarılmış, yanında çalışanlarla şakalaşmaya başlamış, yüzüne renk gelmişti. Cem'i çok az hatırlıyordu, bazen uykudan onu özleyerek uyanıyor ama keskin bir sancı gibi gelen özlem geldiği gibi çabucak kayboluyordu.

Bir gün odasına uğrayan Hasan, "Sen çok güzelleştin bu günlerde," demişti. Bu söz üzerine niye Aydan'ın kahkahalarla, kendini tutamadan güldüğünü anlayamadığından, kendisiyle alay ettiğini sanarak küsüp gitmişti. Aydan'ın onun gönlünü alması için bir öğlen onu yemeğe götürmesi gerekmişti.

Hayatında her şey yeniden düzene girmişti.

Halûk'la ve Selin'le daha çok ilgileniyor, işte herkesi kendisine hayran bırakan başarılar kazanıyor, onun neşesi eve yayılıp yenilginin acısını hâlâ taşıyan Halûk'u bile neşelendirebiliyordu.

Artık eşyaları programlı bir şekilde alıyordu, bir eşya aldıktan sonra birkaç gün ara veriyor, sonra o eve en uzak olan evlerden birinden bir başka eşya alıyordu.

Her seferinde aynı titremeleri ve heyecanı yaşıyor, her seferinde kapıdan çıkar çıkmaz aldığı eşyayı çöp kutusuna atıyordu ama artık eşyayı aldığında ilk zamanlarda olduğu gibi koşarak kaçmıyordu, aksine ağır ağır, tadını çıkartarak uzaklaşıyordu oradan. Bir eşya aldığı geceler, eve daha neşeli, gülerek dönüyor, Halûk'la, onu şaşırtan bir istekle sevişiyordu.

İki kesin kuralı vardı: Birincisi asla çok değerli bir şey almıyor, ikincisi, bunu işyerinde yapmıyordu. Yalnızca bir kere ikinci kuralı çiğnemiş, genel müdürün odasındaki işlemeli bir kitap açacağını, üstelik de sekreter odadayken alıp cebine koymuştu; bu, ona diğerlerinden daha eğlenceli bir şaka gibi gözükmüştü.

Sitede bir hırsızlık söylentisi yayılıyor, ardı ardına hizmetçiler işlerinden kovuluyordu ama hizmetçilerin kovulmasına rağmen eşyaların kaybolması sürüyordu.

Aydan, söylentileri duyuyor, hatta konuşmalara katılıyor, kendi evinden de bir şeyler kaybolduğunu söylüyordu; başkalarının bilmediği bir oyunu bilmek onu çok eğlendiriyordu, bu kez, suç ortağı kendisiydi, bir başkasına muhtaç olmadığı gibi terk edilmek, yalnız kalmak tehlikesi de yoktu.

Bir gece eve dönerken, Cem'in evinde ışık gördü, her zaman o ışığı gördüğünde orada bir kadın olup olmadığını düşünür ve bir kadın olduğuna karar verirdi ama asla gidip bunu gözleriyle görmeye cesaret edemez, Cem'in buna çok kızacağından çekinirdi.

O gece, artık Cem'den korkmadığından olsa gerek, gidip orada neler olduğuna bakmaya karar verdi. Cem'in şaşkınlığıyla eğlenmek istiyordu, sakin bir hareketle asansörün en üst düğmesine basıp Cem'in katına çıktı, zilini çaldı.

Cem onu, hiç şaşırmadan, sanki onu bekliyormuş gibi karşıladı.

— Aaaa, hoş geldin, gel içeri.

Aydan içeri girip çevresine bakındı, Cem'den başka kimse yoktu.

— Yalnız mısın?

— Yalnızım, otursana...

— Yok oturmayacağım, nasılsın diye bir hatırını sormaya geldim.

— İyiyim, sen nasılsın?

Aydan içten bir şekilde güldü ve ilk kez bu gülüşün Cem'i şaşırttığını fark etti.

— Ben de iyiyim... Neyse, hadi ben gideyim.

— Niye gidiyorsun, böyle sağlık memuru gibi sıhhatimi sorup gidecek misin gerçekten?

— Evet... Sağlığını merak ettim.. Baktım sağsın, esensin, gidiyorum...

— Ne olsam kalacaktın?

— Ölsen, belki...

— O kadar istiyorsan ölürüm...

Aydan alaycı ama bu kez eski kızgınlıkları hatırlayıp yaralanmış bir gülümsemeyle güldü.

— Ay Cem, sen ne ölebilirsin, ne yaşayabilirsin...

— Bir tür hortlak gibi yani...

— Evet, bir tür hortlak gibi... Ama Allahı var, eğlenceli bir hortlak... Neyse, hadi ben gidiyorum.

Cem ısrar etmedi, birlikte kapıya yürüdüler, Cem kapıyı açmak için bir adım öne geçmişti, kapının dibindeki, iki yanında minik çekmeceleri olan antika masanın üstünde fildişinden minik bir Buda heykelciği vardı, Cem kapıyı açarken, Aydan rahat hareketlerle uzanıp, heykelciği alıp cebine koydu. Sonra Cem'i öpüp çıktı.

O heykelciği alırken hiç heyecanlanmamıştı, aldığı eşyalar arasında bir tek onu atmadı, çantasına koyup hep kendisiyle birlikte gezdirdi, sanki yaşadıklarına inanmasına yardımcı olacak bir kanıt gibi arada bir çıkartıp ona bakıyor, yaşadıklarını kendisinin uydurmadığına, onların gerçekten yaşandığına o şiş göbekli şirin heykelciğe baktıkça inanıyor, onu kendi hayatının bir tanığı gibi görüyordu.

Günler böyle geçiyor, Aydan'ın kendine olan güveni gittikçe daha güçleniyordu; kuralları çiğnemenin, gizli bir dünya yaratmanın tadını çıkartıyordu ama yavaş yavaş buna alışmaya, küçük kuralları çiğnemenin eskisi kadar heyecan vermediğini fark etmeye başladı.

Esas heyecanı yaratacak olanın, başkalarının kurallarını değil asıl kendi kurallarını çiğnemek olduğunu, asıl heyecan verici suçun bu olacağını hissediyor, içten içe, belki de hiç fark etmeden kendi kesin kurallarını çiğnemeye hazırlanıyordu.

Bunun için çok beklemedi.

Üst katlarına yaşlı bir çift taşınmıştı, sevimsiz, bencil bir halleri vardı, markette mallar pahalı diye kavga çıkartıp, geç geldiler diye çöpçülere pencereden bağırıyorlar, sitenin alışkın olmadığı bu davranışlarıyla ortak bir kızgınlık yaratıyorlardı.

Bir gece Aydan onlara uğradı.

Geldiğine şaşırmış olduklarını çok belli eden bir biçimde gayet soğuk karşıladılar ama gene de, "İçeri buyrun," dediler.

Aydan salona geçip oturdu. Bir şey ikram etmediler, 'ne söyleyeceksen çabuk söyle' diyen bir halleri vardı, eskiden olsa Aydan orada bir dakika bile duramazdı ama şimdi onların huzursuzluklarıyla eğleniyor, lafı uzatıyordu.

Onlara uzun uzun yapmaya başladıkları serayı, bir köşesine bir kafe yapacaklarını ve seranın yapımına katılan üyelerin orada istedikleri çiçekleri yetiştirebileceğini anlatmaya koyuldu, ilgisizce dinliyorlardı.

— İsterseniz siz de katılabilirsiniz.

— Kaç para bu seraya katılmak?

— Daire başı iki yüz elli milyon...

— Oo çok paraymış... Biz zaten çiçekten anlamayız... Teşekkür ederiz, biz istemeyiz... Zaten kim gidip de çiçek dikecek oraya.

— Çiçek sevmez misiniz?

— Severiz de... Biz anlamayız çiçek dikmekten...

— Peki siz bilirsiniz... Ben kalkayım o zaman...

Aydan, ev sahiplerinin daima kapıyı açmak için önden gittiklerini öğrenmişti, onlara sezdirmeden geride kalıp çevresine baktı, telefonun yanında adamın cüzdanı duruyordu, onu gördüğünde ortalığın karardığını ve epeydir hissetmediği bir biçimde kalbinin çarpmaya başladığını, titrediğini hissetti.

Bunun çok tehlikeli olduğunu biliyordu ama bunu bu kadar heyecanlı yapan da bu tehlikeydi, düşünmeye vakti olsa bunu yapmaz, bu kadar tehlikeli bir işe girmezdi ama çoktandır böyle bir heyecanı özleyen bedeni zihninden önce çıldırmıştı. Düşünmeye bile vakit bulamadan cüzdanı alıp cebine koydu.

Kapıdan nasıl çıktığını, kendisini saran o karanlığın içinde merdivenlerden nasıl indiğini hatırlamıyordu, binadan çıkmış, hemen evin önündeki çöp kutusuna cüzdanı atmıştı.

İlkinden de beter bir korkuya kapılmıştı.

Korkmakta bu kez haklıydı.

XV

İçerden vuran ışıkta önce parlak, sarı pirinçten düğmelerini görmüştü.

Tam kapıyı açtığı sırada birden apartmanın ışığı söndüğünden, uzun boylu iki polis loş bir boşluğun içinde, düğmeleri pırıldayan iki iri karaltı gibi duruyordu.

O anda hissettiği duyguyu, korku sözcüğüyle ifade etmek pek yeterli olmazdı; bu, bir parstan kaçmaya çalışan dağ keçisinin keskin korkusu değildi, mahkûmiyeti kesinleşmiş bir idam mahkûmunun duyduğu daha derin, daha geniş, daha soğuk dehşeti andırıyordu. Kaçma olasılığı olmadığını zihinden önce fark eden beden, gelen ölümü beklemeye dayanamadığından sanki ağır bir baş dönmesi ve şiddetli bir mide bulantısıyla, yaşayacaklarını yaşamamak için hayattan çekilmeye, yok olmaya çabalıyordu; bütün bedeni uyuşmuş, içi boş bir kabuğa dönmüştü, demir bir pençeyle sıkılan beyninin buruştuğunu hissediyordu.

Filmlerde binlerce kez söylendiğini işittiği o klasik cümleyi daha polisler söylemeden duymuştu:

— Karakola kadar geleceksiniz efendim.

Sabah sabah ne olduğunu anlamayan Halûk içerden seslenmişti:

— Ne oluyor?

Aydan bayılır gibi, "Polisler..." diyebilmişti.

Halûk telaştan ziyade merakla gelmişti kapıya.

— Buyrun ne vardı?

— Karakola kadar geleceksiniz efendim.

— Allah Allah, bir yanlışlık olmasın.

Aydan kapıya dayanmış, kocasıyla polislerin konuşmasını, 'bir yanlışlık olmadığını' bilerek bitkin bir halde dinliyordu.

— Bir yanlışlık yok efendim, Aydan Hanım hakkında bir şikâyet var... Karakola kadar geleceksiniz.

— İyi ya gidelim, dedi Halûk kızgınlıkla.

Aydan, 'ıhhh' diye bir ses çıkardı.

— Sen Selin'i anneme götür, polisleri görmesin, oradan karakola gelirsin.

Uyuşan zihni, ona hep aynı şeyi söylüyordu: "Selin bunu görmesin, Selin bunu görmesin!"

Halûk önce itiraz etmişti ama Aydan'ın kararlılığını görünce boyun eğmişti.

— Peki siz gidin, ben de hemen arkanızdan geliyorum o zaman.

Aydan kapının yanındaki portmantonun önünde duran çantasıyla, askıdaki paltosunu mekanik hareketlerle alıp aceleyle çıktı, kapıyı arkasından kapadı, o sırada banyoda olan Selin çıkmadan evden uzaklaşmak istiyordu.

Polis arabasına doğru yürürken gerçek çaresizliğin ne olduğunu anladı, dev bir örümceğin ağlarına dolanmış gibiydi, birazdan onu yiyecek olan örümcekten kurtulmasına yardım edebilecek kimse yoktu, onu karakola götürüp sorguya çekmelerini engelleyecek hiçbir gücü bulunmuyordu.

Arabaya binmeden son bir umutla Cem'in penceresine, belki onu orada görürüm diye baktı, o anda kendisini kurtarabilecek tek kişinin Cem olduğuna inanıvermişti. Onu görse, o, alaycı gülümsemeyle gelir, polislere şakacı bir şeyler söyler, birilerine telefonlar eder, onu kurtarabilirdi, o anda böyle hissediyor, Cem'in kendisini görmesi için Tanrı'ya yalvarıyordu ama Cem'in perdeleri kapalıydı.

Polisler, ona kibarca yol verip arabaya bindirdiler, onlar da bu işte bir hata olabileceğinden kuşkulandıklarından, bu zengin siteden aldıkları kadına hırpalayıcı davranmıyorlardı.

Karakol gri taş bir binaydı, önünde bir bayrak vardı.

İçeri girdiklerinde zorlukla yutkundu, duvarların alt tarafı kirli bir griye boyanmış, gri boyanın bittiği yere siyah bir çizgi çekilmiş, üst tarafı da tavana kadar koyu bir sarıyla badanalanmıştı; duvar diplerinde, içleri kum dolu kırmızı yangın kovaları, cam kapaklı bir dolabın içinde yangın sırasında kullanılacak kırmızı saplı bir baltayla, bir köpük fışkırtma aleti duruyordu.

Açık kapılardan daktilo sesleri geliyordu, uykulu yüzlü polisler önlerinde oturan adamlara bir şeyler sorup, sonra hızlı vuruşlarla yazıyorlardı, diplerden, sanki çok uzaklardan haykırmayla yalvarmaya benzeyen, Aydan'ın içini ürpertip tüylerini diken diken eden garip gürültüler duyuluyordu.

Onu bir odaya soktular.

Oda, tütün, ter ve toz kokuyordu, köşedeki masada bıkkın duruşlu bir polis, Aydan'ı hoşnutsuz bakışlarla süzdü, sanki o orada yokmuş gibi, onu getiren polislere baktı.

— Şahıs bu mu?

— Evet amirim.

Masada oturan polis, Aydan'a döndü, masasının önünde duran bir iskemleyi gösterdi.

— Otur şuraya bakayım...

Aydan, çelik çarkların arasında ezilmiş, yırtılmış, parçalanmış bir kumaş parçası gibi çöktü sandalyeye. Ancak oturduktan sonra, odaya girdiğinde fark ettiği karaltıların yüzlerini görmeye başladı, üst kattaki yaşlı karı koca, duvar dibindeki iki eskimiş deri koltuğa kendilerinden hoşnut, gururlu ve şikâyetçi bir halde oturmuşlardı, öbür köşede duvar dibine yapışmış gibi duran, yandaki apartmanda oturan o genç çift vardı, sanki onlar suçluymuşcasına tedirginlikle önlerine bakıyorlardı.

— Adın ne, dedi polis Aydan'a.

Aydan, titrek bir sesle adını söyledi:

— Hakkında şikâyet var... Bu beyefendinin cüzdanını çalmışsın... Ne diyorsun?

Aydan daha cevap vermeden yaşlı adam oturduğu yerden atıldı:

— Komiser bey, bu hanımdan başka evimize kimse gelmedi dün akşam, o geldikten sonra cüzdan kayboldu, zaten size de söyledim ya, öbür komşular da çoktandır evlerinden eşyaların kaybolduğundan şikâyet edip duruyorlarmış.

Aydan'ı hemen o anda, orada mahkûm ettirmek, ona kelepçeler takıldığını görmek isteyen düşmanca bir hali vardı, haklılık adına bütün insani duygularını, acıma hissini kaybetmiş insanların soğuk ve tatsız sesiyle konuşuyordu, onun bu olayı daha sonra tanıdıklarına anlatırken, 'efendim, kim olursa olsun suçlular cezalandırılmalı' diyeceğini onu dinlerken fark ediyordunuz.

Polis, adamın müdahalesine sinirlendi:

— Bir dakika efendim, sizi dinledim, müdahale etmeyin... Olmaz ki... Böyle nasıl soruşturma yapacağız her kafadan bir ses çıkarsa!

Adam korkup sustu.

Aydan'ın arkası kapıya dönük olduğu için görmüyordu ama sürekli olarak içeri birilerinin girdiğini, odanın kalabalıklaştığını hissediyordu, içerdeki insanlar çoğaldıkça odanın sıcaklığı artıyor, terliyordu.

İhtiyar adamın düşmanca sesi, onu korkutacağına, aksine yatıştırmış, bu büyük skandaldan hayatının büyük bir yara alacağını bilmesine rağmen en azından orada ona karşı bir kanıt bulamayacaklarını fark etmişti.

Bitkin bir sesle,

— Ben bir şey almadım, demişti.

Sonra da eklemişti:

— İsterseniz evimi arayabilirsiniz...

Polis buna aldırmamıştı.

— Dur bakalım, o daha sonraki iş... Gerekirse evini de arayacağız, her şeyini de arayacağız tabii....

Sonra eğilip önündeki bazı kâğıtlara bakmıştı.

— Bak, sen girdiğinde cüzdan orada duruyormuş, sen çıktıktan sonra da kaybolmuş... Senden başka da kimse girmemiş eve... Buna ne diyorsun?

— Bilmiyorum... Belki yanlış hatırlıyorlardır... Ben nereden bilebilirim cüzdana ne olduğunu... Belki de düşürmüşlerdir...

— Ama öbür evlerden de eşyalar kaybolmuş... Sen nereye girsen orada bir şey kayboluyor... Biraz tuhaf değil mi...

— Bilmiyorum...

O sırada Halûk da içeri girmiş, gelip Aydan'ın

omzuna dokunmuştu.

— Ne oluyor Aydan?

Polis birden sinirlenmişti.

— Sen de kimsin?

— Ben hanımefendinin eşiyim...

— Tamam tamam, geç şöyle, orada dur... Bir şey gerekirse ben sana sorarım.

Polis başını kaldırıp köşede duran birine seslenmişti:

— Sizden ne kaybolmuştu?

— Bir biblo komiser bey... Önemli bir şey değildi.

— Bu hanım mı almıştı?

— Bilmiyorum efendim... Önemli bir şey değildi zaten... Bizim bir şikâyetimiz yok...

Polis tek tek odadaki herkese evlerinden ne kaybolduğunu soruyor, hepsi de utanır gibi başlarını önlerine eğerek nelerinin kaybolduğunu söylüyorlardı, herkes de hemen hemen aynı cevabı veriyordu:

— Önemli bir şey değildi... Bizim bir şikâyetimiz yok... Kimin aldığını bilmiyoruz.

Aydan, odadaki herkesin aslında işin aslını sezdiğini, kendisine acıdığını hissediyordu ama bu acıma duygusu onu öfkelendiriyor, her cevapta başını biraz daha dikleştiriyor, konuşanın yüzüne dümdüz, anlamsız gözlerle bakıyordu.

Bütün duyguları büzüşüp, görünmez bir yerlere çekilmişler gibi zihni boşalmıştı; acı, utanç, vicdan azabı hissetmiyordu, garip bir kızgınlık ve meydan okuma isteği vardı içinde yalnızca.

Birden kapının yanındaki bir sandalyede Cem'in oturduğunu gördü. Sıkıntıyla acı karışımı bir ifade vardı yüzünde, Aydan onun gerçekten üzüldüğünü ve bu olanların nedenini bir tek onun anladığını sadece yüzüne bakarak hissetti.

Cem, eğlenceli bir oyunun nasıl bir felakete dönüştüğünü ilk kez o karakolun, floresan lambalarının çiğ ışığıyla çıplaklaşmış, gri duvarlı, garip kokulu odasında anlamış, derin bir vicdan azabı ve pişmanlık duymuştu; o âna kadar, belki de, birinin böyle bir oyunu bu kadar ciddiye alabileceğini, bunu bütün hayatını sarsacak duygusal bir depreme dönüştürebileceğini hiç düşünmemişti. Aydan'ın yaşadığını tahmin ettiği acıyı dindirebilmek için ne yapabileceğini düşünüyor, gerekirse onu sonuna kadar korumayı aklından geçiriyordu. Bu işin asıl sorumlusunun kendisi olduğunu ve bu sorumluluğa sırtını dönüp gitmenin kendisini kendi gözünde sefil bir adam haline getireceğini hissediyordu. Aydan bu skandaldan kurtulabilirse bir daha belki hiç görüşmeyeceklerdi ama eğer kurtulamazsa sonuna kadar yanında olacaktı. Bunları düşündükten sonra biraz da bencilce bir duyguyla, Aydan'ın kurtulmasını ve kendisini de yeni sorumluluklardan kurtarmasını istedi.

Tek tek herkese sorduktan sonra sıra Cem'e geldi. Cem'in üstünde bir blucinle, eski bir gömlek vardı, ötekiler arasında en fakir görünümlü olanı oydu.

— Senin neyin kayboldu, dedi polis.

Aydan, dümdüz Cem'in yüzüne bakıyordu, o cevap vermeden dikkati çekecek kadar yavaş hareketlerle, bir şey alacakmış gibi çantasını açtı, Cem'in evinden aldığı fildişi Buda heykelciği orada duruyordu. Cem'in gözlerine baktı, sonra başını eğip çantasına baktı, Aydan'ın bakışlarını takip eden Cem fildişi heykelciği gördü. Birden, kendini tutamayıp o odanın ağır havasına uymayan bir biçimde gülümsedi.

— Ne gülüyorsun?

Cem, polise baktı.

— Gülmüyorum... Ayrıca gülsem de bunun yasaya aykırı bir yanı mı var... Sabah sabah beni buraya getirip, bir de hesap mı soracaksınız.

Polis, Cem'i tanımıyordu ama kendisine hitap eden o güvenli, küstah ve yukardan sesi tanıyordu, sesten uzak durması gerektiğini deneyimleri ona öğretmişti.

— Tabii gülmek yasak değil ama makamda, soruşturma sırasında gülmek yakışık alır mı beyefendi...

— Neyse, dedi Cem.

Bir an durdu, önce Aydan'ın yüzüne, sonra da çantasındaki heykelciğe bakıp yeniden gülümsedi, o heykelcik her şeye bir oyun havası vermiş gibiydi.

— Ayrıca ben Aydan Hanım'ı tanırım, kendisiyle uzun zaman birlikte çalıştık sitenin bazı işleri için, onun böyle bir şeyle suçlanmasını bile yakışıksız buluyorum.

Aydan, Cem'in yüzüne bakıyordu. O konuşurken yüzünde en küçük bir kımıltı olmadı, bomboş, beyaz bir maske gibi kıpırtısız duruyordu yüzü. Cem'in kendisini ele vermemesi hakkında ne düşündüğünü belirtecek en ufak bir hareket yoktu.

Polis birden sinirlendi:

— Ee, hiçbirinizin şikâyeti yoksa buraya niye geldiniz?

"Bizi çağırdılar geldik..." diyen bir mırıltı dolaştı odada.

Polis, saçlarını karıştırdı, önündeki kâğıtlara baktı, ne yapacağına karar vermeye çalıştıktan sonra yaşlı adama döndü:

— Sizden başka şikâyetçi kimse yok, sizin cüzdanınızı bu hanımın aldığına dair bir kanıt da yok... İsterseniz zabıt tutalım ama bu herkes için boşuna zahmet olur, bir şey çıkmaz bundan, bizi de boşu boşuna uğraştırdınız... Varsa bir kanıtınız ben zabıt tutturayım...

— Komiser bey, bu hanım geldikten sonra kayboldu cüzdanım, söyledim ya, ondan başka kimse de gelmedi..

— İyi de, kanıt yok beyefendi... Ya cüzdanı düşürdüyseniz... Yani bu da oyuncak değil ki... Biz sadece sizin lafınızla şimdi nasıl mahkemeye gidelim?.. Savcı da bize sorar kanıt var mı diye... Var mı bir kanıtınız?

İhtiyar adam yüzünü buruşturdu:

— Daha ne kanıt olacak, işte o geldikten sonra kayboldu cüzdan.

Halûk'un öfkeden titreyen sesi yükseliverdi birden:

— Nasıl böyle rahatça suçlayabiliyorsunuz! Ne hakkınız var buna beyefendi! Cüzdanınızda kaç para varsa ben vereyim, eğer buysa derdiniz... Kaybettiğiniz parayı bir yerden çıkartmak peşindeyseniz... Ama ayıp bu... Bir insanın hayatıyla oynuyorsunuz...

Aydan, boş yüzüyle kocasına baktı, ne olup bittiğini o odada anlamayan tek insan oydu ama bu bile Aydan'ı o sırada ilgilendirmiyordu, bütün insanlara uzaktı ve hiçbirinin davranışı onda bir duygu kıpırtısı yaratmıyordu.

Yaşlı adam, 'para önemli değil' diye mırıldanırken, polis de işlerin iyice karışmasına sinirlenmişti.

— Bir dakika beyler, bir dakika... At pazarı değil ki burası, resmi bir makam... Böyle herkes kendi kafasından konuşuyor, buranın da bir adabı var değil mi...

Yeniden ihtiyar adama döndü.

— Siz ne diyorsunuz, şikâyetçi misiniz, bak kimse şikâyetçi değil senden başka.

İhtiyar adam, işlerin kendi aleyhine döndüğünü, polisin kendisine kızdığını anladı.

— Lanet olsun, dedi... Zaten bu ülkede bütün suçlular kurtuluyor... Kimse şikâyetçi değilse ben de şikâyetçi değilim, Allahından bulsun...

Kalabalık karakoldan çıkıp, hiç konuşmadan, ortak bir suçu paylaşıyormuş gibi sessizce dağıldı.

Halûk eve gidene kadar bir şey söylemedi. Aydan arabanın penceresinden dışarı bakıyor, bir başkasının hayatı hakkında düşünüyormuş gibi, hiçbir acı hissetmeden, kendi geleceğinin bittiğini, umutlarının ve beklentilerinin yok olduğunu düşünüyordu. Yakalanmamış, yargılanmamış, mahkûm olmamıştı ama para çaldığı iddiasıyla karakola gitmek bile bir bankacının geleceğini yok etmeye yeterdi. Böyle şeylerin ne kadar çabuk yayıldığını biliyordu, belki o anda bile bankadakiler olanları duymuşlar, onun geleceği hakkındaki hükmü vermişlerdi.

Eve vardıklarında Halûk sabahın erken saati olmasına karşın kendisine bir içki koydu.

— Sen de ister misin, dedi Aydan'a.

— İstemem, teşekkür ederim.

— Lanet herif nasıl utanmadan iftira atıyor... Aslında şeytan diyor git herifin kapısına....

Aydan bir sigara yaktı.

— Ya söyledikleri doğruysa, dedi...

Halûk'un yüzü bembeyaz oldu, savaştan uzakta, karargâhında subaylarıyla otururken vurulan bir komutan gibi şaşkınlıkla ve inanmayarak baktı Aydan'a.

— Ne diyorsun Aydan?

Aydan sigarasından bir soluk alıp, ağır hareketlerle yanındaki tablaya bıraktı, bundan sonra söyleyeceği cümlenin, hayatının şu anda sağlam kalan, en azından sağlam gözüken tek parçasını da darmadağın edeceğini, bütün hayatının hızara tutulmuş bir ağaç gibi küçücük kıymıklara dönüşeceğini biliyordu ama hayatındaki çok değerli bir şeyi kaybeden insanların, geri kalan her şeyi de kaybetmek isteyen o hastalıklı güdüsü onu zorluyordu, en dibe, daha aşağıya düşemeyeceği yere kadar inmek için garip bir istek, önüne geçilmez bir arzu duyuyordu.

O andaki tek duygusu da bu değildi.

Anlaşılmaz bir biçimde Halûk'tan intikam alma arzusuyla, onu her şeyden habersiz bir şaşkın gibi görmenin kendisinde yarattığı küçümsemeyi ve üzüntüyü ortadan kaldırmak isteyen yakınlık birbirine karışıyor, hangisinin daha ağır bastığını kendisi de kestiremiyordu.

Hayatı boyunca Halûk'u küçümsemeye dayanamayacağını, şu anda susarak bu evliliği kurtarsa bile, Halûk'un olayların farkına varmamasına dayanan bu evliliğin onu yeni arayışlara iteceğini biliyordu.

Her şeyi kaybetmeye hazır olduğunu hissediyordu, şimdi konuşmazsa bir daha böyle hissedemeyeceğini de kestiriyordu.

Suya dalmaya hazırlanır gibi derin bir soluk aldı.

— Adam doğru söylüyordu.

— Adamın cüzdanını sen mi aldın gerçekten?

— Evet.

— Ne yaptın peki cüzdanı?

— Çöpe attım.

Halûk elini yüzüne kapatıp, 'Allahım' diye inler gibi bir ses çıkardı.

— Niye aldın Aydan? Paraya mı ihtiyacın vardı?

— Tabii ki hayır...

— Niye peki?

— Senin bilmediğin çok şey var Halûk...

Halûk kravatını gevşetti, sandığından daha büyük bir felaketle karşı karşıya olduğunu ilk kez anlamıştı, Aydan bir an onun bir kriz geçireceğinden korktu.

— İyi misin?

— İyiyim... Nedir o benim bilmediğim çok şey?

— Öğrenmek istiyor musun gerçekten?

Halûk birden bağırdı:

— Anlatsana Aydan, deli etmesene beni! İşkence mi yapmak istiyorsun?

Aydan en baştan, Cem'le tanışmasından başlayıp, her şeyi teker teker, soğukkanlı bir sesle, gözlerini karşı duvara dikerek anlatmaya koyuldu, Cem'le buluşmalarını, daha sonra aralarının açılmasını, komşulardan küçük eşyalar çalmasını, hiçbir şeyi atlamadan, zaman zaman kendini anlattığına da kaptırarak anlattı. Yalnızca, Cem'i eve aldığını ve sevişirlerken kendisiyle telefonla konuştuğunu söylemedi.

Sözünü bitirdiğinde Halûk'a baktı. Halûk ellerini yüzüne kapamış ağlıyordu.

Hıçkırıklarla kesilip bölünen sözcüklerle yalvarır gibi konuştu:

— Niye yaptın bunu Aydan? Bunu niye yaptın? Bize bunu niye yaptın? Allahım... Ben seni ne kadar çok sevmiştim... Niye yaptın bunu?

Aydan ayağa kalktı, birlikte seyrettikleri o siyah beyaz filmdeki kadın gibi, bir an içinden, 'bu gözyaşları için artık çok geç' demek geçti ama onu söylemedi, onun yerine buz gibi bir sesle,

— Niye yaptığımı da sen bul artık Halûk, dedi.

Aydan kendini savunmaya kalksaydı belki de gerçekten o evlilik o anda orada bitecek, Halûk, Aydan'ın savunmasını bile dinlemeden gidecekti ama Aydan'ın kendisini hiç savunmaması, onun bu soğukkanlılığı ve bu soğukkanlılığın iyice belirginleştirdiği gücü, bütün hayata meydan okuyuşu Halûk'u şaşırtmış, daha da anlaşılmaz olanı, onu derinden etkileyip, Aydan'a o anda bile daha fazla bağlanmasına neden olmuştu. Kendini haksız ve yenik hisseden Halûk'tu.

O gün ikisi de işe gitmediler.

Yemek de yemediler.

Akşama kadar Halûk, atlanmış her ayrıntıyı tek tek sordu, Aydan bıkkın bir sesle anlattı, Halûk zaman zaman ağladı, zaman zaman, "Seni ne kadar çok sevmiştim..." dedi, zaman zaman, "Ucuz bir fahişe gibi davranmayı nasıl yakıştırdın kendine!" diye bağırdı, zaman zaman, "O adam şimdi alay ediyordur bizimle..." diye inledi.

Aydan ne bu sözlerden, ne de bu duygulardan etkilenmeden, sürekli sigara içerek, aynı tekdüze sesle cevap verdi.

Anlatılacak bir şey kalmayana kadar konuştular ama Halûk hep konuşmak istiyor, bir yandan kendi canını iyice acıtacak ayrıntıları merak ediyor, korkunç bir kıskançlığın yarattığı hastalıklı bir duyguyla içindeki acıyı tüketene kadar kendi canını yakmaya çalışıyor, bir yandan da Aydan'ın bir sözünden bir teselli yakalamaya uğraşıyordu.

Gece yarısına kadar böyle devam etti, sadece bir ara Aydan annesine telefon edip, "Selin bu akşam sende kalabilir mi?" dedi. Işıkları yakmayı ya akıl edememişler ya da birbirlerine bakmak istememişler, gece çöktükten sonra karanlıkta konuşmayı sürdürmüşlerdi.

Gece yarısı Aydan, "Ben artık yatıyorum," dedi.

— Çok yoruldum... Açlıktan da perişan oldum.

Halûk, onun acıkabilmesine şaşırmış, bir şey

yemediğini ancak bu sözleri duyunca fark etmişti.

— Sen geliyor musun, dedi Aydan ayağa kalkarken.

— Sen yat, ben biraz daha oturacağım....

Aydan gidip yattı ve bitkin halde derin bir uykuya daldı. Her şeyini kaybetmiş insanların, henüz neleri kaybettiklerini tam algılamadan önce hissettikleri tuhaf kurtulmuşluk duygusuna sahipti; bir hafiflik bile hissediyor, zihni, karakolu, hırsızlığı, suçlamaları sanki kendinden saklayarak derinlere itiyordu.

Sabah kalktığında Halûk'u bıraktığı koltukta otururken buldu, yüzü yorgunluktan yaşlanmış, çizgileri derinleşmiş, teni bir kadavra teni gibi kara sarı bir renge bürünmüş, gözleri ağlamaktan ve uykusuzluktan küçük kırmızı toplara dönmüştü.

Aydan ona şöyle bir baktıktan sonra bir şey söylemeden mutfağa gidip su koydu, kahvaltı için masayı hazırladı.

— Kahvaltı edecek misin?

— Canım istemiyor.

Halûk, Aydan'ın salona gelmesini bekliyordu ama Aydan mutfakta oturup kahvaltı etmeye koyulmuştu.

Aydan'ın gelmeyeceğini anlayan Halûk mutfağa gitti, kapıya dayandı.

— Sabaha kadar düşündüm, dedi.

Aydan hiçbir şey söylemeden, sözün devamını bekleyerek kahvaltısını sürdürdü.

— Beni İzmir'de, Güzelyalı'daki özel bir kilinikten istiyorlardı uzun zamandır... O teklifi kabul edeceğim... Sen de işten istifa edersin... Biraz evde otur, Selin'le ilgilen... Biraz buradan uzaklaşırız... Sonra istersen gene döneriz.

— Selin'in okulu ne olacak?

— Orada da iyi okullar var...

— Bunu istediğine emin misin?

— Evet...

— Unutabilecek misin?

— Hayır...

Halûk, bu sorunun ardından Aydan'ın 'affedebilecek misin' diye sormasını bekledi ama Aydan sormadı, o da, sorulmamış soruya kendi cevap verdi:

— Affedemeyeceğim de...

— Eee, nasıl olacak?

— Bilmiyorum ama bir kere daha denemek istiyorum.

— Niye?

— Bilmiyorum... Sadece bir kere daha denemek istiyorum.

Aydan cevap vermeyince Halûk ekledi:

— Eğer sen de istersen...

Aydan, her şeyi kaybetmeye hazırken, bazı şeyleri kaybetmeyeceğini görmekten huzursuz olmuştu, sanki her şeyin bitmesini, tükenmesini, hayatının bütün köklerine kadar yanmasını istiyordu ama bir yandan da artık iyice yorulan zihni bir yerlere, birilerine sığınma ihtiyacı duyuyordu.

— Bilmiyorum, dedi.

Halûk, aldatılmış insanların hissettiği yenilmişlik duygusundan bunalıp, bu duygudan kurtulmanın yollarını arıyordu farkına varmadan, ilişkinin orada bitmesi, Halûk'u hayatının sonuna kadar yenik ve kederli bırakacaktı, Aydan'ın yeniden kendine ait olduğunu görmek istiyor, ruhunda korkunç yaralar açan kadının o yaraları sağaltabilecek tek insan olduğunu seziyor, acısı dinene kadar Aydan'ın kendi yanında kalıp, onu yenilmişlikten, acıdan, kederden kurtarmasını umuyordu.

Bir kadının açtığı yarayı hemen iyileştirebilecek bir başka kadın bulmanın imkânsızlığını, bütün deneyimsizliğine rağmen içgüdüleri ona fısıldıyor, bu acıya o kadar dayanamayacağı için Aydan'ı yeniden kazanmaya uğraşıyordu. O anda Aydan'dan başka sığınabilecek kimsesi yoktu, yaralarını iyileştirmeyi kendisini yaralayandan beklemek zorundaydı, acısı o kadar büyüktü ki içini kavuran dehşetli kıskançlığı bile bastırıyordu.

Uzun zaman bu korkunç tahterevallide inip çıkacak, acıları hafiflediğinde kıskançlığıyla kavrulacak, kıskançlığı içindeki yaraları yeniden açtığında ortaya çıkacak acısıyla kıskançlığını bastıracaktı. Bir cehenneme hazırlanıyordu aslında ama cehennem bile o anda bütün bunları Aydan'sız yaşamaktan daha iyi geliyordu.

Aydan'ın kendisini aldattığını, düşmanca davrandığını biliyordu ama Aydan açtığı yarayla birlikte içine işlemiş, yaranın derinliği kadar derinine girmiş, onu aldatan düşmanı, bütün dostlarından daha yakın olmuştu. Sırtına saplanan bir ok gibiydi aldatılmak, o okun, çıkarılırken, girdiğinden daha fazla canını yakacağını hissediyordu ve o anda o ikinci acıyı taşımaya gücü yetmeyecekti.

Aydan'ı ikna etmeye uğraştı.

Sonunda Aydan, "Peki," dedi, "bir daha deneyelim."

Hiç olmazsa ailesini kurtaracak, kaybettiklerini yeniden ele geçirebilmek için bir köprübaşı tutacaktı, o anda her şey ona anlamsız gözükse, hiçbir şeye aldırmayacak bir duygusal boşalmanın tam ortasında bulunsa da, bunun birkaç gün sonra geçeceğini, her şeyi kaybetmenin bütün ağırlığıyla üstüne çökeceğini ve o zaman şu andaki kadar dayanıklı olamayacağını seziyordu.

Aydan günlerce evden çıkmadı, Halûk delice denebilecek bir enerjiyle her şeyi tek başına halletti, işten ayrıldı, öbür işle anlaştı, İzmir'de ev buldu, Selin'in okulunu ayarladı, taşınma işlerini düzenledi ve böyle koşarak kendisinden ve acılarından kaçmaya çalıştı.

İkisi de yıkılmış ve yenikti ama minicik bir umut hâlâ en derinlerde bir yerde yaşamalarına yardımcı oluyordu.

On gün sonra evlerini boşalttılar, büyük kamyonlar gelip eşyaları alıp gitti.

İzmir'e arabayla gitmeye karar vermişlerdi.

Boş evi son kez, değişik duygularla ve birbirlerine söylemedikleri ağır bir kederle dolaştılar, bir evi değil, aslında kendilerini terk ediyorlardı. Kapıdan çıktıkları anda geçmişleriyle aralarındaki köprü yıkılacak, bu evdeyken hâlâ onlarla birlikte olan birçok güzel ve mutlu anı, birçok gizli umut bir daha dönmemek üzere geçmişte kalacaktı; çıplak evin yaralayıcı boşluğunu ruhlarında hissederek çıktılar.

Arabaya bindiler.

Aydan, hafifçe başını eğip camdan son kez Cem'in penceresine baktı.

Arabayı çalıştırdığında, Halûk, Aydan'a döndü, yüzünde bir acı, üzüntü görmeyi bekliyordu.

Onun yerine o güne dek karısının yüzünde hiç görmediği yabancı bir gülümsemeyle karşılaşarak şaşırdı, bu gülümsemenin anlamını merak etti.

Eğer, Cem'in sevişirken nasıl gülümsediğini görmüş olsaydı, karısının yüzündeki gülümsemenin Cem'in gülümsemesi olduğuna yemin edebilirdi.